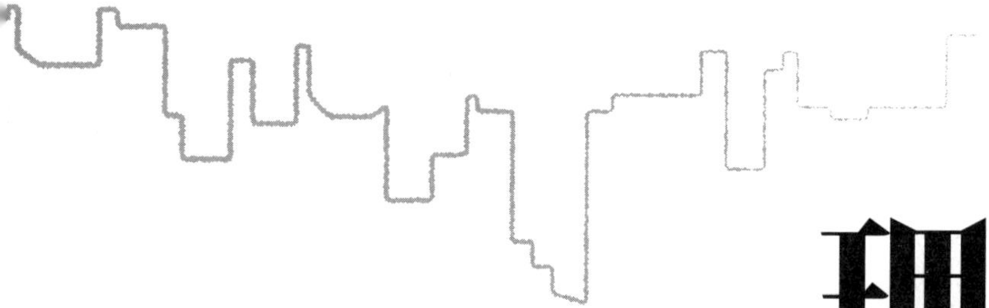

理想之城

The Ideal City

II

第二部

若花燃燃

著

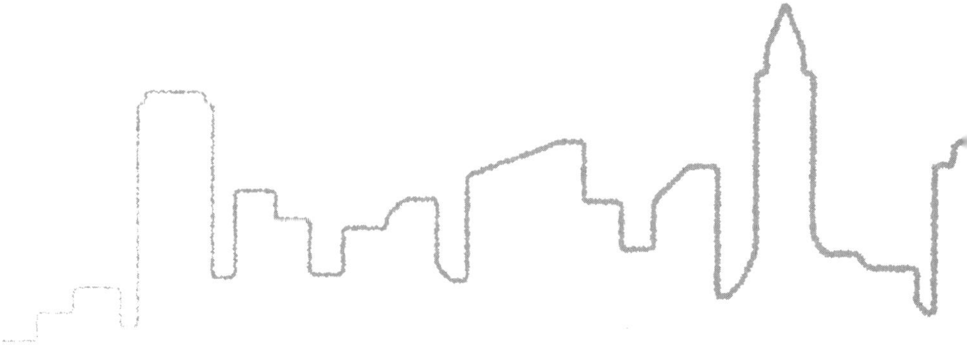

江苏凤凰文艺出版社
JIANGSU PHOENIX LITERATURE AND ART PUBLISHING

目录

CONTENTS

第一章

新任副总经济师还没有上任，集团已经有她的诸多话题，二十八岁、董事长钦点、绰号苏妲己、踩着上司的尸体上位……集团里的人纷纷给天成建筑的熟人打电话，询问苏妲己的品性爱好，然后添上个人喜好加以宣传。

苏筱逼走陈思民上位的事情经过反复加工，一次比一次更具传奇色彩。

二月初二龙抬头，苏筱正式走马上任。

迎接苏筱的是玛丽亚，她穿着阿玛尼的黑色套装，腰间绑着一根拇指粗细的牛皮腰带，露出两条仙鹤般纤细修长的小腿，踩着十二厘米的鲁布托水晶高跟鞋，鞋跟敲击着大理石地面哒哒哒作响，像是行军的鼓点。远远地，她朝苏筱伸出手，像是万里长征后的陕北会师，苏筱的脑海里不由自主地浮起那句深入人心的经典台词：“同志，你终于来了。”

但是并没有。

玛丽亚走到她面前，突然停下脚步，缩回手按着蓝牙耳机。

“胡工还没有来？那怎么行。你赶紧打电话催一下，让他一定要出席，就说是董事长交代的。”

掐断通话，玛丽亚脸上浮起亲切的笑容，握着苏筱的手重重地摇晃几下。“亲爱的，你今天真漂亮。”

走马上任，苏筱自然也是精心装扮过的，黑色的宝姿套裙非常简洁，没有阿玛尼的气势。在挑衣服的时候，她放弃经典西装领，选择了柔和的彼得潘小圆领，更衬得她脖子修长，散发出一种女性的秀美乖巧气息。没错，秀美乖巧，她是故意的，苏妲己的恶名已经传遍集团了，她不需要再用强势的装扮去震慑别人。现在，她只希望大家都认为她是柔弱的，不值得成为对手。

“Come on，大家都在等你呢。”玛丽亚领着苏筱往电梯间走去，脸上笑容依然亲切，心里却有些不爽。她今天气势全开，还穿上十二厘米的大杀器，不说是砸场子，也是为了震一下传说中的苏妲己。结果人家完全没有对抗的想法，收起全部锋芒，改走小白花路线，顿时把她衬托成《101只斑点狗》里的女魔头库伊拉。

见面会安排在大会议室，长长的方桌两旁坐满公司的高层，一眼望过去，非黑即灰。本来都在交头接耳，喁喁私语。当玛丽亚领着苏筱走进去的时候，细碎的交谈声戛然而止，所有人像是听到隐形号令，目光刷刷刷，整齐划一地聚焦到苏筱身上。

“各位，今天我们的团队又添了一员新的干将，欢迎新任副总经济师。”玛丽亚朝苏筱做出请的姿势，“苏筱。”

苏筱上前一步，微笑颔首。“大家好，我是苏筱，以后请多多关照。”

在场二十多号人，大部分都是大老爷们，有的之前见过她但没有深刻印象，有的压根儿就没见过她。他们都知道她是董事长钦点火箭直升的，也听说过她PK掉陈思民的经过，更对她的苏妲己恶名浮想联翩。他们想过，她可能是个让男人看一眼就厌恶的灭绝师太，或者是玛丽亚那样解锁了美貌与手段双重技能的白骨精，就是没想到会是个白净秀气的小姑娘，看起来像是没到二十五岁……这一刻，好多人都产生了“心理建设这么久，居然就给我看这个”的微妙错乱感。

“我相信大家在工作中已经接触过苏副总，但按照流程，还是要正式认识一下。”玛丽亚指着汪明宇，“苏筱，这一位是集团副总经理兼执行董事、总承包公司总经理汪明宇。”

汪明宇站了起来，朝苏筱伸出手，笑容满面，语气和善。“知道你很年轻很能干，没想到还这么漂亮，一下子拉高了我们集团管理层的颜值。我代表振华集团管理团队欢迎你的加入。”

苏筱与他握手：“谢谢汪总，以后还请汪总多多指点。”

做工程起家的几乎全是糙爷们，汪明宇也不例外，脸颊还留着当年青海修路时晒伤的痕迹，额头上层层叠叠的抬头纹更是布满岁月沧桑。他原本有个绰号叫老黄牛，因为今年年会上的表演深入人心，所以有了另一个绰号叫熊大。苏筱觉得“熊大”比“老黄牛”更适合他，狗熊看起来憨厚笨拙，实际上一直站在食物链的顶端。

“这是集团副总经理、地产公司总经理林小民。”

这是苏筱第一次见林小民，但是闻名已久。他不到四十岁，年薪过千万，是当之无愧的黄金单身汉。集团里流传着很多他的语录，最最出名的要数“喝最烈的酒泡最美的妞赚最多的钱”，是不是他说的已经无从考证了。他还有个称号叫作“阿玛尼的男人”，因为他只穿阿玛尼的男装。

“这是总经济师徐知平。”

徐知平站了起来，笑眯眯地伸出手：“第一次看到你做的标书，我就知道你将来要来集团的，不过没想到会这么快，年轻人就是干劲足。欢迎你，苏筱。”

苏筱欠了欠身，说：“谢谢徐总。”

来集团之前她做过功课，集团班子的每个人都研究过，研究得最多的就是顶头上司徐知平。汪洋对他的评价很高，说：“徐总，那是一等一的好人，人如其名，做人做事都是一碗水端平。”

“这是我们的财神爷总会计师高进。”

高进除了管财务部还管投资部，之前苏筱陪汪洋去投资部借款时，见过他一面。财会人员干的都是细致活，所以在生活中也容易养成严谨细致的作风。高进就很典型，头发用发胶固定得一丝不乱，穿的西服也是一个褶子都没有。

玛丽亚的嘴里蹦出一个一个的“总”“副总”，苏筱同他们一一握手，一轮下来，她记住了四个人，汪明宇、林小民、徐知平、副总经济师赵鹏。徐知平是她的顶头上司，汪明宇分管施工，林小民分管地产，都属于主营业务，也算是她的上司。至于平级同事赵鹏，记住他，是因为他一直用怨妇般的眼神盯着她。

这也难怪，他负责非主营业务，苏筱负责主营业务，用句不恰当的话比喻，苏筱是原配，他就是小妾，苏筱是嫡子，他就是庶出。可悲的是，他进集团已经十几年了，在外围业务副总经济师职位上也干了三年，原本以为负责主营业务的老董一走，就该是他了。没想到横空冒出一个苏筱，一个二十八岁的小丫头片子，进集团才两年，只是一个子公司的主任经济师，就这么一步登天，将他狙击在一步之遥，他的脸面和尊严都碎了一地，能不怨妇吗？

“胡工今天有事，不能出席见面会，等会儿我带你去……”

玛丽亚的话还没有说完，门被重重地推开，一个人大步走了进来。他五十多岁，顶着一头野蛮生长的半白头发，胡子拉碴，眼圈黑黑。他皱着眉，嘴角下拉，神色有点不耐烦。

玛丽亚上前一步说：“苏筱，我给你介绍一下，这位是集团总工程师胡昌海……”

胡昌海伸出手，语气敷衍：“欢迎，欢迎。”

他是技术大拿，在行业里都小有名气。苏筱欠身握手，恭敬地说：“胡工您好。”

胡昌海松开手，看向玛丽亚，不高兴地说：“没其他事了吧，工程部有个重要的技术会议，都等着我呢。我先走了。”

玛丽亚赶紧叫住他：“胡工，你等一下，董事长有话说。”

胡昌海顿住脚步，诧异地说：“董事长不是去上海出差了吗？”

玛丽亚拿起遥控器，打开电视。

电视里，赵显坤端坐在酒店的沙发上，窗外是东方明珠塔。“今天是苏筱正式入职的日子，首先我代表集团领导班子表示热烈的欢迎。大家都知道，苏筱今年才二十八岁，是集团有史以来最年轻的高层管理。年轻代表着无限可能，年轻也代表着经验不足，在座各位都是她的前辈长辈，我希望大家多多爱护、多多帮助她，让她尽快融入我们这个大家庭。”

众人鼓掌。

掌声如雷，传到了走廊里，落进吴红玫的耳朵里，抓心挠肺。她忍不住朝门里张望一眼，正好看到所有的高层都起立鼓掌，苏筱微笑着说了什么，然后冲大家鞠躬。

众星拱月，不过如此。

见面会结束，玛丽亚又带着苏筱到各个部门打招呼，顺带介绍了集团办公楼的分布情况。集团大厦总高三十层，一二三层都是商业楼，租给银行、证券公司、咖啡馆等。四层是食堂，五层至二十四层，分别给了总承包公司、地产公司、装饰装潢公司、机械公司、资产管理公司、安保公司等；二十五层至三十层属于振华（集团）有限公司办公地点，其中三十层只有董事长办公室、会客室和专属会议室，二十九层是集团领导班子的办公室以及重要副职的办公室，像苏筱的办公室就在二十九层。

拜访完所有部门，已经中午了。玛丽亚带着她到食堂。食堂很大，能容纳上千人同时进餐。即使如此，也不足以容纳全部员工，只能实施错峰就餐。振华集团这些年赚了不少钱，可谓富得流油，所以各方面都透出一股土豪气息。食堂也不例外，不仅菜色丰富，还分中餐和西餐。

走遍各个部门，跟几十个人握手，苏筱早就饿得两眼冒绿光，拿着大盘子，选择了几样大鱼大肉，狠狠地装满。转身看到玛丽亚的盘子里就放着一份蔬菜沙拉和一小块三明治。她环顾四周，发现很多女同事都跟玛丽亚一样只吃三明治和蔬菜沙拉。有几个女同事从苏筱身边经过，看到她盘子里的大鱼大肉，都掩嘴而笑。

玛丽亚往前走，很快察觉到苏筱没有跟上，转身，看到她若有所思的样子。

“怎么了？”

“你们吃得真少。”

玛丽亚就近坐下：“这是私教给我开的减脂套餐，我现在体脂率18%，我想降到16%。”

苏筱惊了惊，看着她细细的小腿。

玛丽亚审视着苏筱：“你现在体脂率多少？”

“不知道，没有测过。”

“找个时间测一下，我觉得你可以减点脂。”

苏筱正夹着一块肥腻的红烧肉往嘴里塞，听到这话，动作一顿。“算了吧，我对红烧肉毫无抵抗力。”

“我不行，我现在完全不能吃肉，有负罪感。”

两人边吃边聊，话题很粗浅，不是美食便是健身。于沟通无益，纯粹是不想冷场，谈到有趣的地方，也会配合地笑笑。所以，落入一旁的吴红玫眼里，认为两人相谈甚欢，她心里很不是滋味，放下筷子。

“我吃饱了，先走了。”

天娜诧异地看着她：“这就吃饱了？”

吴红玫“嗯”了一声，起身，故意从苏筱身边走过。苏筱埋头吃饭，感觉到熟悉的气息在靠近，抬头一看，是吴红玫，正想打招呼，她已经目不斜视地走过了。苏筱以为她没看到自己，没当回事，继续吃饭。

这时一个娇滴滴的声音响起：“玛丽亚，我可以坐下吗？”

这声音恰如莺语花底滑，惹人遐想。如此好听的声音来自什么样的人？苏筱好奇地抬头，看到一张风华绝代的脸，那鼻子那眉眼如同工笔描绘，多一笔则俗艳少一笔则寡淡，只可惜上了年龄，皮肤略显松弛，眼神也有些倦息。

直觉告诉苏筱，振华集团的又一顶级名人出现了。

果然玛丽亚说：“苏筱，我给你介绍一下，这是咱们天美装饰的总经理徐蓝。”

假如要编个集团百科目录，徐蓝的注释就是：董事长的女人。

苏筱伸出手：“你好，徐总。”

徐蓝一边审视着苏筱，一边伸出手与她轻轻一握：“没想到苏副总不仅能干，长得也挺漂亮的。”

“您过奖了，就我这路人长相，搁我们家乡满大街都是。”苏筱由衷地说，“您才是大美女。”她很清楚自己的长相，不属于漂亮挂的，属于气质挂的。像徐蓝、玛丽亚都长着卡姿兰大眼睛，顾盼神飞，如同盛放的牡丹一样夺人眼球，而她自己是江南烟雨中的栀子花。

“一点都不过奖，确实很漂亮，玛丽亚你说对不对？”徐蓝对这个问题很执着，不惜拉上玛丽亚。

玛丽亚不感兴趣，语气敷衍地说：“你说得对。”

所谓王不见王，美女也不见美女，玛丽亚一向对徐蓝不感冒，徐蓝对她也是。况且今天徐蓝的目标不是玛丽亚，而是苏筱。赵显坤钦点，连升三级，振华历史上除了林小民就是她，林小民的能力在钦点之前就有目共睹了，而她到底是有能力，还是其他方面打动了赵显坤呢？

徐蓝为此辗转反侧，失眠了一个月。

装饰装潢公司属于非主营业务，与苏筱没有工作接触机会，她平时又不在集团办公室里办公，正常情况下，一年都未必能碰面。今天她特意来到很少来的员工食堂，就是想在第一天见见这个绰号叫“苏妲己”的女人。幸运的是，她不是苏妲己那种祸国殃民的长相。不幸的是，她长得很秀气，特别是脸蛋上满满的胶原蛋白，徐蓝恨不得抽出来注入自己的脸颊里。

苏筱不想继续长相这个话题，于是礼貌地笑了笑，埋头吃着东西。

“苏筱你是哪里人呀？”

装吧装吧，玛丽亚在心里默默地吐槽，董事长的任命书一下，徐蓝就到人力资源部查了苏筱的资料，只差要将人家祖宗十八代都查个清楚。

苏筱报了老家的名字。

“你是南方人，怎么说话带北方口音？”

“我在哈尔滨上的大学，被同学们带的。”

“那你到北京几年了？”

“大学毕业来的，快六年了。”

“男朋友也在北京吗？”

苏筱心里叹了口气，抬头看徐蓝一眼，明明是个美人，却这么俗气，可惜了这张脸。徐蓝被她这一眼看得心里一揪。其实她也不是一直这样，从前她自信飞扬，不将任何庸脂俗粉放在眼里，可随着年华流逝，自信也跟着流逝了。

“不会吧？”徐蓝假装惊讶实则紧张地问，“还没有男朋友？”

“有，他也在北京，我们准备今年结婚。”

徐蓝松了口气说：“到时候可得请我喝喜酒，我给你封个大红包。”

“先谢谢了。”

其实，苏筱的资料徐蓝早已了解得一清二楚，今天她来，试探为辅，主要还是想秀一下存在感，宣示主权。目的已经达到，再问下去也没有什么意思，她把丝毫未动的餐盘往旁边一推，说：“今天早餐吃多了，吃不下了，你们慢慢吃吧。”

等她走远，苏筱长长地松了口气。她来集团上任之前，杜娟跟她开玩笑，说这下子有机会领教一下著名的“徐蓝的盘问”——凡是董事长会经常接触的女员工，相貌不错的，徐蓝都会进行全方位的盘问。苏筱当时想，怎么说也是赵显坤的女人，怎么可能这么没品，没想到上班第一天，徐蓝的盘问便来了。

“你过关了。”玛丽亚冲苏筱眨眨眼睛。

苏筱一颗八卦之心瞬间被点燃了：“徐总办公室里真的有厨房吗？”

玛丽亚莫测高深地笑了笑，却不肯回答。

“徐蓝的厨房”和“徐蓝的盘问”一样出名，说是徐蓝信奉家庭主妇的教条——要想抓住男人的心，首先要抓住他的胃。她特意在自己办公室里搞了一个小厨房，又学了董事长的家乡小吃，每天变着花样抓住他的胃。集团办公楼装修是徐蓝一手负责的，她的办公室里到底有没有厨房也只有她和董事长清楚。不过，苏筱刚刚感受过著名的“徐蓝的盘问”，觉得这间厨房多半也是实实在在地生产着董事长爱吃的小吃。

至于董事长吃不吃，就是另外一回事了。

汪洋说，以前徐蓝是很多人心目中的女神，她是振华建筑施工队最早的资料员，跟着赵显坤走南闯北。他们真的相爱过。但是男人的世界很大，爱情在他们心里，只占很小的一部分。

吃完午饭，玛丽亚把苏筱送到她二十九层的办公室，留了一句“随时欢迎来我办公室小坐”的客套话，就飘然离开了。折腾了一整个上午的苏筱，终于有空喘口气，喝杯茶，梳理心情。

此时已经是春天，窗外马路的杨柳树冒出绿色嫩芽，居高临下看过去，马路上方有一条浅浅的绿色在流动，宛若河流。稍稍看远些，中南海波光粼粼，紫禁城的琉璃瓦顶在阳光下流光溢彩。

她很想与人分享一下此刻的心情，先给吴红玫打了一个电话，没找到人。

于是拍了一张紫禁城的照片发给夏明。

他很快回了电话：“你这个办公室风景不错呀。”

“朝向挺好的，视野也开阔。”

电话那端传来夏明的浅笑声：“看来你入职挺顺利的。”

“还行，大家都挺客气的。我之前把它想成龙潭虎穴，可能是想复杂了。当然今天才是第一天，未来如何很难说。”远眺紫禁城，苏筱意气风发地说，“以前的认知还是狭隘了，二十九层有二十九层的压力，但二十九层也有二十九层的风光。”

第二章

汪明宇刚在沙发上躺下，准备小憩一会儿。

办公室的门被重重推开，胡昌海踢踢踏踏地走了进来，头发凌乱，满脸阴郁。

汪明宇坐起身："吃饭没？"

"刚开完会。"胡昌海一屁股坐在沙发上，头枕着沙发靠，大声地叹气。

汪明宇叫了秘书进来，吩咐她让食堂大厨单独做份饭菜给胡工。

"怎么，会议开得不顺利？"

"顺利。"

"那谁惹你了？"

这句话就像火星落进了磷粉里，胡昌海一下子炸了，从沙发上弹了起来，瞪着他："你还好意思问我，我还想问你呢，现在集团怎么回事呀？我在开重要技术会议，人力资源部一个接一个的电话，非要我去参加什么见面会，就为了跟一个小姑娘握个手说一声欢迎。突然提拔她当副总经济师也就算了，还搞这么大阵仗的入职仪式，就差铺红地毯了，这是做给谁看的呀？”

汪明宇在他身边坐下，安抚地拍拍他的肩膀：“胡工，你也不要只钻研技术，偶尔还是要关心一下集团的运营。”

“运营不是有你们嘛，我又不懂，关心也是抓瞎。再说我哪有这个精力，青海项目的冻土没解决呢，我头大着呢。”胡昌海说着，又恼火了，“我这一天天忙的，吃个饭的时间都没有，还非要我出席见面会。明宇，你最了解董事长，你说，他这是要干啥。”

汪明宇装模作样地说：“说句实话，现在我也看不懂。”

“是给咱们这些老家伙上眼药吗？嫌弃咱们这些老家伙了？”

汪明宇摇摇头：“嫌弃谁也不能嫌弃到你头上，你可是咱们集团的技术大拿。”

胡昌海摆摆手说：“少来了啊，别糊弄我，当我没眼睛看，我只是不爱管事。董事长让许峰代替老徐审计，现在又搞来一个苏筱，明摆着的事，他这两年变了，越来越喜欢提拔年轻人了。”

汪明宇继续打哈哈：“可能年轻人有干劲吧。”

胡昌海皱眉瞪着汪明宇：“你现在怎么这么油滑了。”

汪明宇为难地说：“胡工，现在不比从前。”

“我就不信这个邪。”胡昌海越说越生气，霍然起身，头也不回地走了。

等他的背影消失在门后，汪明宇脸上的为难也消失了，不紧不慢地拿起茶杯喝了一口，这才躺在沙发上，闭上双眼休息。

才躺半刻钟，赵鹏来了，跟偷了油的老鼠一样窃喜不已。

汪明宇跟他很熟，也不起身，就半躺着，叫秘书重新上了热茶。

“刚才徐总去找苏筱了。”赵鹏身子前倾，凑近他说。他的办公室在苏筱的正对面，徐知平走进苏筱办公室后一直没有关门，他听得一清二楚。

“哦？”汪明宇瞟他一眼，徐知平是苏筱的顶头上司，找她不是很正常。

“他把天科那档烂事交给她了。”赵鹏越想越乐，不由笑出声来，“我看徐总挺淡定的，还以为真淡定。”

“没有什么毛病，他这是正常交接工作。”汪明宇以告诫的口气说，

“这话你在我面前说说就算了，可别往外说。老徐是个什么样的人，你还不清楚呀？他是不会让人挑出错的。你要是把这话传出去，是妄自揣测，老徐会对你有看法的。”

赵鹏收了笑，说：“我怎么可能跟别人说。”

汪明宇挪挪身子让自己躺得更舒服点：“我早说过了，你别着急，大把人比你着急。董事长钦点，听起来很好听，可这是双刃剑。多少双眼睛盯着她呀，没事还好，她要是有点事，不用你，自然大把的人去踩她。”

赵鹏低声说：“我看她长得不赖，董事长会不会看上她了？”

“董事长也不是毛头小伙子，不至于看上一个女人就提拔她。她还是有真本事的，把天成搞得很好。她做的全面预算管理你看过没有？”

赵鹏不屑地说：“那个太初级了。”

“你这么看问题太简单粗暴了，同样一支笔，有人做出来是大路货卖两块钱，有人做出来就是工艺品卖两千块。”汪明宇苦口婆心地说，“你好好看看，知己知彼才能百战百胜。”

赵鹏唯唯诺诺地点头，但心里很不以为然。他坚信是赵显坤看上她了，苏筱可能有些本事，但不至于大到连升三升，除了赵显坤看上她，他找不出第二个理由。再说了，在职场里，女人要上位靠的是什么？他见过太多了。

此时苏筱办公室里，徐知平还在交代工作。

“本来，我应该让你先适应两天，但是这件事比较重要，董事长问过好几回了，所以我想还是先交到你手里。”徐知平把资料递给苏筱，“你先看一眼，有什么问题，我现在有时间，可以帮你解答。”

苏筱翻开资料看了一眼：“是上次审计要补交的差额？”

“对，前年审计查出来，按道理去年就应该交了，都一年了，天科一直没交。它不交，其他四家也没有交，这个你应该知道吧？”

“知道。”苏筱点头。那次审计，天成查出需要补交差额大概300万，陈思民离职后转到她手里，她当时问过汪洋，汪洋说天科都没交，咱们交什么？本来就是天科惹出来的事情，天科怎么做，咱们怎么做。

“你知道就好。”徐知平松了口气，“就不用我再从头跟你说了。老董……就是你的前任，他走得匆忙，这事情留了尾巴。但不能不处理了，拖了一年，影响很坏。”

“天科为什么不交？”

“理由多了，一会儿说核定的数额不对，一会儿说它没钱。”徐知平说，“跟他们打交道，你要有心理准备，黄礼林和他外甥都不是省油的灯，这件事估计还得磨来磨去。”

苏筱心里尴尬，不知道说什么好，只能微笑着点点头。

“有什么困难，都可以来跟我报告。”

“好的。”

送走徐知平，苏筱拿起资料看着。

“咚咚咚”的敲门声响起。

她叫了一声“请进”。

进来的是副主任经济师赵鹏，他眼里的怨气收起来了，脸上刻意堆出亲切友好的笑容：“有没有打扰你？”

“没有。”苏筱起身，指着对面的位置，“赵总请坐。”

赵鹏没有坐下，先晃到窗前，那口气好像刚刚发现：“还是你这边景致好呀，可以看到故宫，不像我那边，就看到三环。”

“又不是一直站在窗前看，看故宫和看三环，其实没有多大区别。”

“还是有区别的，朝故宫的房子卖得比朝三环的贵。”赵鹏晃了回来，在苏筱对面坐下，顺手拉过资料看着。

对他这种自来熟的举动，苏筱有些反感，但还没有显露于色。

“是天科补交差额的事呀。”

苏筱点点头：“刚刚徐总交给我的，我还没有整明白。”

“这事情，复杂呀。”赵鹏心里幸灾乐祸，面上却装出一副古道热肠，“本来老董，就是你的前任，还差几个月才退休。过年前，他催着天科交钱，黄礼林跑过来跟他吵了一架，气得他冠心病发作，这才打了报告提前退休。”

知道这事情难办，没想到这么烫手，苏筱心情复杂。当初许峰审计天科，如果不是她帮忙，根本查不出天科隐匿的利润，天科也就不需要补交800万。隔着一年多，兜兜转转，这800万还得由她来追。

“不过，你不用担心。你是董事长钦点的，黄礼林肯定得卖你面子。”

这话里藏着满满的恶意，说的是董事长钦点，其实就是暗示她跟董事长有着非正常的关系。苏筱心生反感，笑盈盈地顶了回去：“工作是工作，面子是面子，这是两码事。天科的黄总跟董事长都认识二十几年了，要是看面子，也不需要我去追这笔钱了。”

赵鹏诧异地眯了眯眼睛，看她乖巧秀气，还以为是个软脚虾，没想到是穿了羊皮大衣的刺猬。被扎了一回，知道她不是好拿捏的，他打了个哈哈：“我开玩笑的。对了，我办公室就在你对面，你有什么不清楚的地方，尽管来问我。”

“谢谢赵总。”

赵鹏走后，苏筱关上门，认认真真地看了一遍资料。资料很翔实，800万是板上钉钉，只是怎么要回来呢？恐怕难度不小。黄礼林对她意见很大，只能先和夏明沟通一下了。

临近下班时，吴红玫终于回了电话：“我这一天都在忙，你怎么样，还适应吗？”

“还行。”苏筱好奇地问，“你在忙什么，这么忙？”

“瞎忙呗。我还能忙什么？”其实苏筱打电话给她的时候，她并没有在忙，只是不想接，她不想听到苏筱意气风发的声音，更不想看到她意气风发的模样。从前苏筱在天成，她在集团，感受没有这么深刻。会议室里众星拱月的那一幕，对她的刺激太大了。董事长出差还通过电话会议欢迎她，平时总是高高在上的玛丽亚对她也是笑脸相迎，两相比较，显得自己太过潦倒了。她知道自己不对，不应该妒忌好朋友，但真是控制不了，心情一直郁郁不振。

“你怎么了，我怎么感觉你好像有气无力的。”

“没事。有点累而已。”吴红玫说，“筱筱，今天晚上我就不陪你庆祝了。”

“那怎么行呀，都说好了。”

“我真的有点累，你跟夏明一起庆祝吧。不过小心些，集团不禁止内部恋爱，但禁止同一部门同事、上下级之间存在恋爱关系。你管着天科的业务，夏明又是天科的主任经济师，这种情况肯定是不允许的。”

“我知道。不过，我们俩绝对不会徇私的。”

“反正你们小心些。”

吴红玫又提醒了一次就挂断了电话。

苏筱以为她真累了，于是给夏明发了一条消息：“红玫晚上不来，就咱们俩一起吃饭。”

“她挺懂事的。”

“什么话。”语气是斥责，但苏筱忍不住嘴角翘了起来，两人正是蜜里调油，恨不得时时守在一起。

“咱们俩的话，就不用去饭店了，你来我家里吧。正好你也没来过，下班后我来接你。”

“你不用接我，我打车过去。”

夏明家在一个高档的公寓楼里，离振华大厦并不远。苏筱到他家时，他已经做好懒人牛排，开了香槟，点了香熏蜡烛。蜡烛似乎是甜橙味的，甜蜜轻盈的香味渐渐弥漫开来，让人心生愉悦，酒精又放大了这种愉悦，苏筱有些上头了，借着灯火，醺醺然地看着对面的夏明。人生好神奇，居然跟他在一起了，回想最初，她是多么厌恶他的算计。现在再看他，什么都好。

“你这样盯着我看，很难让我不想些别的。”

“你想什么？”苏筱笑了。

她平时冷静自持，不媚不妖，此时喝了点酒，又因为心里欢喜，神色自然流露出几分妩媚。夏明放下酒杯，拉她到怀里，用行动做了回答。苏筱被吻得头晕眼花，这会儿不只是上头了，甜橙的香味在血液里流淌，随着毛细血管到达每个细胞，每个细胞都快乐得不行。

夏明的家在大厦顶楼，周围没有比它更高的建筑物，窗户没有拉窗帘。苏筱在恍恍惚惚中偶尔睁开眼，看到窗外一片灯火与霓虹，脑海里不由自主地浮起那句著名的“醉后不知身在水”，她现在便是不知道在云端还是在浪尖，只想着永远地沉醉下去，永远，永远。至于什么工作、什么800万，早抛到九霄云外了。

醒来已经是第二天早上了。

她动了动，夏明也跟着醒了，没说话，只将她搂得更紧些。

她迷迷糊糊地想起了800万，问：“你们那800万为什么不交呀？”

夏明还没有回魂，语气含糊地问：“什么800万？”

“许峰审计那800万。”

他“哦”了一声，没有回答，手却动了起来。

又胡闹了一番，然后一起洗漱，等坐到餐桌吃早餐，两人才恢复平时工作中的状态。

“徐知平这么快把这活交到你手里了？”

“嗯，我估计他是想给我一个下马威吧。”苏筱将果酱抹在面包上，咬了一口，“听说你们拖了老董一整年。我先和你说清楚哦，我不吃这一套，这钱我一定要追的。”

半晌没有等到夏明的回答，苏筱转眸看着他：“怎么不说话呀？”

夏明将牛奶搁在她面前说：“我在想你吃哪一套？”

“我哪一套都不吃，按规则办事。”

“规则，谁的规则？”

“公司的规则。”

夏明笑了笑，不说话，将果酱抹在面包上。

苏筱放下咬了一半的面包，正色说：“这个问题，我一直想和你谈谈。你不能老用潜规则做事……”

夏明摇摇头，打断她：“我也没有老用呀，只是有时候利用它提高效率而已。”

“你是提高了效率，但这效率怎么来的呢，是因为另一个人被降低了效率。这不公平，对不对？而且你用了，他用了，会倒逼着原本不想用的人也去用。那最后，没有人相信规则了。”

夏明说：“其实你说的我都非常赞同，但现实就是这样。规则是由人来执行的，有人就有私心，有私心就不可避免会有潜规则。”

“你说的我也明白。但是，一旦大家都不相信规则，都想着用潜规则。遇到任何困难，首先考虑的就是有没有关系，有没有熟人？这是你喜欢的世界吗？”苏筱情绪低落地说，“我们将生活在一个我们自己都不喜欢的世界。”

夏明也无言以对。

两人沉默着吃完早餐。

等夏明开车送苏筱到了地铁站，分别在即，心里不舍，气氛才好转。他摸了摸她的脸说：“等会儿我回公司跟舅舅商量一下。”

苏筱点点头，打开车门。

夏明又拉住她说：“答应我一件事，我们永远不要因为工作生分了。”

昨晚的旖旎，今早的沉默，泾渭分明，夏明受不了，苏筱也受不了，这句话她十分赞同。

她点点头，主动凑到他唇边亲吻。

早上观点不同带来的疏离随着亲吻烟消云散了。

夏明到了公司，把事情跟黄礼林一说，他的脸色立刻阴沉下来。

“没钱。”

“我刚才理了理，这800万还是能挤出来的。”

“挤完了以后呢？”黄礼林高声说，“咱们现在这么紧张，还要挤出来，就为了哄她开心，你真是脑袋进水了。”

夏明好声好气地说：“这钱咱们早晚要给的，也不是多大的一笔钱，对咱们也不会伤筋动骨。”

“有钱我也不给，不高兴给。”黄礼林越想越生气，“老董在的时候，你怎么说的，你说，咱们要优先保证群星广场的资金充足。现在换了她，咱们群星广场就不重要了？”

“此一时彼一时。舅舅你想想，苏筱第一天上班，徐知平就把这个任务移交给她了，安的是什么心？”

“那和咱们没关系，那是他们的事情。”

“他就是故意拿咱们来为难她。”

“什么叫为难她，没有金刚钻，就别揽这瓷器活。再说了，这800万，要不是审计时她横插一脚，根本就没有这码事。这是她自己搞出来的，有因必有果，要说为难，也是她自己为难自己。”

“要说因果，舅舅，不是你掺多沙子，墙塌了，她现在还好好地在众建呢。”

黄礼林气得鼻孔扩张，瞪着他：“她给你灌了什么迷魂汤，你胳膊都往外拐了。”

“舅舅，我不是胳膊往外拐，我是从长远来考虑的。苏筱为人正直，做事公正，她在集团站稳脚跟，对咱们只有好处没有坏处。如果她被撸下去了，上台的很可能就是赵鹏这种只听汪明宇的。”

然而黄礼林根本不信，切了一声。

最终，谁也没有说服谁。

第三章

此时，徐知平办公室里，苏筱正跟他汇报跟天科沟通的结果：“我跟夏明沟通了一下，天科去年接了群星广场这个大项目，一直是垫资承建，资金压力非常大，确实存在实质性的困难。”

徐知平不紧不慢地说：“困难，哪个企业没有困难？有困难要想办法克服，不能将困难转嫁给集团。这件事影响太坏，天科不交，其他四家也不交，集团以后还怎么管理。”

“我明白，所以我想了一个折中的办法，徐总您看可以不？”

徐知平抬抬手，示意她往下说。

“就是将天科的800万转为贷款。”

徐知平诧异地看苏筱一眼：“这是你自己想的，还是天科提出来的？”

“是我想的，不知道合不合适？”

“那肯定是不合适。”徐知平说，“集团内部贷款是由投资部把关的，我们没有权利去安排其他部门的工作。如果天科也同意这种做法，正确的流程应该由黄礼林向集团投资部借钱，然后再补交这800万。”

苏筱婉转地解释：“我明白这个流程，也不是想去左右其他部门的工作，就是想探讨一下，当子公司们有实质性困难，能否有更灵活的机制去解决问题。我觉得，尝试一下……”

徐知平抬手阻止她往下说：“我特别理解你想尽快开展工作的想法，但是，集团是个很庞大的机器，大家各司其职，这一点是不能乱的。所以，不要说我觉得，在集团，大家不谈我觉得，只谈规矩和流程。”

顿了顿，他补了一句：“流程正确了，事情也就对了。”

苏筱想了想说：“流程也是为了便利工作。”

徐知平语重心长地说：“我知道，你在天成的时候很得汪洋器重，做了很多原本不在岗位职责范围内的事情。现在你到集团了，这种作风就得改改了，心理上要尽快调整过来，不要去管别人的事情，只用做好自己的事情。你现在要做的就是尽快督促天科补交800万，平了账目，至于钱从哪里来，那是黄礼林要解决的问题，而不是你。”

这话已经相当不客气了，就差指着苏筱的鼻子说她在揽事。事不关己高高挂起，这是职场潜规则呀，也是徐知平信守的原则。作为苏筱的上司，他不允许她把事情揽到自己身上，一旦揽上来，还可能会牵扯到他。

苏筱还在天成的时候，汪洋当着她的面骂过集团，说：“需要钱的时候他们就不请自来，要是有点事找他们帮忙，他们就躲得远远的。”

她还陪汪洋去过一趟集团投资部借钱，给的年化率是15%。

今天早上夏明问她“谁的规则”，她当时回了一句“集团的规则”，现在想想，集团的规则都是有利于集团的，作为子公司，确实很难获得话语权。这或许也是天字号老总们喜欢私下搞小动作的原因吧。

离开徐知平的办公室，她往自己办公室走去。心不在焉，在拐弯时撞上一个人，她赶紧后退一步，嘴里先说着一声“对不起”，定睛一看，是总会计师高进。

“没事。”高进温和地说，“你没撞到哪里吧。”

“没有，没有。”苏筱心里一动，徐知平走不通，那么高进呢，他管着投资部呀。“高总，有件事想请教一下。”

“什么事？”

苏筱将债转贷的想法说了。

高进微微皱眉："集团没有这样的先例。"

"除了没有先例这个问题，您觉得债转贷这个想法还有其他问题吗？"

"没有先例就是最大的问题。你能想到，别人也能想到，为什么一直没做，那肯定是存在不合理的地方。集团一直鼓励子公司自主经营自负盈亏，缺钱可以去社会融资，而不是事事求助于集团。集团不是大家长，不能事事包圆。"

"也不是事事包圆，就是对确实存在困难的子公司提供一定的帮助。"

高进敷衍地笑了笑，看看腕表说："不好意思，我还有个会，以后再谈吧。"

这是拒绝的意思，苏筱只得让开路。

这条路看来是行不通，只能说服天科交钱了。

苏筱心事重重地往回走。

还没有走到办公室门口，先听到一阵笑声，抬头一看，赵鹏和黄礼林就站在她办公室门口，交头接耳地说话。黄礼林看起来心情很好，脸笑得跟朵大菊花一样。他也看到苏筱，抱拳说："苏总，恭喜你高升了。"

"谢谢黄总。您是来找我的吧？"

"是呀，我专门来跟你道喜的。"

"您太客气了。"苏筱打开门，做了一个请的手势，"进来坐。"

黄礼林拍了拍赵鹏的肩膀，说了一句"晚点再找你聊天"，然后走进苏筱的办公室，好像第一次来一样地打量四周。"上次我来的时候，老董还在，这才隔了一个春节，变化真大。"

"应该不大吧，我搬来就这样，还没来得及收拾呢。"苏筱关上门，"黄总，您坐。"

黄礼林在沙发上坐下，原以为苏筱也会坐下，没想到她走到柜子边，打开柜门翻来翻去。"这找什么呢？"

"茶叶。"苏筱不好意思地笑了笑，"行政收拾的房间，我还不知道茶叶放在哪里呢？"

"不用找了，我又不是来喝茶的。"顿了顿，黄礼林郑重地说，"我是来向你道歉的。”

苏筱转身，诧异地看着黄礼林。

“年会的时候我喝大了，出糗了，真不好意思。把你手机也摔坏了，本来想给你重新买一个，但是也不知道你们这些小姑娘喜欢什么款式……”黄礼林说着，从公文包里掏出一张购物卡搁在茶几上，“就麻烦你自己去买了。”

“已经修好了，不影响使用，不用买新的。”

“那你也得收下，否则我心里不安。”

他主动来道歉，态度又这么诚挚，苏筱很高兴，觉得自己从前可能对他的偏见太深了，他其实也没有这么不讲理。“真不用，其实我也有做得不好的地方，借此机会，我也向黄总道个歉。”

黄礼林笑着摆摆手：“那都不叫事儿，说句实话，你一个小姑娘，没有背景，凭借自己的能力，在北京独自奋斗，能做出这样的成绩，很不容易，我是打心眼里佩服的。”

苏筱羞赧地说：“我这点算什么成绩，比起黄总你们差得太远呢。”

“你才多大，能做到这种程度很不错了。董事长这么器重你，你将来的前途会更大，所以……”黄礼林双手合十作请求状，“还请你高抬贵手，放过我们家夏明。”

话题陡转，苏筱愣住了，笑容僵在脸上。

“只要你放过夏明，我立刻补交800万，绝不食言。”

一时间也不知道说什么好，苏筱继续在柜子里翻找着，借着找茶叶，整理心情。

“别找了，我真不是来喝茶的……”

“找到了。”苏筱从柜子里取出一罐茶叶，朝黄礼林晃晃，“大红袍可以吧。”

黄礼林有一种拳头击在棉花上的轻微挫败感，默了默，重重地说：“我说了，我不是来喝茶的。”

苏筱置若罔闻，手脚麻利地泡好茶，搁在黄礼林面前，然后在他对面坐下，客客气气地说：“黄总，以前我们之间发生了一些事，各自有各自的立场，对错就不说了，现在咱们是一个集团的，在我心里，以前的事情已经翻篇了。”

“以前的事情是翻篇了，但是现在又有新的一篇了，能不能翻篇就看你了。”

苏筱有些无奈，恳求地看着黄礼林。

“我是不可能让你毁了夏明的。像你这样的女孩子，我见过太多了。”

苏筱不解：“什么叫像我这样的女孩子？”

“家境不好，但野心勃勃。想要出人头地，只能踩着别人往上爬。”黄礼林见苏筱脸色渐变，笑了笑，“别误会，我不是看不惯你们，社会竞争这么激烈，要点手段要点心眼都很正常，能踩着别人往上爬也是本事。”

苏筱神色微冷，失去了故意示好的心情。“我觉得咱们没必要再谈下去了。黄总，您请回吧。”

她起身走到门口，打开门，做出一个请的手势。

黄礼林老神在在地坐着，喝着茶，纹丝不动。

僵持了一会儿，对面的门开了，赵鹏走了出来，看到苏筱做出请的手势，愣了愣，说：“这是怎么了？”

苏筱微微尴尬，说了一声“没事”，迅速掩上门。

“你到底想怎么样？”

“刚才不是跟你说了吗？只要你离开夏明，我立刻补交800万，绝不食言。”

苏筱只觉得匪夷所思：“黄总您以为这是演电视剧呀。再说，一个是公事，一个是私事，怎么可以混淆一谈。”

“公事私事，说到底都是咱们双方的事，怎么不可以混在一起谈。其实，我这么做也是为你好，你还年轻，你不懂，婚姻的本质就是资产重组。”黄礼林见苏筱不以为然地摇着头，“你跟我犟没有用，社会的大规则摆在那里。爱情这东西就是头脑发热，能热一时，热不了一辈子。热没了，还不是柴米油盐拿钱过日子，所以钱才是最重要的。老话都说了，贫贱夫妻百事哀。所以从古到今，婚姻都讲一个门当户对，组合在一起才是1加1大于2。”

苏筱完全失去了同他说话的兴致，就这么静静地看着他。

黄礼林继续说：“手里不是抓着更好的牌了吗？就不要惦记着我家夏

明了。”

苏筱一脸迷惑：“什么更好的牌？”

黄礼林意味深长地笑了笑：“董事长他这么看重你，不可能只是为了工作吧。”

苏筱不敢相信地看着他，怒火中烧。

“这没什么，这才是最聪明的选择。人的命运最关键的一步，就是娶对了人，跟对了人，嫁对了人。你看徐蓝，当年她抛下自己的未婚夫跟了董事长，现在身家不菲，北京上海加拿大都有房子。”黄礼林笑了笑，“董事长对女人还是挺大方的。”

苏筱明白，黄礼林想故意激怒她，逼着她发火，做出出格的事情。一旦她做了，无论在夏明那里，还是在集团这里，她都将落了下风。一个久混市井的成年男人刻意无耻猥琐起来，是没有下限的。而她在这两方面，远远不是他的敌手。她深吸口气，决定不再跟他磨叽了。

“谢谢黄总这么替我考虑，但是我不会跟夏明分手的，你有什么事有什么想法，去找他，让他来跟我分手。至于800万，那是我的工作，我也一定会追的。其他的咱们也没有什么可说的，您请回吧。”说罢，苏筱走回自己的办公桌，拿起水杯，咕噜噜地喝了一大口，借此平复内心的恼火。

黄礼林犹不罢休，用威胁的口气说：“行呀，那咱们走着瞧。”

苏筱转过身，说：“您慢走，我就不送了。”

黄礼林从沙发上站起身，脸色突变，嘴唇颤动半天，一个字都没有说出来。片刻，他突然按住胸口，脸色变得通红，嘴也歪了，舌尖伸了出来，跟着他就直直地倒下了，把水杯也带到地上，骨碌碌地滚动着。

这一系列变故都发生在几秒之间，苏筱一开始还以为他要放什么大招，亟待看到他嘴歪了，才意识到他中风了。她赶紧跑过去，一边高声喊叫：“赵总，赵总，快打120……”

一直留意着对面动静的赵鹏听到喊声，冲了过来，看到黄礼林这个模样，先吓得后退一步，然后手忙脚乱地从口袋里掏出手机，拨通了120，他吓着了，说话声音特别大，惊动其他房间的人过来查看。

很快，整个二十九层都惊动了。

120来得很快。

急救车的报警声，点燃整幢大楼的好奇心。

所有人都出来察看，相互询问，各种猜测……

苏筱再一次成为集团的热门话题，在她走马上任的第二天。

她并没有跟着120去医院，当时现场非常混乱，同事们里三层外三层地围在她办公室门口。医护人员抬着黄礼林离开的时候，她没来得及跟上去，也没有力气跟上去。处理黄礼林中风时她特别镇定，松开他的下颌防止呕吐，又指挥赵鹏打120，打夏明电话。但当医护人员一来，她心里一松，肾上腺素爆发的后遗症就来了，手脚发软，一点力气都没有，甚至连站都站不起来，还是玛丽亚搭了一把手，她才从地上站起来，瘫坐在沙发上。

玛丽亚和徐知平驱散了看热闹的同事，只留下赵鹏和苏筱，询问事情的经过。

苏筱简单地说了一下。

两人相视一眼，问："当时有没有语言冲突？"

"没有。"

"有没有肢体冲突？"

"没有。"

两人又相视一眼，明显不太相信。

苏筱叙述事情经过时，赵鹏在一旁跃跃欲试，但又欲言又止，一副别有隐情但是顾忌苏筱在场不好揭穿的模样。这些小动作自然尽入玛丽亚和徐知平的眼里，问完苏筱，他们便说让她好好休息，带着赵鹏离开她的办公室。

苏筱能猜到赵鹏会说些什么，但她完全没有心思去考虑这些，此时她心里很不安，如果黄礼林出事了，她该如何面对夏明？

敲门声响起，想来又有人打探消息，她不想回应。

片刻，门被推开，吴红玫探头进来，满脸关切。

"筱筱，你在呀？"

她闪身进来，关好门，走到苏筱面前，关切地问："你没事吧？"

苏筱摇摇头："我没事。"

吴红玫审视着她，一张原本就白净的脸，都白成石灰粉了，平时总是晶晶亮的眼睛也黯然失色。这副楚楚可怜的模样，让她发自内心地愧疚起来。昨天躲着苏筱一整天，既想她来找，又烦她找，看到她光芒灿烂的样子心里就不舒服。真是不应该呀，好朋友的成功难道不是可喜可贺的吗？

吴红玫倒了一杯水，递给苏筱，然后在她旁边坐下，搂住她说："发现得早，应该不会有事的，你不要担心。"

苏筱喝了口水，渐渐地平静下来。

这时，座机响了。

座机通常都是集团内部电话，苏筱站了起来，接通电话。

"我是何从容。董事长让我问你，发生什么事？"

"黄总来跟我谈800万补差款的事情，谈完后，他站起来准备走，突然就倒在地上了。"

"哦？"何从容的声音里充满怀疑，"你们有没有发生争执？或者肢体冲突？"

"没有。"

"真的没有？"声音还是充满怀疑，另有一种兴致勃勃潜伏着，就像眼睛后面还藏着眼睛。

苏筱的脑海里顿时闪过年会那天他那种兴致勃勃的窥探眼神，厌恶地说："既然我说了你也不信，还问什么？"

"可能你说声滚，我就信了。"电话那端响起一声轻佻的笑声。

"滚。"苏筱一阵火起，将电话摔在桌子上。

吴红玫吃惊地看着她："谁的电话？"

"何从容。"

"何助理？"

苏筱点点头，她心里烦躁，并没有注意吴红玫的神色变化。

吴红玫很震惊，被这一声"滚"震惊了。

何从容已经取代夏明成为人力资源部众多单身女同事的目标，虽然他外形没有夏明那么出色，但是有钱呀。他随便一身行头就是普通员工一年的工资，隔几天就换一辆车来上班，最次的一辆也是宝马。现在这个社会，钱可比外形更叫女人动心。人力资源部的女同事为了和他有进一步的接触，可谓奇招频出，有的每天早上制造巧遇，有的学着电视里灰姑娘对霸道总裁呼来喝去的方式故意针对他，目前为止，没有一个成功。何从容独来独往，只跟董事长、玛丽亚、唐秘书三人亲近些。

然而，这么一个成为诸多女同事玫瑰色绮梦对象的男同事，却被苏筱随随便便地骂了一声“滚”。这说明什么？说明他们两人的关系已经突破同事的界限。像吴红玫，连对何从容说一声“滚”的机会都没有。

吴红玫看着苏筱，心情复杂，她究竟是怎么做到的？明明一直待在天成那个犄角旮旯，先是和夏明勾连上了，而后得到董事长的青睐，现在又跟何从容有了私交？她对着窗玻璃照了照，论外形，她并不比苏筱差；论才学，她是硕士，苏筱只是学士；论能力，她年年考评都是优，并不比苏筱逊色。为什么苏筱如鱼得水，她却一无所有？她有种说不清道不明的微妙感觉，像是自己守了四年的宝库大门，却被苏筱这个外来者长驱直入了。

苏筱大概做梦也没有想到，自己心神疲倦之下的这一声“滚”，彻底颠覆了吴红玫的世界观。

第四章

跟着120去医院的是汪明宇和集团办公室主任，传回集团的消息并不太好，黄礼林一直在抢救中。苏筱缓过来后，也去了医院，她一个人去的，没叫吴红玫陪。心里再惶恐，也得面对现实。

惴惴不安地走到手术室外，一眼就看到夏明。他倚着墙壁站着，怔怔然地看着“手术中”那三个字，一向从容不迫的表情消失了，目光中只有紧张和害怕。苏筱走到他旁边，他都没有发觉。

“夏明。”

他转眸看着她，先是蒙的，渐渐地眼神锐利起来，像是看着一个陌生人。

苏筱不由自主地怵了一下。

他问：“怎么回事？”

“你舅舅来找我，说了一下800万的事情，要走的时候，突然发病了。”

“你跟他吵架了？”

“没有。我们没有吵架。”

夏明盯着她，似乎在判断话的真伪，然后他没有再问，扭头又看着手术室的大门。苏筱很想和他再说说话，但看出他兴致缺缺，站了一会儿，讪讪地终究张不开口，只得放弃，走到长椅边坐下。

又过了半个小时，手术室的门终于开了。

因抢救及时，黄礼林没有生命危险，生命体征也平稳，不需要进ICU观察。

所有人都松了口气，把黄礼林送进单人病房后，汪明宇拍拍夏明的肩膀说：“公司还有事，我先回去了，你有什么需要跟潘主任说就行了。”然后又交代办公室主任，“你留在医院，有事随时跟我汇报。”

他是集团二把手，亲自送黄礼林到医院，又守到手术结束，已经很够意思了。夏明表达了感激之情，又亲自送他离开。办公室主任姓潘，是个中年男人，又勤快又八面玲珑，倒水、擦脸、取药、找护工，一个人干得飞起，苏筱完全插不进手。

夏明送完汪明宇回来，对苏筱说：“你也回去吧。”

“我……”

夏明疲倦地说：“回去吧，有什么事等我舅舅醒了再说吧。”

“我真的什么也没有做。”

夏明不说话，像是没听进去，也像是不相信。

“你不相信我吗？”

“我现在没有心情考虑这些。”夏明的目光落在黄礼林脸上，一副不想多话的表情。

苏筱有些受伤，心里很堵，眼睛发涩。徐知平、玛丽亚、何从容不相信她，她无所谓，但是夏明怎么可以不相信她呢？她明明什么都没有做呀，满腹的委屈，无人聆听，只能憋在肚子里。

“那你好好照顾黄总。”

她转身走出病房，连再见都没有说一声。

苏筱走后，夏明又打发走办公室主任。

办公室主任一开始还以为他怕麻烦自己，再三表示不麻烦，后来听他说想跟舅舅单独待会儿，他顿时理解了，买好一切住院用的物品，这才走了。

关好病房的门，夏明垮了肩膀，走到病床前坐下，悲伤地看着黄礼林。他双眸紧闭，嘴巴还是歪的，灰扑扑的脸庞毫无生气，皮肤一下子松弛了，耷拉在脸上，像是风烛残年的老人。

一直以来，黄礼林都给他一种生机勃勃的感觉，以至于都忘记他已经年过五十了。夏明鼻子发酸，紧紧地握住他的手。夏明的父亲是个爱钻研的学者，母亲是个爱工作的医生，都不是擅长过柴米油盐生活的人。吃饭的问题还好解决，毕竟大学和医院都有食堂。可生活不是只有吃饭一件事，小时候他经常被一个人留在家里，差点就得了抑郁症。是黄礼林放下工作陪着他，让他骑大马，带他去游乐园，陪他上兴趣班，带着他踢球，他才渐渐地开朗起来。

小升初，初升高，大学毕业，研究生毕业。他人生的重要时刻，父母未必在场，但黄礼林一定在。黄礼林只是他的舅舅，给他的却是父亲一般的陪伴与照顾。正是因为这一点，所以他才选择了保送同济大学的土木工程专业。当时他父亲特别不理解，说："你的成绩选什么不行，金融、法律、哲学、医生都是很好的专业，工作体面，社会地位高。实在不行，搞学术研究也行呀，咱们家还从来没有出过工科的。"

陈年往事如同画卷一般在脑海里展开，夏明越想越难过，眼眶也红了。他明白黄礼林为什么这么反对他跟苏筱一起，因为他就像是精心栽培的大白菜，不能随随便便地让人拱了。虽然自己不认同黄礼林的观点，但没有办法责怪他，毕竟他的出发点是爱。苏筱说她没有跟黄礼林吵架，他不是不信，而是知道吵不吵架不重要，对黄礼林来说，苏筱的存在就是一根刺。

敲门声打断了夏明的思索，他扯过一张纸巾擦去眼泪，长长地吁出一口气，平稳了情绪，这才叫了一声"进来"。进来的是天科的财务经理杜永波，他拎着公文包，神色慌张，看到黄礼林眼圈先红了："黄总……这到底是怎么回事，早上还是好好的……"

夏明举起食指到唇边嘘了一声，杜永波连忙将余下的话吞回肚子里。

"我舅舅没事，没有生命危险，你不要担心。"

杜永波点点头，松了口气。

"有两件事要交给你，你马上回去处理。"

"什么事？"

"第一件事，我舅舅中风的消息不要传出去。"

杜永波面露为难之色："有不少人已经从集团得到消息了，刚才都跑来问我是不是真的。"

"等一下你回去，告诉他们我舅舅已经醒了，没有什么大碍，还要叮嘱一下他们，不要往公司外面传，特别是分包商那里。"

杜永波一脸认真地点点头。

"第二件事，把能收的款项尽量收回来，暂停与工程无关的管理类支出。"

杜永波怔了怔："这……为什么？"

夏明叹口气道："提前做个准备吧。希望用不上。"

杜永波隐隐明白他的担忧，再次点头。

"你现在就回去，赶紧处理，静悄悄的，不要动静太大了。"见杜永波的眼睛一直看着黄礼林，夏明拍拍他的肩膀，"放心吧，我舅舅福大命大，不会有事的。"

杜永波跟着黄礼林十几年了，感情深厚，深以为然地点着头："黄总是好人，老天不会不长眼的。夏总，我回去了，有事你再联系我。"

夏明点点头。

杜永波刚走到门口，门被重重地推开，啪的一声撞在墙上。推门那个人三十出头，高大强壮，目光凶狠，留着寸头，脖子上文满了刺青，凶悍之气毕露。杜永波吓得后退一步。那人轻蔑地看他一眼，往旁边一闪，做出一个请的手势，原来他身后还有一个人。那人脑袋锃亮如同灯泡，只在头顶覆着一小片头发。他四十多岁，膀大腰圆，后脖子堆着层层叠叠的肉，穿着价值不菲的黑色西服，一只毛茸茸的闪电貂在他肩膀上爬来爬去。医院禁止带宠物，也不知道他怎么带进来的。

杜永波有些吃惊："崔哥，您怎么来了？"

被唤作崔哥的人根本没搭理他，大摇大摆地走了进来，花脖子马仔紧随其后。

夏明上前两步，挡住他们的路："你是我舅舅的朋友吧，谢谢你来探望他。我舅舅刚刚动过手术，伤口容易感染，所以还请您把您的宠物留在外面。”

“我家闪电很干净，天天洗澡，比你都干净。”

“再干净它也是动物，动物身上的菌群跟人类是不一样的，病人免疫力低，很容易感染。”

崔哥脸色一沉说：“我要是不把它留在外面呢？”

杜永波在两人身后，满脸焦急地冲夏明使着眼色。夏明只作没看到，掏出手机说：“那我只能报警了。”

崔哥杀气腾腾地盯着夏明良久，见他丝毫不肯退让，冷笑一声说：“好，等一下你不要后悔。”将闪电貂交给花脖子马仔，“你去外面等我。”

马仔为了表示忠心，恶狠狠地瞪夏明一眼，抱着闪电貂走了出去。

夏明让开路，并做出请的手势。

崔哥倒背着双手，晃到病房前面，低头审视着黄礼林：“废了。”

夏明知道来者不善，也不生气，说：“我舅舅的情况并不严重，抢救及时，没有生命之忧，医生说快则三个月，慢则半年，就能恢复。”

“就他这个样子，别说三个月，三年都好不了。”

“我母亲就是医生，我对这个病比你要了解。”

崔哥这才转过身来，正视着夏明，上上下下打量他一番。“你就是夏明吧，你舅舅跟我提过你，我姓崔，大家都叫我崔哥。前一阵子你舅舅在我这里借了一笔钱，也没多少，3000万，说是等银行贷款放下来就还我。”

“过桥贷款？”夏明看向杜永波，杜永波点了点头。

“没错。本来你们公司这笔贷款银行是说好的，下个月就发，但是黄胖子这样……”崔哥摇了摇头。

“我们公司在建五个项目，运营正常，负债率也在合理范围内，银行没有理由更改主意。”

“那么多优质公司在等贷款，为什么银行要给你们呢？你觉得是运营情况和负债率吗？”崔哥嘿嘿两声，霸气侧漏地说，“是因为我，明白吗？是因为我。”

夏明看向杜永波，他又点了点头。

“什么条件能继续放贷？”

“你也配跟我谈条件。”崔哥切了一声，“一个小鸡仔，不知道天高地厚，自以为骨头很硬，我见多了，最后还不都是抱着我大腿哭。”

“那你说怎么办？”

“看在黄胖子的面子上，我给你三天时间，把钱还清。逾期不还……”崔哥瞅着夏明的手指，“我家闪电可喜欢啃手指头了。”

崔哥出了门，杜永波才敢大声喘气。

“他到底是什么人？”

“以前在社会上混，现在开担保公司，说是倒卖贷款，其实就是放高利贷。黄总经常找他周转。”顿了顿，杜永波又低声补了一句，“这个人年轻时打架斗殴‘几进宫’，现在说是洗手不干了，但是放高利贷没有干净的……”

“为什么这件事情我完全不知道。”

“你没来之前，黄总经常找他借钱周转；后来你来了，咱们拿的都是优质项目，结算及时，就没怎么找过他了。这回咱们在群星广场压了太多资金，黄总没办法才又找到他。这3000万本来说好银行贷款下来还他的，那银行放贷的和他是一伙的。”

“咱们账上还有多少钱？能不能凑够3000万？”

“收收，应该可以。”

“赶紧把钱凑凑，先还他。”

“行，那我现在就回公司了。”

夏明点点头，摸出一支烟，刚含到嘴里，想到是在医院，只得作罢，又将烟塞回盒子里。他原本想一个人静静，把事情理一理，但是没多久，汪洋来了，风尘仆仆的，空着手，说是刚听到消息，直接从工地赶过来。

他走到床边，看着双眸紧闭的黄礼林，满心不是滋味。“到底怎么回事？”

“详细的情况我也不清楚。”

汪洋犹豫了一会儿：“我听说跟苏筱有关，是不是真的？”

“可能吧，舅舅是去集团找她了。”

汪洋默了默：“那你准备怎么做？”

“我还没想好，先看看集团什么态度吧。”这就是夏明想要理一理的地方，倘若没有苏筱，这件事太好处理了。但是掺杂着苏筱，他有些投鼠忌器。

“集团现在是什么态度？”

“汪明宇一直守到我舅舅手术结束才走，他的意思是一定会秉公处理，目前看来，还是积极的。”

汪洋松了口气：“那就好。”

口袋里的手机在震动，他掏出来扫了一眼，掐断，说：“是天正的老郑，他也很关心。其他两个也给我打过电话，只是他们都有事，来不了。不过大家都说了，需要我们出面的时候，我们一定会出面，给你舅舅讨个公道。所以，你想好怎么干了，跟我们通一声气就行了。”

“谢谢汪总。”

汪洋坐了半个小时，走时天已经黑了。

办公室主任托护士找来的护工来了，夏明看黄礼林体征稳定，嘱咐了护工几句后，就去吃晚饭。草草地填完肚子，他在院子里的树丛下坐着，一边抽烟一边想事。3000万、苏筱、天科的未来，长久以来的布局……想得脑袋都疼了，也没有理出一个万全之法。

走廊方向传来脚步声和说话声，打断了他的思绪，听声音有些熟悉，他抬头看过去，原来是主治医生和赵显坤并肩走了过来。主治医生指了指黄礼林病房的楼层与方向，赵显坤与他握手，说了一句感谢的话，然后往黄礼林的病房走去。此时已经过了探视时间，但这自然难不倒赵显坤。有钱有权就有关系网，任何事情都可以网开一面。

夏明坐的地方没有灯光，所以赵显坤并没有发现他。等赵显坤进了住院大楼，夏明才慢吞吞地站起来往回走。病房里，赵显坤已经坐在床沿，神色伤感地凝视着熟睡中的黄礼林。

听到脚步声，他抬头看了一眼，感慨地说：“真不敢相信，我脑海里还记得第一次见到你舅舅时的样子，他穿着喇叭裤和花衬衫，一张口滔滔不绝，从港台明星说到东北炸鱼，生龙活虎，没有他不知道的。”

黄礼林突然神情痛苦地摆动着脑袋，赵显坤伸手按着他的手，像是要给他力量一般，目光中含着浓浓的担忧。片刻，黄礼林安静下来，呼吸渐趋平稳，赵显坤松了口气，缩回手。

“医生怎么说？”

“董事长不是已经见过主治医生了吗？”

赵显坤眯了眯眼睛，看着夏明。

夏明迎着他的视线，不避不闪。“刚才我就在楼下抽烟，董事长没有看到我，但我看到董事长了。”

“说说你的想法吧。我知道你是个很有想法的人。”

“我赶到医院的时候只有一个想法，只要舅舅能活下来，我愿意付出任何代价。”夏明又强调了一句，“任何。”

“你舅舅会没事的，医生说抢救及时，手术也很成功。”

“这就是董事长的想法吗？”夏明的眼神一下子变得咄咄逼人。

赵显坤站了起来，正视着夏明：“我理解你的心情，但你并不理解我的心情。我跟你舅舅相识几十年，走南闯北，一起搬砖一起流汗，在我心里，他也是我的亲人。你不想看到的，我同样不想看到，你想弄明白的，我也想弄明白。我放弃会议，赶回北京，先来医院，就是想看到他平平安安的，至于其他事情，我会调查得一清二楚。”

“好，我等董事长的一清二楚。”

赵显坤拍拍夏明的肩膀：“好好照顾你舅舅，有什么需要，跟潘主任说。”

夏明将赵显坤送出门，转身回屋。

黄礼林睁开眼睛，虽然很虚弱，但眼神是清明的。

夏明欣喜若狂，一个箭步走到床边，握住黄礼林的手：“舅舅，你终于醒了，吓死我了。”

黄礼林虚弱地扯扯嘴角，嚅动半天，没有说出一个字。他指指床头柜。

“是要喝水吗？”

黄礼林费力地摇一下脑袋。

夏明又拿起水果，黄礼林还是摇头，用口型说了一个字“笔”。

夏明递笔给黄礼林，黄礼林接过，又指指床头柜。这一回夏明不用说也明白，拿起纸递给他。

手也有些无力，所以费了不少时间，黄礼林累得气喘吁吁，才写了三个歪歪扭扭的大字。夏明低头一看，心里打了一个突。

纸上写着：苏气我。

黄礼林指指纸条，又指指手机，意思是发邮件给集团。

夏明犹豫了。

赵显坤心事重重地走到停车场，一直在外面站着的司机，赶紧打开后座车门。他坐上车，闭上双眼，突然听到副驾驶座上的何从容发出一声轻笑，一会儿又发出一声轻笑，他皱眉，问："你在笑什么？"

何从容很没有眼色地说："我在看公司论坛里的一个帖子，挺搞笑的。"

赵显坤没好声气地说："晚点再看吧。"

"是关于苏筱的。"

赵显坤陡然睁开眼睛，朝他伸出手。

何从容把手机递给他。

帖子名字叫"当红炸子鸡苏妲己传"。

赵显坤一目十行，脸色渐变。他把手机扔还给何从容，说："给小唐打个电话，让她召集领导班子开会。"然后拍拍司机的椅背说，"去公司。"

医院离着公司很近，他们一行到公司的时候，领导班子成员都还没有来，倒是小唐等在公司里。

赵显坤走进会议室坐在主席位上，等着大家。

大家陆续来了，看到赵显坤沉着脸坐在会议室里，一个个都小心翼翼起来。

等人到齐了，赵显坤说："当时到底发生了什么事，你们搞清楚了吗？"

玛丽亚跟徐知平对视了一眼，说："事情发生时，屋里就苏筱和黄礼林两个人，不过赵鹏听到了一些动静。我已经叫他过来了。"

"让他进来。"

赵鹏走了进来，赔着笑向大家问了一声好："各位领导晚上好。"

汪明宇："你听到什么动静了？"

"他们是关起门来说话的，到底说了些什么，我听不到，只知道他们俩说话声音很大。中间，我还听到重重的开门声，因为上回老董就是被黄礼林气得冠心病发，我担心苏筱也出事，就出去看了一眼。结果看到苏筱站在门口。”赵鹏走到门口，模仿苏筱当时开门做出请的手势，“她就是这个动作，应该是请人离开的意思，她的脸色不太好看。我问她怎么回事？她说没事，又重新把门关上了。我实在有些担心，就站在门口听了一会儿，他们好像一直在争吵……”

赵显坤问：“你确定听到争吵的声音了？”

赵鹏想了想，露出为难之色。“这个我还真不敢确定，反正声音挺大的，咱们办公室隔间效果很好，正常说话是不可能听到声音的，如果情绪特别激动，大吵大嚷就能听到。”

说罢，他偷偷地瞟汪明宇一眼。

汪明宇赞许地眨了眨眼睛。

叫赵鹏回来做证是他的主意，当时赵鹏问他，在赵显坤面前怎么说的时候，汪明宇说：“话必须是真话，但是不妨带上自己的倾向。”

“接着说。”

“然后没过多久，我听到苏筱叫我，声音很大，我冲到对面，就看到黄礼林倒在地上，嘴都歪了。”赵鹏心有余悸地说，“然后我打电话给120。就是这么一个经过。”

“这件事，大家怎么看？”赵显坤扫一眼众人。

胡昌海举着手晃了晃：“我先说。黄礼林是公司元老，年龄大资历深，是陪着咱们一起风风雨雨过来的，他是有些小毛病，但是人无完人嘛。苏筱我不了解，也没有接触过，我只知道，当年咱们在泥里爬土里滚的时候，这丫头还不知道在哪里。尊重长辈是一个人的基本品德，能力再强，品德不行，那也是不行的。”

汪明宇赞同地说：“胡工说得对，用人嘛，品德第一。不过苏筱才刚入职，品德到底如何，我觉得不能简单地从这一件事就下结论吧。倒是黄礼林的性格，咱们都清楚，不说其他的，老董怎么走的，那才是两个多月之前的事。所以，我认为这事情，有可能，只是有可能哦，是黄礼林故技重施，主动挑衅。”

赵鹏诧异地看着汪明宇，在电梯里他明明说了，这是自己取代苏筱的最好机会，怎么在会议室里他的态度陡转呢。

胡昌海切了一声：“明宇，你这话说得不合逻辑。我听说现场还有一张购物卡，很明显黄礼林是去拉关系的，怎么可能主动挑衅？”

“现场确实有一张购物卡。”徐知平从口袋里掏出塑封好的购物卡，“我查了一下，大概有五千块钱。”

“看。”胡昌海抬抬手，意思是大家都看到了吧。

玛丽亚说：“关于这张购物卡，苏筱跟我提过，说是年会的时候，黄礼林摔坏她的手机，今天来赔罪，还送了一张购物卡，让她重新买一部手机。”

赵显坤问：“她还跟你说了什么？”

“她说他们还谈了一下800万的处理问题，但是没有谈妥。后来黄礼林走的时候，突然摔倒了，他们之间没有肢体冲突，也没有语言冲突。”

胡昌海嗤之以鼻：“什么都没有，然后黄礼林突然倒下了，你们信吗？”

“有一件事情，我觉得大家有必要知道。”玛丽亚说，“苏筱被众建开除，与黄礼林有很大的关系。”

赵显坤看了玛丽亚一眼，带点责怪。

胡昌海说：“原来如此，这样，事情的始末就更加清楚了。”

汪明宇说：“胡工，你这结论下得太早了，至少也要听听苏筱怎么说。”

胡昌海皱眉，不解地看了汪明宇一眼，正准备说话，林小民抢先说话了：“我觉得没必要。现场就两个人，肯定都是替自己说话，所以咱们永远得不到真相。无论是苏筱激怒黄礼林，还是黄礼林激怒苏筱，我们要考虑的是，苏筱是否胜任这个岗位？这才是重点。管着主营业务的副总经济师，这个位置分量有多重，大家都清楚，如果交给一个不成熟的人，那等于安放一个定时炸弹。”

汪明宇说：“小民，你还记得不，你刚当地产公司总经理那会儿，很多老员工跟董事长反应，说你不成熟，难以担当重任，事实证明，他们都错了。苏筱还年轻，才二十八岁，能有多成熟，咱们得给人家一个成长的时间。”

“我刚当地产公司总经理那会儿确实也不成熟，但也没有把人怼到中风吧。这件事性质很恶劣，下面的人都看着呢。”

“我赞同林总的说法，这件事在集团内影响确实非常坏。”玛丽亚指着面前一叠打印出的邮件，“这些邮件都是各个子公司老总、公司老员工、天科的项目经理们发来的，他们要求严惩苏筱。”

赵显坤招招手。玛丽亚将邮件递给汪明宇，汪明宇再转交给赵显坤。

赵显坤拿过翻看几张，面色凝重，推给旁边的何从容。

“知平，你是苏筱的上司，你也说说。”

徐知平叹口气：“这件事吧，我也有责任。原本想着苏筱是个姑娘，可能黄礼林拉不下脸，容易说话。没想到两人之前有过节，结果闹成这样……不过，我跟汪总的看法一样，咱们不能因为一件事就把人给否了。”

胡昌海看着他直摇头。

赵显坤看着胡昌海：“看来胡工意见很大呀。”

胡昌海说：“没有，没有，我能有啥意见，搞技术我拿手，公司运营那是你们擅长的。我就觉得老徐这个说法不对，是不能因为一件事就把人否了，但是得看什么事，现在整个公司都传得沸沸扬扬，如果我们不及时处理，会是很不好的示范。还有，有件事情我挺纳闷的，也可能是我前段时间太忙，我怎么不记得在集团班子会议上，有讨论过提拔苏筱这件事呢？”

汪明宇等人神色微妙，眼观鼻鼻观心，气氛一下子沉降了。

赵显坤眼眸里闪过一丝不快，但是很快重新浮起笑意。“看来胡工前段时间确实太忙。提拔苏筱是我决定的，没经过集团班子讨论。”

胡昌海哦了一声，一副“怪不得”的表情：“董事长，你还记得不？当初成立领导班子的时候，你再三强调过，要在班子内部实现民主，公司重大决策要在班子内先进行讨论。”

其他人大气不敢喘，表情都有些僵硬。

赵显坤神色微妙地看着胡昌海：“我记得。”

胡昌海说：“人事任命是董事长你的权利和责任，但是像副总经济师这样的重要岗位，是否应该跟班子成员先通个气，让大家也掌掌眼？”

“大家？”赵显坤扫一眼全场，“都是这个意思吗？”

这话一下子把所有人都问住了，一个个都左右为难，会议室里气氛尴尬。赵显坤一个一个地看过去，目光渐渐变冷。

这时，玛丽亚搁在桌子上的手机震动一下，提示有邮件。她拿起手机，打开邮件，看了一眼。“董事长，夏明刚刚给我发了一个邮件，说是黄总醒过来一回，暂时说不了话，他只写了三个字。”

“哪三个字？”

玛丽亚打开投影仪，屏幕渐渐亮了起来，显示出歪歪扭扭的三个字——苏气我。

大家看着屏幕，神情各异。

会议室里有短暂的沉默。

汪明宇打破沉默：“我觉得这个还真不能说明什么，黄礼林一向喜欢倒打一耙。”

胡昌海瞪着他：“明宇呀，他都差点没命了，你说这话良心不会痛吗？”

汪明宇有些尴尬地抹抹鼻子。

徐知平看一眼脸沉如水的赵显坤，打了一个圆场。“今天太晚了，董事长又是匆忙赶回来的，苏筱这边也还没有说话，咱们不能凭一面之词就下结论。黄礼林现在已经没有生命危险了，明天咱们再仔细问问双方，怎么样？今天晚上就到此为止，大家正好也消化消化，沉淀沉淀。”

汪明宇请示地看着赵显坤：“是挺晚的了，董事长，要不散了？”

“行，散会吧。”赵显坤说完，一刻不停留地起身离开。何从容拿起邮件，跟着出去。一直不说话的高进也起身走了。

其他人纷纷呼出一口长气。

胡昌海鄙夷地说：“你们呀，明明个个心里都有意见，都不说，装好人。”

汪明宇微微笑：“你可是冤枉我们了，你比我们想得深远。”

“还装。”胡昌海冷哼一声，愤愤不平地甩袖而去。

其他人也跟着走了。只剩下汪明宇和赵鹏。

赵鹏因为汪明宇在会上顺着赵显坤的意思维护苏筱而恹恹不快。

心知肚明的汪明宇瞥赵鹏一眼：“大家都知道你是从总承包公司升上来的，都知道咱们俩的关系，所以我不能表现得太过积极，太过积极对你反而不利。胡工耿直，大家都知道，所以有些话他可以说，别人不可以说。”

赵鹏敷衍：“我明白的，汪总。”

汪明宇松了口气说：“从今天的会议来看，大家对董事长提拔苏筱都有意见，连林小民都不例外。”

赵鹏点头说：“对，说实话，我挺诧异的，没想到林总居然也意见这么大。”

汪明宇笃定地笑：“公司几万人，被董事长一手提拔上来连升三级的，之前只有林小民独一份，现在多了一个苏筱。而且苏筱的入职仪式还是超规格的，换作是你，你会舒服？”

赵鹏露出恍然大悟的神色。

“就因为大家都有意见，我反而不能有意见，我得站在董事长面前挡着，明白吗？”

能做到副总经济师的位置，赵鹏自然也不蠢，他想了想，重重地点头：“我明白的。”

汪明宇说：“领导班子都有意见，其他子公司老总看到这么年轻的副总经济师也不可能舒服。而苏筱这个人，一如我所料，情绪化，沉不住气，遇到黄礼林这种老江湖就直接暴脾气了。所以她下台是必然的，她的位置一定是你的……”

第五章

赵显坤回到自己的办公室，一屁股坐在沙发上，拿起邮件看着，一封又一封，脸色渐渐地不好了。突然，他将邮件重重地甩在桌子上，顿时纸张纷飞，有几张飘落在地上。这一动作吓着了何从容和唐秘书。两人你看我，我看你，大气不敢喘。

过了几分钟，赵显坤缓过劲来，长长地吐出一口气，看着何从容说："你奔波了一天，辛苦了，早点回去休息吧。"

何从容明白赵显坤有话要跟唐秘书说，于是二话不说，转身走出董事长办公室。走到电梯间，玛丽亚正从电梯里出来，拦住他说："董事长还在办公室吗？"

"在呢，但是我劝你别去，他刚才发了很大的火。"

"为什么发火？"

"就那些邮件，他刚才看了。"

"他有没有说什么？"

“没有，他什么都没有说。他要说也不跟我说呀。”何从容冲董事长办公室的方向摆摆头，“有什么事他都是跟小唐说的。”

玛丽亚皱眉说：“那怎么行啊！你不能总这样。”

“怎么不行，我可以呀，我不就是来打酱油的吗？”何从容吊儿郎当地笑了笑，走进电梯，下到地下停车场，上了自己的跑车。此时已是深夜，沸腾的北京城已经安静下来了，车辆稀少，他一阵风般开回住处。

他的住处在寸土寸金的CBD，是套将近三百平方米的大平层，那是母亲留给他的。他母亲是北京人，在美国留学时认识了他的父亲。当时他的父亲刚刚结束了第二段婚姻，但母亲还是飞蛾扑火般地爱上了。

他的外公并不同意这一段跨国婚姻。他是朝鲜战争中幸存的军人，一颗心红彤彤的，坚定地认为美帝国主义就是纸老虎。他派女儿去留学，是打入敌方阵营，学习技术报效祖国，而不是“投敌叛国”。母亲是个孝女，无奈地回到中国，但当时已经怀了他，并且执意生下了他。所以他其实是在北京出生的，幼儿园也是在北京上的。小学二年级，外公过世，横亘在父亲和母亲之间的障碍消失。母亲带着他到了美国定居，并且和刚刚结束第三段婚姻的父亲结婚。

对北京，他有着很复杂的情感，既陌生又熟悉，既亲切又遥远。

有时，他坐在巨大的落地窗前，会下意识地去寻找外公外婆的住处。那个地方已经拆迁了，他是找不着了。更多的时候，他会坐在偌大的客厅里玩各种各样的游戏，直到累垮了，往床上一躺。他的狐朋狗友都在美国，在这里，他只是一个人。

但今夜不同，今夜有个人等着他。

是他父亲的律师，也是美籍华裔，叫李大维。他三十多岁，收拾得油光水亮，常年健身，身体非常壮硕，一口大白牙。其实他的五官轮廓非常中国，但完全是美国人的气质。

他坐在吧台的高脚椅上，看着何从容说：“先生让我问你，知道错了吗？”

何从容哈哈大笑：“你告诉他，如果当年不是他管不住自己的下半身，这个世界上根本就没有我，要错，也是他先犯的错误。”

李大维摊摊手说：“你不会真想我把这句话带回去吧。”

“带，为什么不带？”

李大维无奈："Mark，使性子解决不了问题。你已经二十七岁了，不是小孩子了。"

"既然我不是小孩子了，为什么不把我母亲的遗产交给我？"

"让我给你一个忠告，如果你真想解决问题，对抗一定是最愚蠢的办法。"

何从容不以为然地呵了一声，走向客厅："你可以走了。"

"你过得怎么样？"

"我很好。"

"看起来确实不错。"李大维看着散落一地的游戏机，嘲讽地说，"估计再有六个月你就可以成为快乐的肥宅了。"

"那也不错。"何从容拣起一个游戏手柄扔给他，"来一局，一局一千美金。"

李大维输了五局，为了钱包的安全，结束和他的对抗，回了酒店。

何从容心情很好，所以第二天又睡过头了。

等他赶到公司的时候都日上三竿了，唐秘书一看到他就皱眉。"你又迟到了。"

何从容趴在桌沿，凑近唐秘书："这要怪你。"

唐秘书不解地问："怪我什么？"

何从容装出深情的样子说："怪你在我梦里进进出出。"

唐秘书知道他在调侃，但还是很受用，娇羞地白他一眼。这时响起了一声轻咳，两人扭头一看，是胡昌海来了，脸拉得好长，只差将"恼火"两字写在额头上。何从容和唐秘书立刻分开，并站直。

"胡工早。"

胡昌海冷淡地嗯了一声，推开门走了进去。

赵显坤端着茶杯，正站在窗前，看着远处的紫禁城。听到脚步声，他转过身。

"太不像话了，你得管管了。"

"什么不像话？"

"那个何助理就趴在小唐的桌子上。"胡昌海模仿着何从容的动作，凑近赵显坤，"凑那么近，上班时间呢，像话吗？"

赵显坤被逗笑了，请胡昌海坐下，亲手给他泡了一杯茶。"先喝杯茶，消消气。”

“我不是气，我是着急。董事长，小唐以前多规矩的一个人呀，自从何助理来了，她也变得轻浮了。这就是一颗老鼠屎坏了一锅粥。”胡昌海端起茶喝了一口，“嗯，这茶不错，提神。”

“朋友自家种的，给我送了两罐，等会儿给你一罐。”

“好。”胡昌海又喝了一口。

“胡工，你一直钻研技术，而我最近也一直出差，咱们有段时间没坐在一起好好聊聊了。”

胡昌海想了想说：“是有一阵子了，我现在两眼一抹黑，集团的事情完全不清楚了。”

“这一回咱们融资，何先生提了一个要求，让我帮他管管儿子。这种小事，我不能拒绝。也没指望他能干什么事，就把他放在眼皮底下，免得他惹是生非。”

“这我明白了。不过我看那家伙不是个听话的，恐怕你管不住。”

“不求有功但求无过，只要对何先生有个交代就行了。”赵显坤帮胡昌海添茶，“小唐跟着我几年，是个有主见的姑娘，我相信她拎得清。”

胡昌海点点头：“小唐是个好姑娘。”

“至于苏筱，提拔她，是因为她的专业能力过硬。”赵显坤将天成的报表递给胡工，“你看看，这是去年天成的报表，跨越式的进步，就是因为苏筱。”

胡昌海不接报表，说：“董事长，我不是质疑她的能力，不过，她有能力也是小荷才露尖尖角，要论对集团的贡献，她算老几？黄礼林是不听话，有时候不像话，但他之前为集团做的贡献，是可以排进公司前十的。一个新人欺负元老，是会让所有老员工寒心的。”

“事发时就两个人在场，真相如何，很难说得清楚。黄礼林又是个擅长搞事的。”

胡昌海皱眉：“搞事的已经躺在医院，差点没命了，还有比命更大的事吗？平时滔滔不绝的人，现在连句话都说不清楚，董事长，你不难过吗？这可是陪着我们风里雨里一起走过来的兄弟呀。”

“我怎么会不难过呢？但是再难过，也得尊重客观事实……”

胡昌海不快地打断他：“黄礼林都说是苏筱气他，你为什么就不信？

几十年同甘共苦的兄弟你不相信，就相信一个不知道从哪里冒出来的小丫头片子，是不是？”

赵显坤耐心地说：“胡工，我不是这个意思。公平公正一直是咱们公司内部的管理准则之一，我希望搞清楚事实真相，不冤枉任何一个人，不论他是老员工还是新员工。”

“行吧，那我就等董事长你调查清楚了。”胡昌海重重地把茶杯一放，起身走了。

赵显坤头疼地往后一靠，片刻后，他喊了一声：“小唐。”

唐秘书走了进来，以为胡昌海告状了，脸色不安地看着赵显坤。

但赵显坤想的却是其他事：“你再想想，我不在的这几天，集团里有没有什么特别的事情？可能跟胡工有关，他对苏筱入职非常抵触，有点奇怪。”

唐秘书想了想：“大家最近的话题，就是苏筱入职，还有她从前在天成的一些事情，她是怎么干掉上司的，还有为什么要叫她苏妲己……哦，对了，我听她们说什么二级领导用了一级领导的入职仪式。”

“是说苏筱的入职仪式？”

“应该是吧，最近集团就她一个二级领导入职。”

“入职仪式怎么超规格了？”

“详细的我就不清楚了，可能得问玛丽亚。”唐秘书问，“要我把玛丽亚叫过来吗？”

赵显坤摆摆手：“叫那个，上次还毛衣的那个，我一下子想不起她名字了……”

“Helen。”

“就她，你让她来一趟。”

接到唐秘书的电话，吴红玫先紧张了一下，董事长要找她问话，这是什么情况？她回想最近几天，没有做过任何出格的事情，那多半和自己无关，要是问别人的事情，大概率就是苏筱了。

要搁在从前，她肯定直接就去董事长办公室了，然而昨天被苏筱刺激了一番，痛定思痛，觉得自己不能再走从前的老路了，得让董事长有个好印象。于是，她掏出化妆镜整理了一下仪容，又拿出口红重新抹了一遍。

走出人力资源部大门，遇到了款款而来的玛丽亚。

“你要去哪里？”

“唐秘书刚才打电话，说董事长有话问我。”

玛丽亚怔了怔：“问什么？”

“她没有说，不过我猜，多半是跟苏筱有关吧。”

玛丽亚不说话，神色微妙地审视着吴红玫，目光还特别在她刚刚重新涂抹口红的嘴唇上停了停。吴红玫头一回做这种搏出位的事情，本来就心里发虚，被她的眼神一照，以为被洞烛了居心，顿时僵在原地，双手紧握，恨不得当场将口红抹掉。片刻，玛丽亚轻笑一声，手一挥，然后扭头拐进人力资源部办公室。

吴红玫松了口气。

这么一闹，痛定思痛后不走老路的决心被粉碎了，她走进董事长办公室时，跟往前一样微垂着脑袋，拘谨地站着。

“坐吧。”赵显坤指了指面前的位置，为了让她放松，还友好地笑了笑。

吴红玫坐下。

“苏筱的入职仪式是你安排的？”

吴红玫点头。

“为什么用了一级领导的入职仪式？”

“玛丽亚吩咐的。”

“她有没有说为什么？”

吴红玫回想了一下，摇摇头。

“对这个入职仪式，胡工是不是当时就有意见？”

“有没有意见不清楚，但是当时胡工说技术部要开会，没有时间出席入职仪式。”

“那他后来来了没有？”

“来了，玛丽亚让我给他打电话，让他必须出席。”

赵显坤脸色微沉：“你的意思是，玛丽亚强迫胡工出席苏筱的入职仪式？”

吴红玫感觉到他生气，不敢点头，也不敢摇头。

赵显坤拿起座机，沉声说：“小唐，让玛丽亚过来一趟。”

吴红玫意识到自己闯祸了，垂下双眸，手心微微汗出。一会儿，听到玛丽亚独特的脚步声由远及近，跟着响起一声语气轻快的“董事长早”，身边的椅子被拉开，一股香水味近在鼻翼。吴红玫这才鼓起勇气看向玛丽亚。玛丽亚并没有看她，而是笑盈盈地看着赵显坤。

赵显坤沉声问：“苏筱的入职仪式是怎么回事？为什么强迫胡工必须到场。”

“强迫？”玛丽亚瞪大眼睛，转眸看着旁边的吴红玫。

吴红玫满脸歉意，嗫嚅半天，想解释又无从开口。

“Nonsense！”玛丽亚一激动英语就飙出来了，“董事长出差前指示我，安排好苏筱的入职仪式，我就是按照指示办的。细节我都跟汪总请示过，是他同意的，也是他说，既然董事长要讲话，那就必须所有人都到场。”

“明宇？”赵显坤微微皱眉。

玛丽亚点头：“是的，汪总说了，苏筱虽然是副职，但她负责的是主营业务，与集团各大部门都有密切的工作往来，要让大家和她尽快认识，便于早点开展工作。”

赵显坤垂下眼皮，手指轻敲扶手，一会儿，抬起眼：“那论坛上苏妲己的帖子又是怎么回事？为什么不删除？”

“帖子没有指名道姓，也没有违反规定。”

赵显坤再一次沉下脸：“你的意思是，你不知道那帖子说的是苏筱？”

玛丽亚表情一僵，但很快恢复了平常神色：“我是知道的。但是帖子没有污言秽语，陈述的基本都是事实，苏筱确实是被众建开除，在天成的时候也是独断专行，才被叫作苏妲己……所以我认为删除帖子不合适，违反了咱们集团一直以来倡导的言论自由。”

赵显坤笑了笑：“言论自由，果然是个好借口。”

玛丽亚脸色微变，正想说话，又听到他说：“玛丽亚，人力资源是用来解决矛盾的，哪里有矛盾，哪里就应该有你。你一直说你是专业的，我也相信你是专业的，但是今天我没有看到你的专业性。”

语气虽平静，措辞却是严厉的。玛丽亚不服气地说：“我接受的专业教育告诉我，苏筱的能力不足以担任副总经济师，我一早就告诉董事长了，但是董事长您不相信，而昨天苏筱的行为证明我对她的判断是正确的。”

赵显坤语气淡淡：“原来，这就是你的心病。”

玛丽亚有些急了：“不是什么心病，就是事实，事实摆在眼前了。”

“事实？”赵显坤冷笑一声，“事实就是你不作为，还为你的不作为强词夺理。”

玛丽亚非常难堪。

看到上司难堪，吴红玫更难堪，恨不得当场消失。

过了一会儿，玛丽亚缓过神来，说：“我马上让网络部去把帖子删了。”

“现在删还有什么意义。”赵显坤摆摆手，意兴阑珊地说，“你们出去吧。”

玛丽亚和吴红玫起身离开，一前一后地走出董事长办公室。

玛丽亚心里有气，脚步又重又快，吴红玫也只得加快脚步，跟个受气小媳妇般地落后一步。到走廊里，玛丽亚突然脚步一顿，转过身，瞪着她。吴红玫下意识地想要后退一步，但是又知道不妥，生生忍住了。

“Helen，你怎么可以跟董事长说我强迫胡工？”

吴红玫都要急哭了：“玛丽亚，我没有这么说，我说的是要求，真的，是董事长理解成了强迫。”

玛丽亚显然听不进解释，狠狠地瞪她一眼，转身走了。

吴红玫没有勇气跟上去，在原地呆呆地站了一会儿，越想越羞愧，推开消防梯的门，跑到转角处，跑到没有灯光的地方，也不管墙壁干不干净，身子往墙上一靠，手背用力地抹去口红。口红抹掉了，内心的羞愧却无法抹掉，玛丽亚盯着她嘴唇看的那个片段在脑海里反复出现，每出现一次就让她的羞愧增加一分。她觉得自己好像被剥得不着寸缕地送到大众眼前，所有的阴暗小心思都曝光了。

她看着幽暗的楼道，好想就这么滚下去。

手机丁零零地响了又响。

她不想接，但对方似乎不罢休。响了第三遍后，她不得不掏出手机，“喂”了一声。

“你干吗呢，这么久不接电话？”楼道里信号不太好，张小北的声音有些飘。

“工作呢。”

“咱们家旁边新开了一个楼盘，刚才我路过售楼处，就去看了一眼。有个户型很不错，你今天能不能提前下班，我带你去看看。”

“不能。”

“你跟你领导好好说说呗。”

吴红玫闪过玛丽亚瞪着自己的眼神，跟她好好说说，躲她还来不及呢。“我们领导不好说话，你又不是不知道。”

“那户型卖得特别快。”

“行了，我知道了，我一下班就回来。没事我就挂了。”

“等等，等等。”张小北着急地叫了起来，“你妈把钱还你没？”

“没。”

“那你赶紧让她把钱转给你呀，咱们今天晚上看了，要合适就订下来，真的那房型特别好，卖得特别快。”

“没了。”

“什么没了？”

“我放我妈那里的钱没了。”

张小北还是没听明白：“怎么没了，好好的钱怎么没了？”

吴红玫疲倦地说：“我妈拿去给我弟买房了，所以没了。”

电话那端沉默了一下，然后张小北气愤地嚷起来：“你妈怎么这样，拿你的钱给你弟买房，那咱们的房子怎么办？”

吴红玫疲倦地说：“我不知道，别问我。”

“一分钱都没有了？”

“是的，没有，没有。”吴红玫突然暴躁了，对着话筒一阵狂吼，然后挂断了电话。

电话很快又响起了，一直响，她始终没有接。

第六章

论坛里的《当红炸子鸡苏妲己传》是昨天晚上发出来的，一开始回复寥寥，大家都在观望。到第二天，帖子还没有删，大家便明白上面无意护着苏筱，那还不可劲儿地刷了。凭什么他们在工作岗位上兢兢业业数年不得晋升，她靠潜规则就如此轻松地连升三级。他们坚信她是一路睡上来的，先睡汪洋再睡赵显坤，不然没法解释她跳跃式的升迁，从成本主管到副总经济师，那是多少级，两年升一级也得十几年呀，她进入振华集团才两年呀。

回帖一开始还是各种猜测各种联想各种小道消息，后来一水儿的“反对潜规则”。这个口号更打动人心，潜规则是每个无权无势职场人心里的痛，于是那些观望的人也加入了回帖。

一上午，《当红炸子鸡苏妲己传》被顶成一幢巍巍高楼，挂在论坛最上面。

就连胡昌海都起了疑心，专门跑到徐知平办公室求证：“论坛里那个帖子说的是真的吗？董事长真潜规则她了？”

“这事情我怎么可能知道。”

胡昌海回想了一下前天的见面会：“那小模样儿确实不错，就算现在没有潜规则，将来也难说。”

徐知平想了想说：“她在天成做出的业绩是实打实的，把天成上上下下折腾了一遍也是实打实的。她的性子跟林小民有点像。”

胡昌海皱眉：“当年小民搞地产公司，没少折腾咱们，好不容易稳定下来了，再来一次就伤筋动骨了。”

徐知平点点头说：“我也这么想，集团有一个林小民就够了。”

两人相视一笑，达成默契。他们已经不再年轻了，也没有年轻时候的心性儿，能躺着绝不坐着，能坐着绝不站着，能少一事绝不多一事。集团是他们一起创立一起做大的，不是赵显坤一个人的，他们只想安安稳稳地一直坐在这个位置上，不想面对任何挑战，特别是来自新人的挑战。

胡昌海又坐了一会儿，聊了些别的，喝了一整壶养生茶，这才起身离开。打开门，看到苏筱站在外面正举手欲敲门，手指差点就扣到他鼻子上，他后退一步，拉开距离。苏筱赶紧放下手，客客气气地叫了一声“胡工”。

“你在这儿干什么？”胡昌海诧异地问。上班第二天差点搞出人命，名字被挂在论坛众人讨伐，按照他的想象，她应该躲在办公室里哭才是呀。

“我来跟徐总汇报工作。”

胡昌海皱眉：“什么时候还汇报工作？你现在应该去医院里求黄礼林原谅。”

苏筱神色不变地说：“我昨天已经去过医院了，也跟天科的夏明解释过了。这件事纯属意外，不需要求什么人原谅。”

“这就是你的态度呀？怪不得黄礼林会被你气中风了。”胡昌海生气地拂袖而去。

尽管苏筱已经做好面对一切非难的准备，但被当面打脸，还是心里不爽，下意识地咬了咬唇。

“进来吧。”徐知平扬声说，“你要跟我汇报什么？”

苏筱在徐知平面前坐下，把《债转贷初步方案》递给他：“这是我昨天晚上做的，徐总您看看。”

徐知平没有看方案，而是审视着苏筱。她眼圈青黑，气色也比前两天差，但并没有明显的心浮气躁，目光很沉稳，以她这样的年龄，又是一个姑娘家，遭遇危机的时候不自乱阵脚，十分难得了。

“我以为昨天已经说清楚了。”

“我在天成的时候，有一件事感受很深，那就是像天成这样的子公司融资渠道太不畅通。如果集团在需要的时候帮扶一下，天成是可以发展得更好的。”

“我能理解你对天成有很深的感情，也理解你刚从子公司上来，立场还没有转变过来。但是我也说过，这是投资部的事情，不是我们该管的。”徐知平将方案推还给苏筱，“分工存在的意义，就是要让大家明白应该干什么，不应该干什么。”

“徐总……”

徐知平抬手阻止她继续往下说：“虽然刚才胡工说的话不太好听，但他说的才是正事，你现在应该将工作放一放，先去跟黄礼林达成谅解。把事情揭过，再开展工作也不迟。”

苏筱警惕地看他一眼，这话听起来像是为她考虑，但她已经不是两年前的苏筱，老余随便掉两滴泪做套表面功夫就信以为真。“我不能为没有发生过的事情道歉。”

徐知平认真看她一眼，端起茶杯喝水。

这是端茶送客的意思，苏筱只得拿起方案走了出去。她并不气馁，这些都是意料中的事情。看到论坛里的帖子一直没删，她已经明白，这是上面的意思，她的入职多半动了不少人的蛋糕，所以他们才利用帖子裹挟民意逼迫赵显坤。这也是她不能道歉，不能退让求和的原因，她必须清清白白地守在第一道防线，正常上下班，不能自己先怯了。她守不住，一切舆论都会冲向赵显坤。

回到办公室，将方案放下，看时间已经中午了。心里藏着事，没有什么胃口，但她还是准点出现在食堂，正常点餐。好些人对她指指点点，甚至有人故意用比较大的声音说：“她还好意思来吃饭，真不要脸。”

感谢两年前被众建开除，以及被扣发注册造价师证等一系列事情的磨砺，她的心性强大了很多，遇到突然的变故都能平心静气，面对这种市井言语的挑衅更不在话下。她只作没有听到，走到空位上坐下，低头吃着饭。

原本有两个人在这张桌子上吃饭，看到苏筱坐下，她们相视一眼，虽然没有起身离开，但是加快了吃饭速度，三下两下吃个囫囵，然后起身走了。走时故意加重动作，以示她们的不屑。

食堂里挤挤攘攘的人，到处都满座，很多人端着盘子找位置，但就是没有人坐苏筱那一桌。快吃完的时候，终于有人坐在对面，她诧异地抬起头，想看看这位“勇士”是谁?

结果看到何从容一脸吊儿郎当的坏笑。

“你干吗？”

“拯救被孤立的女同事。”

苏筱嘲弄地笑：“那我可真谢谢你了。”

“My pleasure！”

苏筱知道他脸皮厚，不再搭理他，继续吃饭。

“他们为什么叫你苏妲己？”何从容饶有兴致，看到苏筱吃饭的动作一顿，慢慢地抬起头，眼神尖锐，于是抢在她开口之前问，“是因为你长得好看吗？”

这句话让苏筱不好意思发火了。

她装作恶声恶气：“是因为我凶，知道吗，我很凶的。”

何从容兴致勃勃地问：“有多凶？”

苏筱身子前倾，凑近他说：“我不吃你这一套，别浪费时间了。”

何从容也身子前倾，笑意浓浓地说：“那你吃哪一套，我可以改呀。”

两人的针锋相对，落在别人眼里，就是大庭广众之下打情骂俏，这从侧面证实了苏筱擅长勾搭男人。女同事们既鄙夷她，又恨不得成为她。男同事们既鄙夷她，又恼她不来勾搭自己。

碰到何从容这种滚刀肉，苏筱还真没有办法。正好也吃饱了，她招呼也不打一声，起身，将盘子和餐具搁在回收筒里，走出食堂。何从容看着她毅然的背影，露出促狭的笑。这时，一个盘子重重地放在桌上。

何从容扭头，看到玛丽亚紧皱的双眉。

“Mark，你干什么？”

“吃饭呀，还能干什么？”

“整个集团的人都盯着她，你还跟她眉来眼去。”

“不要那么认真，玛丽亚。”何从容扯过纸巾抹抹嘴，“Have a nice lunch！”

碗筷也不收，扬长而去。

紧赶慢赶，在电梯间追上等电梯的苏筱。他特意绕到前面，倚着墙壁，饶有兴致地看着她。苏筱头大，又拿他没办法，他这种人来疯的性格，你越跟他计较，他越起劲儿，敢打破所有下限；你要不跟他计较，那他会没完没了地骚扰。她连连按着电梯上行键，只想离他远些。

电梯门开了，里面已经有一楼上来的人，站了七七八八。苏筱急于摆脱何从容，于是往里走，但是无人让路，个个眼观鼻鼻观心，就好像没看到人。苏筱尝试两次，都无人让路，只得作罢，看着电梯门关拢，继续上行。

何从容兴致勃勃地说：“这就是所谓的现实嘴脸，很有趣。”

苏筱忍无可忍了：“没见过吗？那就照照镜子，看看你现在的脸。”

何从容还真听话地到电梯前，对着电梯门照了照，顺手撩了一下头发。

“我和他们不一样。”

苏筱冷笑：“有什么不一样，不都是来看笑话的嘛。”

何从容摇头：“我是希望你赢的。”

苏筱自然不相信：“那可真是谢谢你了。”

“但我觉得你根本赢不了，你手里一张牌都没有。”

苏筱气得呵一声笑了：“还玩左右开弓，自己打自己脸呀。”

何从容自顾自地说：“你还得罪了你的老大。”

苏筱怔了怔：“我怎么得罪他了？”

“因为你不听话。”

“我怎么不听话了？我都没跟他说过话。”

何从容再度摇头：“No，你错解不听话的意思了。所谓不听话，不是指老大说什么你没做什么，老大都是看结果的，只要结果符合他的预期，就是听话。不听话是指你给老大带来了麻烦，understand？你做过什么不重要，重要的是你任何时候都不能给你的老大带来麻烦，老大提拔你是让你来解决麻烦的，而不是制造麻烦的。”

苏筱诧异地看着何从容。

“觉得这话不像是我说的？”何从容顿了顿，浮起一个奇怪的笑，“Right，这不是我说的，是我家老头子说的，虽然他是一个浑蛋，但是他说的话并不浑蛋。”

苏筱心情复杂地审视着他，这番话究竟是赵显坤授意的，还是他自己想说的？要是赵显坤授意的，那问题就大了，老大明明白白地说自己成了麻烦，那还怎么混？是在提醒自己主动辞职吗？

“这不是董事长的意思，这是我的意思。”何从容似乎看穿她的内心说，“我还是想看你赢。”

又一部电梯来了，叮的一声门开了。

苏筱和何从容走了进去，因为里面有人在，不方便交谈，于是一路无话，一个到二十九层，一个到三十层。

回到自己的办公室，苏筱继续梳理何从容的话。即使不是赵显坤授意，是何从容自己的想法，那也说明，赵显坤因为她已经陷入麻烦之中，恐怕无暇顾及她了，说不定还会断尾求生。她必须得自己想办法，但正如何从容所说，她手里一张牌都没有。刚到集团的她连人都没有认全，势单力薄。除非黄礼林站出来，证明他们之间没有冲突，但这可能吗？

不可能。

思来想去，都是死胡同。

然后到下午，事情突然就有了转机。

论坛里突然出现三个新帖子，分别是《数据不会骗人——从考勤表看苏筱》《数据不会骗人——从造价表看苏筱》《数据不会骗人——从财务报表看苏筱》。考勤表的帖子是杜鹃发出来的，她在帖子里说：“我是杜鹃，天成的前台，附表里面是苏筱的考勤表，你们这些胡说八道的人，有没有胆量点开看看，我敢保证，它会闪瞎你们的狗眼。你们根本不知道苏筱有多努力，她曾经跟我说过，每天比别人多花五分钟在工作上，那就抢占了五分钟的先机……”

财务报表的帖子是出纳发的。造价表的帖子是陆争鸣发出来的，他将苏筱两年来做的造价表、结算表都贴在附件里，反复地说：“……帖子就是一派胡言，苏筱走到今天靠的是实力。”

她决定调入集团后，建议汪洋提拔陆争鸣接替主任经济师的位置，主要是考虑到天成商务合约部的架构和规则都是她建立的，陆争鸣虽然不是开拓者，但是一个很好的执行者，只要他严格地按照这套体系走下去，天成就能保持稳定。这个建议是从工作出发的，与私交无交。虽然她两次都提拔了陆争鸣，但是因为性格差别太大，一直没有发展出私交。

杜鹃为她摇旗呐喊，她不意外。

陆争鸣就让她意外了，并且也很感动。

她做的终究是有人看到了。

帖子后面是天成诸多员工的回帖。于灿说："集团不要苏筱，就还给我们天成好了。"连许久没有联系过的东林也发了帖子，说："我真看不过去了，你们说苏筱霸道我相信，你们说她潜规则，打死我都不信，她就是长着女人外表的男人好不好！"

苏筱贪婪地一个回帖一个回帖地看过去。

一个字都不放过，一个感叹号都没有放过。

不知不觉，泪流满面。

她以为她是一个人，势单力薄。

然而，不知不觉中有这么多人站在她的背后。

现在即使她被集团开除，也无所谓了。

她的内心充满了力量，无所畏惧。

只要认真去做，一定会有人看到。

这一系列《数据不骗人》的帖子惊动了集团，造价表、财务报表不是人人都懂，但是考勤表人人会看呀。大家将她的工作时间统计了一下，觉得她根本空不出时间来潜规则别人。

最重要的是天成的人在挺她。

"不是说她在天成不得人心吗？"汪明宇很诧异。

赵鹏想了想说："估计是苏筱在背后指使他们干的。"

"不得人心，怎么可能指使得动。"

"那就是汪洋，一定是他。"

汪明宇摇摇头，说："汪洋更不可能了，董事长抢了他的人，他心里怨气大着呢。何况这件事，关系着所有天字号的利益，哪怕他跟苏筱交情再好，他也只能站在黄礼林这边。如果这是天成这帮人自发的，那就麻烦了。”

赵鹏不以为然：“不过是一群虾兵蟹将。”

汪明宇怒其不争地看他一眼：“这叫民意。”

《数据不骗人》这一系列帖子虽不至于扭转形势，但是展示了一个与流言中完全不同的苏筱，又勤奋又能干，最重要的是，大家发现流言中人见人厌的苏妲己在原单位还挺得人心的。

唐秘书把帖子拿给赵显坤看，高高兴兴地说：“董事长，你是不是知道天成的人会站出来挺她，所以才没让玛丽亚删帖。”

“我又不是神仙。”

“那你为什么不让玛丽亚删帖？”

“都贴了那么久了，大部分人都看到了，删了也没有意义。再说，这个帖子能够引起这么大的反响，说明大家普遍有情绪，这个时候要是删了，大家的情绪往哪里走？让他们憋着会憋出更大的情绪来，到时候反而不好收拾。干脆放着，让大家先宣泄一番。”赵显坤松了口气，“现在这样子更好，大家也宣泄过了，又有数据证明苏筱的能力和实力。”

唐秘书想了想：“可是董事长，论坛里说得这么难听，你就一点不担心苏筱会受不了吗？”

赵显坤不以为然地说：“这算什么。她要这点风浪都承受不起，那还能干什么事？成功者从来都是毁誉参半，在乎名声很难有所成就。这个世界很公平，能受得起多大的风浪，就能享受多大的成功。”

唐秘书恍然大悟，留着帖子，既可以让员工们宣泄情绪，又能看出高层们的立场，还可以考验苏筱的承受能力，一举多得。

“那这个帖子一直不删吗？”

“该删的时候就会删。”赵显坤纳闷地看唐秘书一眼，“你怎么这么在意这个帖子？”

唐秘书收起高兴，义愤填膺地说：“因为这个帖子胡说八道，都扯到董事长头上了，看着就生气。”要问谁最了解赵显坤的私生活，那肯定是她了，订酒店订礼物订饭店都是她经手的，所以她十分清楚，赵显坤跟苏筱两人没有不正当关系。

第七章

经过一夜的休息，黄礼林恢复了些许精神，只是还是不能说话，嘴唇颤动半天，脸憋得通红也挤不出一个字。左半边身子也依然麻木，脚无力手打战。主治医生让他不要着急，康复治疗需要过程。但一个原本健健康康能跑能说的人，突然说不了话也走不了路，如何能不着急呢?

一着急，血压上来了，心率也不稳了，而后又渐渐地抑郁起来，想到可能永远说不了话走不了路，觉得人生无趣。夏明寸步不离地守着他，说些有趣的话题想转移他的注意力，收效甚微。好在他原本精神头就不健旺，情绪起伏过大，加重身体的负担，吃了药，沉沉地睡过去了。

夏明松了口气，交代了看护几句，摸出烟盒和打火机，想到院子里走走，呼吸新鲜空气，顺便抽支烟。不想，刚走出门，就听到有人嚷嚷："这里，这里。"他莫名觉得这声音是冲着自己来的，抬头看过去，果然几个分包商盯着自己大步快走过来。他心里打了一个突，不动声色地将病房的门带上，站在门口。

分包商们从走廊里涌过来，有二十来人，很快围在门口，七嘴八舌地说："夏总，黄总还好吗？我们是来看他的。"

夏明微笑着说："挺好的，谢谢大家的关心。"

"能不能打开门，让我们看他一眼呀？"

"当然可以。"夏明将门打开一缝，宽度刚好让大家看一眼，然后又重新关上，"他刚刚睡着了，医生说他现在需要静养。谢谢大家过来看他，等他醒了，我会转告他的。"

分包商们相视一眼，神色微妙。

短暂的沉默后，当头的一个分包商说："黄总这病有些严重呀。"

夏明说："发现得早治疗得早，没有什么大碍，休息几天就没事了。"

站在外圈的一个分包商突然不耐烦地说："你就别骗人了，我们都听说他中风，已经瘫了。"

这句话就像推开一扇虚掩的门，再无遮掩，刺刀见红。

大家都目光灼灼地盯着夏明。

夏明笑了，说："我要说没有，你们是不是还要我叫醒他，让他给你们走两步？"

大家都有些尴尬，不说话，也不让开。

"我看出来了，你们并不是来看望我舅舅的。那就别遮遮掩掩，直接说一下你们的来意吧。"

分包商们你看我我看你，都希望别人来出这个头。

最后还是那个当头的分包商尴尬地笑了笑，说："我们跟黄总做了几年的生意，有些账没走合同，是他个人签的字，他现在这个样子，我们实在有些不放心。万一有个好歹，我们找谁要钱？"

其他人跟着附和："生意难做，实在没办法，夏总通融通融，把我们前两个月的货款结了。"

吵吵嚷嚷的，好多人往这边看过来。

夏明摆摆手，示意大家安静下来。"我明白你们的担心，这样吧，你们带着票据到公司，我会安排人与你们对账，凡是双方核算清楚的都马上结算。"

分包商们怀疑地你看我，我看你。

"你不会是哄我们过去吧？"

"我哄你们干什么，我跑得了，我舅舅也跑不了呀。"夏明说，"你们留在这里，我也变不出钱来给你们。再说，我舅舅病成这样，你们觉得我有心情来跟你对账吗？你们这么闹腾，万一我舅舅病情加重了，你们谁来负责？"

大家听到最后一句，都下意识地后退一步。

"天科不是草台班子，你们跟我们合作也不是一天两天，这么长久的合作，碰到一点风吹草动，就开始杯弓蛇影，我也认为，彼此都需要考虑一下合作的必要性。"

有几个分包商不好意思地垂下眼眸。

当头的那个说："夏总，别拿话挤对我们。我们也没有办法，都是小本经营，希望你理解一下。我们这就去天科，祝黄总他早日康复。"说罢，转身往外走。其他人见状，也纷纷往外走，有几个脚步迟疑，也被身边人拖着走了。

夏明松了口气，掏出手机拨通杜永波的电话。"等一下会有二十来个分包商过来结算，凡是核算过的，都给他们结算。"

杜永波诧异地问："怎么回事？"

"他们不知道从哪里听说我舅舅中风，今天过来堵在病房门口，所以我答应给他们结算。"

"可是咱们账上的资金是准备明天还给崔哥的，结算用了，崔哥的钱怎么办？"

"今天来堵门的分包商只是其中一部分，都是比较小的，他们抗风险能力差，所以听到风声就过来了。咱们马上兑付，可以给其他分包商一个积极的信号，打消他们的顾虑。如果咱们今天不结算，一旦他们也担心了，也来要求结算，那咱们是扛不住的。所以，先给他们结算，崔哥的钱我再想办法。"

"行，我明白了。"

挂断电话，夏明抽出一支烟，叼在嘴里，正想找打火机，感觉有人看着自己，一抬头，看到苏筱抱着花站在走廊的另一头，神色复杂地看着自己。他将烟拿下来，塞回烟盒里，冲她笑了笑。

一夜沉淀，两人的心境和昨日不同了。

苏筱觉得自己对夏明的要求太高了，毕竟当时他舅舅刚刚经历过几个小时的手术，他很难有心情去思考谁对谁错。

黄礼林既然没有生命之忧，夏明的忧虑减了大半，有心情思考其他，觉得昨天对苏筱的态度虽不至于恶劣，也太过冷淡了。他接过苏筱手里的花，递给护工，说："我舅舅刚刚睡着，你陪我去院子里走走吧。"

苏筱点点头。

此时的北京是三月初，春寒料峭。从暖气开得足足的医院病房到露天小院，冷空气扑面而来，冷固然冷，头脑也为之一清。院子的迎春花已经长出花苞，白玉兰正当时令，枝头一朵朵如同玉石砌成。

夏明见苏筱一直沉默，虽并肩而行，中间却似隔着无形的墙，知道昨天伤了她心，说："对不起，昨天我太担心舅舅，心情不好。"

"我明白的，我不怪你。"

怪确实是不怪，情感上的落差还是有的。大前天晚上两人才如胶似漆，昨天却一下子生分如路人。之前有多美好，昨天便有多冷冽。就像从有暖气的室内走到冰冷的户外，倘若没有室内的暖，外面的冷并不可怕，但是经历过室内的暖，外面的冷就有些难以承受。

夏明停下脚步，紧紧地揽住苏筱。

毕竟是爱着的，苏筱一开始身子还是僵硬的，一会儿也就软了下来，委委屈屈地说："我真的没有对你舅舅做什么。"

"我知道。"

像是要证明什么，他搂得更紧，勒得苏筱有些透不过气来，但她并没有觉得不舒服，心里反而暖和了。身体的接触打破了心灵的疏离，何况两人本就在热恋期，这个小波折造成的隔阂如同落在水里的雪花一样消散了。

在外面待了小半个时辰，太阳偏西。夏明怕黄礼林醒了见不到他，就带着苏筱回了病房。看着完全失去往日精气神的黄礼林，苏筱心里也不好受，打定主意，无论他如何都不同他计较。

又过了一刻钟，黄礼林才醒过来。他缓缓地睁开眼睛，眼神一开始是虚的，没有聚焦，片刻后，才渐渐有了神，先是落到夏明脸上，然后移到苏筱脸上。苏筱冲他笑了笑，有些紧张，手心都出了汗。夏明或许看出她的紧张，按着她的肩膀说："舅舅，筱筱来看你了。"

黄礼林的目光又转到夏明脸上，变得很生气很生气，眼珠子都要爆出来了。他张张嘴想说什么，嘴唇嚅动半天，一个字也没有憋出来。然后，他忽然发起狠来，拉扯起点滴的针头。夏明吓一大跳，赶紧上前按住他。但黄礼林不知道从哪里生出一股不管不顾的狠劲，最终还是扯掉了针头，手背顿时鲜血流淌，都滴到白色的被子上了。

苏筱被吓着了。

夏明按下紧急呼救键，转身朝苏筱嚷了一句："你先出去。"

苏筱不假思索，转身快步走出病房，好几个医生和护士跑了过来，推开她，跑进病房。护士帮助夏明按住状若癫狂的黄礼林，医生给他打了镇静剂，很快他停止了挣扎，缓缓闭上了眼睛。

医生摘下口罩，语气严厉地说："你这个家属怎么回事呀？都跟你说了，病人从一个能说能跑的正常人变得半身麻木说不了话，肯定会觉得生不如死，这个时候情绪波动很大，特别需要亲人的安慰与陪伴，不能受任何刺激。要再来这么一次，他很有可能会二次中风，到时候生死就难说了，明白吗？"

"明白。"夏明十分自责，"不会再发生这种事了。"

等医生和护士走了，夏明也走出病房，神色复杂地看着苏筱。

"对不起，我不知道会这样。要是知道，我不会来的。我先回去了，你好好照顾你舅舅吧。"

夏明没有说话，也没有表态，就这么默默地看着她。

不表态就是默认了，苏筱转身走了。一开始还期待他叫住她，走得比较慢，渐渐地明白，他不会叫住她，于是越走越快，一口气走下楼梯，走到院子里，她才停住脚步，看着玉兰树。刚才他们还在树下相拥，转眼间又这般了。

她此时已经明白，黄礼林是她与他难以逾越的鸿沟。

病房里，夏明擦去了黄礼林手背上的鲜血，又让护工换了染上鲜血的被子。等忙完，他坐在床沿，看着黄礼林憔悴的脸，心里像装着秤砣一样沉甸甸的。没有想到黄礼林对苏筱有这么大的意见。要在平时，他自然有办法缓解。但现在黄礼林情绪不稳，一个处理不好，真可能就天人永隔了。

他不敢冒险。

傍晚时分，汪洋和天同、天正、天和的三位老总来了。四人在病房里坐着，怕吵醒黄礼林，都没有说话，只是神色复杂地长吁短叹。黄礼林一直没醒，探访时间到了，护士一间一间病房地赶人，四人只得起身离开。

夏明一直将他们送到院子里：“谢谢各位来看我舅舅，等他明天醒了，我会转告他的。”

天正的郑总抹抹眼睛说：“昨天就应该来的，只是太忙，没抽出空。”

“汪总昨天已经跟我说过了。我舅舅现在病情还算稳定，大家不要担心。”

郑总摆摆手说：“你这话太生分了，我们跟你舅舅都是十几年的兄弟，你放心好了，我们一定替他讨回公道。”

夏明警觉地看他一眼：“那我先谢谢了，我想等舅舅身体恢复些再跟集团谈，到时候肯定会麻烦各位老总。”

天同的老总姓魏，他连连摇头：“不行不行，等黄胖子身体恢复，那就晚了。集团现在就是想用拖字诀进行冷处理，你看不明白吗？”

郑总说：“老魏说的是，现在正是集团上下关注的时候，等过段时间，热度退了，集团就不好说话了。”

“我舅舅现在情绪波动大，离不开人。”

魏总说：“你要是不方便，我们可以帮你谈。”

“谢谢各位老总的好意，”夏明装出犹豫不决的表情说，“不过这件事毕竟关系我舅舅，等明天他醒了，我先问问他的想法吧。”

四位老总相视一眼，都不满意，但他说得入情入理，不好反驳，只得点头。

双方在院子里道了别，夏明折身回病房。四位老总往医院外面的停车场走去，走出几步，魏总回过头，看了夏明的背影一眼，不满地说：“黄胖子天天吹他多厉害，也就这样，毛头小伙子，优柔寡断。”

“他不是优柔寡断。”郑总摇头说，“我看他是想打算绕开咱们，私下里跟集团谈。”

魏总脱口而出：“那不行。”

天和的老总也说：“他这是狗咬吕洞宾不识好人心。”

魏总说：“可不是，咱们是帮他的。”

天和的老总说：“那咱们还要不要等黄礼林的消息？”

“你觉得明天会有消息吗？”郑总慢条斯理地说，“真要等到黄礼林的消息，黄花菜都凉了。天字号是一体的，黄胖子出了事，咱们四个肯定要站出来。既然夏明没想法，咱们就干咱们的。”他特别看了一言不发的汪洋一眼：“都没有问题吧？”

魏总和何总说：“没问题。”

“没问题。”汪洋也表了态，但其他三人觉得不太放心。

魏总看着汪洋说：“汪洋，你要是有其他想法，赶紧说清楚啊，别到时候我们开始干了，你在背后搞另外一套。”

“什么另外一套。我都说了没问题。”

“行，那我就打开天窗说亮话啊。那些《数据不骗人》的帖子是怎么回事？是不是你指使的？”

“不是，那是我们天成员工的自发行为。”

“那你为什么不阻止他们啊？”

“他们没跟我汇报，自己干的，我事先不知道，后来看了帖子才知道的。”汪洋说，“那个时候让他们删了也迟了。再说，他们干这种事情，我也不好阻止，没有道理呀，言论自由。”

魏总依然怀疑：“真不是你指使的。”

“我指使他们干这事，对我有什么好处？”汪洋不耐烦地说，“你别疑神疑鬼的，我都说了，跟你们同进退。你什么时候见我说过假话。”

“行了行了。”郑总见他急眼了，赶紧打圆场，“不早了，大家赶紧回家吧，明天一大早集团见。”

其他三人点头，到了停车场，各自散开，上了自己的车，鱼贯地开出医院停车场。汪洋落在最后，掏出手机，翻出夏明的电话。犹豫良久，终究没有拨出去。以他的聪明才智，应该已经猜到他们四个人接下去的行动，不用他提醒吧。

第二天大早，四个人在地下停车场碰了头，一起到汪明宇办公室。

汪明宇看到他们进来，很有些惊讶，站起来说：“哟，这可真难得呀，平时开个会都凑不齐，今天居然齐刷刷地来了。”指指沙发说，“坐吧。”

四人坐下，你看我，我看你，先用眼神互相推搡一番。

最后还是天正的郑总先开口：“汪总，现在集团吹的什么风呀？”

“什么什么风？”汪明宇装作不懂。

“想当年，我们都是一步一个脚印干上来的，从小组长到工长再到项目经理，现在好了，走后门的、假洋鬼子、连升三级的，一个个年纪轻轻，占据高位拿着高工资，还搞得集团乌烟瘴气的。”郑总看一眼其他三人，“我们今儿四个一起过来，就是想问问汪总，到底管还是不管？”

“管，当然是要管。”汪明宇好声好气地说，“不过你们别着急，有些事情并不像表面那么简单，领导班子正在研究。”

“哟，还研究，研究什么呢？人都被欺负得躺在医院里，活生生的事实，研究个毛线！我们好歹也是公司的老员工，一开始就跟着董事长，十几年了，不说功劳，苦劳总有一点吧。”天同的魏总越说越激动，敲着桌子说，“你们这么做，太让人寒心了。”

天和老总拉着他，温言相劝：“老魏，别激动，我们要相信汪总，相信董事长。”

这种级别的双簧，汪明宇一眼就看明白了，但也不点破，依然好声好气地说：“你们的心情我理解。但是，事发时就两人在场，没有目击证人，各执一词，我们也很为难，应该相信谁呢？”

魏总说：“这还用得着问吗？黄胖子无缘无故，自己气自己呀。”

汪明宇笑了笑，说：“这就难说了，黄礼林一向身体不好，有‘三高’，这个你们也清楚。”

魏总脸色一沉，目光从汪明宇身上移开，落在其他三人脸上，大声地说：“听到没有，我就说汪总不会替我们出头的，你们不信，非要来。这下丢人现眼，自取其辱了吧。”

这种级别的激将法，汪明宇当然也不放在眼里，摆摆手说：“老魏，你这话说得太严重了，我也没说什么呀，黄胖子有‘三高’是事实，历年体检报告都在呢。”

“狗屁的事实。黄胖子‘三高’怎么来的？咱们集团就属他最能喝，最难搞的甲方，最难搞的饭局，都是黄胖子出马，他的‘三高’。”魏总指着屋顶，拔高声音说，“是为集团而高的。”

汪明宇被这句话震了一下，沉默片刻，收了收继续拱火的想法。“老魏你别误会，我不是否认黄礼林对集团的贡献，只是得具体情况具体分析，咱们做事的第一原则就是公平公正。”

魏总摆摆手说：“汪总你就别说这些没用的，我们这些人从公司成立就一直跟到现在。一句话，你还让不让我们跟着？”

“说的什么话，什么跟不跟的，你们都是公司老总，集团一直很重视你们。”

“行，汪总你的意思我明白了。”魏总从口袋里掏出辞职信扔在桌子上，“我们不为难你，我们这些老家伙给小家伙们腾位置。”

其他三个人也掏出辞职信放在桌子上。

汪明宇看着四封辞职信，目光闪烁，心里是欢迎的，嘴上却说：“哎呀，你们这是干吗呢，赶紧拿回去。”

自然没有人拿回去。

等汪洋四人一走，汪明宇将辞职信拢了拢，特意将汪洋的放在最上面。当天的领导班子会议上，他将四封信交了上去，无奈地说：“我好说歹说，他们就是不肯听，都钻进死胡同里了，认定集团纵容新人欺负老人，不讲情分。”

赵显坤拿起最上面汪洋的辞职信看了看，突然冷笑了一声，说：“情分……觉得自己是公司元老，为公司做出过贡献，就躺在功劳簿上不思进取，还要求集团跟他讲情分。多少企业就是……”将辞职信重重地甩在会议桌上，啪的一声，震得其他六人神色一紧，“……因为这种情分而垮的。”

大家心里一凛，这句话可是无差别攻击呀。

“我为什么要提拔苏筱，有些人是不理解，还有些人是不乐意，觉得自己的一亩三分地被分走了。我希望大家暂时放下自己的私心，从长远来看，从企业发展来看问题。我快五十岁了。”赵显坤看向胡昌海，“胡工年龄最大，已经五十六了吧？”

胡昌海点点头。

“五十六岁，还能为集团奋斗几年？最多也就是十年。十年之后，谁来接替胡工？”赵显坤扫一眼众人，指着自己的胸口，“十年之后，谁来接替我？”

会议室里鸦雀无声，空气似乎凝固了。

良久，赵显坤说：“明宇，这件事你来处理吧。”

这正中汪明宇下怀，但又疑心赵显坤发觉什么，看了他一眼，见他神色并无异常，于是放下心，恭谨地答应了一声：“行。”

第八章

会议结束后，汪明宇拿着辞职信回到自己的办公室，赵鹏已经在等他了。一看到他，眉开眼笑地迎了上来，说：“我听说汪洋他们来了。”

汪明宇嗯了一声，说：“我早说了你不要着急，大把人比你还着急，你现在相信了吧。”

赵鹏竖起大拇指说：“汪总神机妙算。”

“神机妙算谈不上，我就是太了解他们几个了。这么好的一个机会，能分一杯羹，他们肯定不会放过的。”汪明宇晃晃辞职信说，“这下子火候到了。”

赵鹏眉开眼笑：“辛苦汪总了。”

汪明宇将辞职信装进公文包，开车去医院。

此时，医院病房里，天同的魏总坐在床前，正跟黄礼林绘声绘色地描述之前与汪明宇见面的细节：“……啪啪啪，我们把辞职信同时甩在茶几上，哎哟，汪明宇的那张脸啊就跟打翻了颜料瓶一样，青一块，红一块，甭提有多好看了。黄胖子，你当时要是在就好了，可解气了。”

黄礼林呵呵地笑着，难得的眉眼舒展。

坐在床沿的郑总拍拍黄礼林的手：“黄胖子，你就安心养病，兄弟们一定会替你讨回公道的。”

魏总连声附和：“就是，有我们在，一定不会让你受委屈的。”

黄礼林笑着点点头，笑着笑着，涎水突然从嘴角挂了下来。

大家的笑容一下子僵住了。

黄礼林犹是不觉。

大家不忍直视，纷纷移开视线，病房里的气氛顿时凝滞了。

“我出去抽根烟。”汪洋将茶杯一放，起身走出病房。走到走廊里，趴在栏杆上，点燃一支烟，深深地吸了一口，从鼻孔里喷出一个烟圈。他本不是多愁善感之人，但是这段时间发生了太多事，件件闹心，心情不免有些抑郁，刚才看到黄礼林嘴角垂下的涎水，顿时就搂不住了。

“汪洋你在这里，真是太好了，省得我明天还要找你。”

汪洋诧异地回头，看到汪明宇拎着公文包走了过来。

汪明宇走到他面前，打开公文包取出辞职信递给他，责怪地说：“你说你，怎么跟他们一起胡闹呢。”

汪洋不接：“不是胡闹，我是认真的。”

“认真什么，什么不好认真，这个倒认真起来了。董事长刚才盯着你的信看了半天，发了老大的火。真要把他逼急了，收了你的辞职信怎么办？”

汪洋无所谓地说：“我这个总经理当得没意思，收了就收了。”

汪明宇横他一眼：“胡闹，天成是你一手带出来的，你走了，那就便宜别人了。你真舍得呀，别自欺欺人了。”看一眼病房方向，压低声音，“你都不动动脑筋的吗？你跟董事长的情分跟他们几个是一样的吗？提拔苏筱，董事长是亏欠你，你不声不响，他将来总会还你的。现在好了，你这么一闹，让他寒了心，把你们这么多年的情分也闹没了。”

汪洋嘲讽地笑了笑：“扯淡的情分，我算是看开了。”

“好了好了，别说这种气话了。”汪明宇将信拍在汪洋怀里，“收回去。”

汪洋还是无动于衷，信往下掉。汪明宇一把抓住，无奈地摇摇头，耐着性子说：“把信收回去，人呢，我也全须全尾地还给你。”

汪洋怔了怔：“什么意思？”

汪明宇哼了一声：“这会儿又跟我装傻充愣了，你不就是觉得董事长抢了你的人嘛，我把她还给你。”

汪洋眯起眼睛，将信将疑地看着他。

“我先去看看黄礼林，你要有空，晚上来我家，我让你嫂子给你包饺子吃，咱们哥俩好好喝几杯，好好聊聊。”汪明宇说着，将信拍在汪洋怀里。这回汪洋接了。他满意地笑了笑，拎着公文包，走到病房门口，敲了敲。

很快，夏明打开了门。

“哟，都在呀。”汪明宇扫了一眼病房，“没有打扰你们吧。”

“没有，没有。”天字号三位老总纷纷站起来，“我们正准备走呢。”

汪明宇走进病房，审视着黄礼林，欣慰地说：“恢复得不错，看着比前两天好多了。”

黄礼林收了方才的笑脸，冷眉冷眼，也不看汪明宇。

都是机灵人儿，天字号三位老总见气氛不对，赶紧告辞了。

等他们走了，夏明关上门，汪明宇拉过椅子在病床前坐下，拍拍黄礼林的手，情真意切地说：“老黄，你赶紧养好身子，大家都等着你回来呢。说实话，你在的时候，经常跟我怼，我挺头疼，可你不在，我也挺想念的。”

黄礼林冷眉冷眼地抽回手。

汪明宇也不同他计较，自顾自地说：“你的事情，董事长和领导班子都很上心，开了好几次会。我今天来，就是受他们之托的，给你吃定心丸的。你放心，我们一定会秉公处理，不会让集团的老兵又流汗又流泪。”

黄礼林怀疑地看着他。

“领导班子将这件事交给我来处理，你们有什么问题有什么难处，都可以跟我说，我一定会想办法解决。”

黄礼林不屑地扯扯嘴角，跟汪明宇打交道这么多年，他还不了解呀。汪明宇说的比唱的都好听，但是很少兑现。

一旁的夏明突然插了一句：“那我就替舅舅谢谢汪总了。”

黄礼林转眸瞪着夏明，似乎在说，谁要你替我道谢。

“不客气，这些都是应该的。”汪明宇看着黄礼林，“老黄，你好好休息，过两天我再来看你。”说罢，起身，看着夏明。

夏明心领神会地说：“汪总，我送你。”

送到楼下院子里，汪明宇停下脚步，转身正色道：“我就开门见山了。汪洋他们这么一闹，反而把董事长给惹毛了。董事长这个人还是很在乎兄弟情分的，你舅舅一生病，那么重要的行业会议，他说放下就放下，提前赶回来，下了飞机直奔医院。还有这些年，你舅舅没少搞小动作，他生气归生气，每回也只是高高拿起，轻轻放下。所以，夏明，凡事适可而止，一旦过头，情分就没了。情分这东西，没了，就再也不会回来的。”

“汪总，这件事我得解释一下。”夏明说，“他们四个去递辞职信并不是我和舅舅的主意，他们事先也没有告诉我们，我也是刚刚从他们嘴里听说的。”

汪明宇呵了一声，装出不信的表情：“你说这话谁信呀，他们可是替你舅舅出头。”

“董事长那天来看我舅舅的时候说过会给我们一个交代。”夏明笑了笑说，“有董事长替我舅舅出头就够了，何需其他人。”

这话说得滴水不漏，汪明宇在心里赞了一声。他当然明白天字号四位老总说是替黄礼林出头，其实不过想分一杯羹。他们这么搞，对夏明和黄礼林有好处也有坏处，好处是帮忙给集团施压了，坏处是容易摊上“煽动闹事”的恶名。

“那你的意思是不用管他们了？只需要跟你谈了。”

汪明宇每句话都埋着雷，之前硬把四个老总递交辞职信与他们扯到一起，夏明要是不撇清，之后肯定会拿出来说事。现在又套他的话。要是说不用管天字号四位老总，汪明宇肯定会把这话传过去，挑起天科与其他四家天字号的矛盾。

夏明神色不变地挡了回去：“这得看汪总了。主动权在汪总手里，又不在我手里。”

几个来回都没占到便宜，汪明宇想了想，说：“这样吧，你先说说你的要求。”

“具体的要求我没想过，我相信集团会公平公正地处理这件事。”

汪明宇看明白了，夏明是打定主意，不先张口。“没想好，可以现在想。”

“不如汪总先说说你的想法？”

汪明宇当然不会先张口：“我的想法当然是尽量满足你们的要求。”

一来一回，都不想露出自己的底牌。

真这么谈下去，会没完没了。

汪明宇想了想说：“既然你还没想好，那我先说说我的想法。当时就你舅舅和苏筱两个人，到底发生了什么，没人看到。谁对谁错，真的不好评定。所以，我觉得给她降职处分就行了。”

“降职？”

“她在天成还是做出成绩的，我的想法是，从哪里来回哪里去。”见夏明若有所思，以为他不愿意，“毕竟她是董事长提拔上来的人，得给董事长留点情面，是不是？”

“我觉得在生命面前，任何东西都无法相提并论。”夏明顿了顿，“包括情面。”

汪明宇哈哈两声，说：“生命当然很重要，情面也重要，你可以提其他条件嘛，是不是？”

“我没有其他条件。”

汪明宇露出为难的神色，说：“这就难办了，我都没有办法跟董事长张口。”

“汪总要是没办法张口，我可以说。”

“别别别，你这么搞是要出事的。”汪明宇举手阻止，“这样，我听说你们在群星广场垫了很多钱，现在手头紧，那800万可以再延期一年上交，如何？”

“我们现在确实手头很紧，但紧的何止是800万，杯水车薪，无足轻重。”

汪明宇见他油盐不进，脸色微沉，说：“这么说，你是非要开了苏筱不可呀？”

夏明点点头：“没错。”

汪明宇默了默，说：“好吧，那我回去跟董事长商量商量。你呢，也好好考虑考虑。”

两人就此告别，各走各路。

夏明回到病房，刚喝口水，准备跟黄礼林说说跟汪明宇沟通的情况，门被推开了，天字号四位老总鱼贯走了进来。

“你们还没有回去呀？”

“原本是想回去的，但是想想实在不放心，汪明宇这个人很狡诈，当面一套背后一套，最喜欢搞分化。咱们要互相通气，否则很容易被他从内部瓦解。”顿了顿，郑总看着夏明问，“他刚才有没有跟你说怎么处理呀？”

“说了，说集团准备给苏筱一个降职处分。”

“其他的呢？”

“没有其他的，就这么一条。”

“那你怎么说？”

“我当然不同意。”夏明说，“我要求开除她。”

郑总和其他人相视一眼，神色微妙。

天和老总轻咳一声，看着夏明，说：“他这就是欺负你。你一个人跟他谈，不好谈，容易吃亏。谈判跟说相声一样，都需要捧哏和逗哏。这样，我觉得让老郑和你一起去谈比较合适，他了解汪明宇。”

“谢谢大家的关心，目前不需要跟集团谈判，因为我们就一个条件，开除苏筱。”

汪洋等四人都有些不高兴，但又不好明说。一个个你看我，我看你。

“黄胖子你也是这么打算的？”天同魏总三步并作两步走到病床前，看着黄礼林，“你才是当事人，你的想法最重要。有什么想法你尽管说，不要担心，夏明要是不去帮你争取，我们去。”

黄礼林说不了话，神志却还清楚，指指自己又指指夏明，似乎在说夏明的意思就是自己的意思。病房里的气氛顿时尴尬了。天字号四位老总交换了一下眼神，最后郑总站出来，笑呵呵地打了圆场：“既然这是黄胖子的想法，咱们尊重。不过夏明，你也别跟我们见外，有什么事情尽管开口，毕竟我们在集团几十年，还有一点话语权。你看这回我们一起递辞职信，集团就急了，是不是？天字号是一根绳子上的蚂蚱，只有共同进退，集团才不敢小看咱们，单打独斗，肯定会吃亏的。”

“我明白。”夏明避实就虚地说，“各位老总对舅舅的情谊很让我感动，等舅舅身体稍微好一点，我请大家吃饭。”

四人见他油盐不进，心里恼火，只得告辞。

走到停车场，天和老总停下脚步，回头看一眼医院，不快地说：“这小子狡猾得很，得了便宜还想跟咱们撇清关系。”

魏总愤愤不平地说：“我也看明白了，他是打定主意要撇开咱们。”

郑总斜睨一眼落在最后的汪洋：“汪洋，你今天怎么了，一句话都不说。”

“你们说的都比我好，我这笨嘴笨舌的就不添乱了。反正你们决定，想怎么做我配合。”汪洋挥挥手，“先走了，公司还有点事。”

三人看着他上车远去。

天和老总说：“刚才我从病房里出来的时候，看到他把一样东西塞进口袋里了。”

天同魏总问：“什么东西？”

天和老总：“有点像辞职信，也有可能我看错了。”

郑总神色凝重地说：“你应该没看错。”

“要真是辞职信，汪明宇还了他的，扣着咱们三个人的。”

郑总也觉得心烦，夏明要撇开他们，汪洋又藏着掖着，现在只能走一步看一步了。

病房里，黄礼林不说话，一直盯着夏明看，眼睛里全是怀疑。

夏明被他盯得，只得合上笔记本，说：“舅舅，你想说什么。”

黄礼林拿起床头柜上的本子，写了几个字：“你真说开除苏？”

夏明点点头。

黄礼林又写：“真的？”

“真的。”

黄礼林直勾勾地看着他，依然不相信。

“之前老董是个什么样的人，舅舅你清楚，那是一个和稀泥的高手。他走了之后，董事长没和领导班子其他人打招呼，突然提拔苏筱做主营业务的副总经济师，掌控地产和建筑两大产业所有项目的预算、合约、风控，那么重要的一个位置，他给了一个新人，说明什么？”夏明顿了顿，继续解释，“至少说明两点，第一点，他手里没有老人可用，或者说老人不听他的，他只能提拔新人。第二点，他想要掌控主营业务。所以，董事长一定会保苏筱，想要保她，他就要在其他方面给咱们做个让步。”

黄礼林恍然大悟，夏明这是拿“开除苏筱”作为谈判筹码。他想了想，又写了几个字：“你到底想怎么样？”

“我是这么想的。”夏明说，“这次苏筱的入职动了一群人的蛋糕，从论坛里的帖子可以看出来，他们想利用这件事解决掉苏筱。咱们要真把她弄走了，反而如他们所愿。所以，我觉得咱们就一个条件，要钱不要人。留着苏筱，集团就不会平静，不平静，就无暇顾及咱们。”

黄礼林脸色顿变，将本子摔在夏明身上，啪的一声，落在地上。

“舅舅你别着急，听我说完。”夏明捡起本子，搁回床头，“以董事长的性格，是不会允许咱们既要钱又要人的。咱们必须得做个选择。当然，如果你真的想让集团开除她，那我们就一口咬死。我一直觉得她不适合集团。集团里都是一帮和稀泥的高手，她太耿直又太认真，即使能过眼前这一关，也不见得将来能走多远。我一直认为，待在天成，是她最好的选择。”

黄礼林神色稍缓，躺下，扯过被子，蒙头蒙脸地盖住。

第九章

病房里的陪护床小而窄，夏明个子高腿长，躺平了脚就挂在外面，只能缩成一团睡，自然不可能睡得好，再加上心里又装着一堆事，更是雪上加霜。天刚亮他就醒了，脑袋依然昏昏沉沉，去洗手间用冷水洗了脸，才稍稍精神了些。

好在黄礼林的情绪稳定下来了，他不用时时守着了。医生查完房，他交代了护工几句，拎着笔记本电脑到停车场的轿车里，三下两下将公务处理完。看时间还早，正准备去公司里转一圈，护工电话打过来，声音压得很低："夏先生，你赶紧回来，来了两个看起来不好惹的。"

不用说，肯定是崔哥了。钱是没有凑够，只能跟他好声好气地商量了。夏明赶忙回到病房，只见崔哥大马金刚地坐着，拿着苹果逗宠物貂。花脖子跟班站在他后面，反背着手，鼻孔朝天，一脸的凶神恶煞。

黄礼林倚着床背而坐，小心翼翼地朝夏明使了一个眼色。

听到脚步声，崔哥回头，热情地打了一声招呼："回来了。"

"崔哥早。"

"早吗？不早了，我今天早上五点钟起来的，七点半就到医院门口等着。"崔哥一边逗着宠物貂，一边不紧不慢地说，"这几个小时，我一直在想，我现在看起来像个好人吗？大家都已经不把我的话当回事了吗？"

"不好意思，这两天事情太多了。"夏明歉意地说，"我们正在筹钱，还请您再宽限两天。"

崔哥哈哈大笑几声，笑声很刻意。笑着笑着，他突然收了笑声，慢慢地板起脸，目光阴沉沉地看着夏明："看来我现在确实像个好人了。"

"崔哥您别误会，就两天，两天之后一定凑……"夏明的话还没有说话，崔哥突然将手里的苹果砸向他。猝不及防，他没有避开，苹果击中肋骨，砰的一声，然后落在地上，不停地滚动着。

"你还想骗我。你有钱给分包商，没钱还我，当我是冤大头呀。"

黄礼林心急如焚，无奈说不出话，急得脸涨得通红。

"这件事我解释一下，原本那钱是要留着还您的，但是他们来医院堵门口了，实在没有办法。"夏明好声好气地说，"现在我们只是暂时性缺钱，等月底项目结算了，就有钱了。"

"怎么，听你的意思，哥还得等你到月底了。你照过镜子没，你有这么大的脸吗？哥看在你舅舅面子上，好心好意，给你三天时间，结果你居然敢涮我？你舅舅没告诉你，我是什么人吗？"崔哥使个眼色，花脖子跟班上前一步，怒目狰狞，一把揪住夏明的衣领。

黄礼林身子往前一扑，拽住崔哥的胳膊。情急之下，他居然挤出一个字："别……"

"黄胖子你松手，我已经对你够意思了。是你这个外甥，把我的话当耳边风。"崔哥用力一甩。黄礼林拽得紧，直接被他带下床，半跪在地上，胳膊上挂着的点滴针头歪了，血倒流回输液管里，赤红一条细绳。

"舅舅。"夏明推开花脖子，伸手扶黄礼林，却被他一把推开。

"他不……懂事，求……求……"黄礼林气喘吁吁地说。

"他不懂事，没关系，我可以教他。"

夏明拽着黄礼林的胳膊："舅舅，你起来。"

黄礼林却瞪着他说："道……歉。"

夏明用难以置信的眼神看着他。

“道……歉。”似乎为了加重说话语气，黄礼林又重重地推了他一把，滴管甩来甩去，倒流的鲜血晕染了一片，触目惊心。

夏明咬咬牙，低下头：“对不起，崔哥。”

崔哥双手重重地按着他的肩膀，将他拉近，眼睛对着眼睛。“小子，我知道你不服气，但是你现在还没有不服气的资格。看在黄胖子的面子上，我再宽限你两天，两天之后，要还没有钱……”他嘿嘿两声，拍拍夏明的脸颊，“我剥了你这张脸皮。”说完，他嫌弃地推开夏明，抱着宠物貂，带着花脖子跟班，扬长而去。

夏明连忙将黄礼林扶起，躺回床上，将针头重新别好。

黄礼林轻拍夏明手背：“没事……”

夏明沉着脸，不说话。

黄礼林说话渐渐流畅起来：“你……现在明白，我为什么……不同意你跟苏筱，平时还好，一旦有事，咱们上面没有人，很吃亏。我可以跪，我的膝盖不值钱，但你不能跪。”

夏明再也听不下去了，起身快步走出病房。

他走到院子里，寻了一个无人的角落，一屁股坐下，点燃一支烟，一改之前的优雅从容，火急火燎地连抽好几口。尼古丁非但没有平息他内心的屈辱和愤怒，反而火上浇油，胸腔像油煎火燎一样的疼痛，与被崔哥用苹果砸中的肋骨连成一片，每一口呼吸都如同刀割。脑海里挥之不去的是黄礼林跪在地上求崔哥的画面，他捂住眼睛，有流泪的冲动，不是因为委屈悲伤，而是屈辱与愤怒。

这是他从来没有经历过的事情。

他出生书香世家，家境优越，父母社会地位高，来往的都是斯文人，说话做事有腔有调。不是没有争斗，但那争斗也是杀人不见血骂人不带脏字，都是智力上的较量，动手属于下乘手段，会被人看不起的。今天他就被这种下乘手段狠狠地教育了，而他面对这种下乘手段一点反制力量都没有，真屈辱，从来没有这么屈辱过。

他狠狠地抽了几口烟，让自己平静下来。

已经发生的事情无法改变，能改变的是将来，如果再遇到这种情况该怎么办?

依然是毫无办法。

说起来，他经历的事情并不少，但那些基本都是职场或者生意场上的，属于智力的较量，在他擅长的范围内。像崔哥这种混社会的，他们做事的逻辑与职场商场的逻辑都不一样，他们信奉暴力，拳头大就是硬道理。这种暴力只会在权力面前低头。他要继续往前走，肯定还会遇到类似的三教九流。或许这就是黄礼林一直撮合他跟贺瑶的原因吧。

汪明宇拿着一块手绢，有一搭没一搭地擦拭着安全帽。这是他的习惯，想事情的时候擦拭安全帽。以他今时今日的地位，别人的想法大多可以忽视，能让他多想一下的只有赵显坤。

刚才他跟赵显坤汇报了昨天去医院和夏明谈判的结果。听说夏明要求开除苏筱，赵显坤呵呵两声，只说了一句，一个个真是无法无天了。看来他护着苏筱的心还是挺坚决的，想要让赵鹏取而代之，还得好好琢磨才行。

电话铃响了，打断汪明宇的思绪。

电话是秘书打来的，说是夏明来了。汪明宇怔了怔，昨天见面的时候夏明挺沉得住气的，一副奉陪到底的架势，怎么一个晚上就转了性子，着急忙慌了。当然，夏明着急是好事，人一着急就容易出错。

“请他进来。”汪明宇把安全帽放回书架上，扯扯衣服下摆，然后在大班椅上坐好。

很快秘书领了夏明进来，汪明宇请他在对面坐下，笑呵呵地说：“我正想找你，你就来了，很巧。”

“我今天来是想跟汪总借3000万，三个月后归还。”

汪明宇松了口气，心想，这条件不算过分。原本他跟赵显坤商量好，最多免天科那800万。免800万，跟借3000万比起来，肯定是后者更有利于集团。他心里已经同意了，嘴上却为难地说：“3000万有点多呀，这样，我跟领导班子商量一下。”

“汪总，我是说跟你借3000万，不是跟集团。”

汪明宇怔了怔：“跟我？”

“对，跟总承包公司。”

汪明宇是振华建筑总承包有限公司的总经理，跟总承包公司借钱，只需要他同意，不需要经过集团审批。

搞不清楚他葫芦里卖的什么药，汪明宇心生警惕，审视着他：“为什么跟我借？”

“因为跟集团谈，我会要求免了那800万。但天科还差3000万周转，只能跟汪总借了。”

汪明宇被气笑了，说：“胃口真大。”

夏明神色自若：“这都是合情合理的要求。”

汪明宇轻拍一下椅子扶手，往后一靠，说：“合情合理，好吧，你倒说说，我为什么要借你钱？”

夏明微微一笑，说：“因为汪总知道我们天科遭遇分包商提前结款，资金链濒临断裂，于是慷慨解囊，从总承包公司账户上拨了3000万给我们周转。这份兄弟情谊，真是让人永生难忘。”

汪明宇轻轻敲着椅子扶手，不说话。

“看来这个理由还不够。”夏明说，“那么3000万的低息贷款，换一个负责主营业务的副总经济师位置，这个理由够吗？”

汪明宇眯起眼睛看了他一会儿：“这个位置可不是你说了算。”

“我舅舅能说话了，他说的算不算？”夏明胳膊支着办公桌，身子微微前倾，“事实上那天苏筱什么都没有做。”

汪明宇冷笑一声，说：“那你可要想清楚，你真这么说的话，800万也没了。”

夏明自信地笑了笑：“董事长慷慨，我相信他愿意为保住自己的人，付出800万。”

汪明宇目光闪烁几下：“分包商们真都急着去结款？”

“我舅舅病成这样，他们不放心，也是人之常情。”

汪明宇责怪地说：“那你昨天怎么不说，我都说了有什么困难尽管找我。行了，我马上安排总承包公司给天科转3000万，你让公司财务办一下手续。”

夏明笑了笑：“我就知道汪总急公好义。”

汪明宇装作没有听出他的嘲讽，说：“你知道就行了，不用让其他人知道，否则我这里要门庭若市了。”

“汪总放心，这件事只有你知我知。”

送走夏明，汪明宇忍不住嘴角上翘，很快，集团所有主营项目都要经过他的手了。他想上什么项目就上什么项目，他想否决什么项目就可以否决什么项目。总承包公司有好几个项目，之前一直卡在老董那里，等赵鹏接了苏筱的位置，重新包装包装就可以过了。

3000万的三月期低息贷款换一个负责主营业务的副总经济师位置，太值得了。

万事俱备，接下去便是开会讨论了。

汪明宇简单地说了一下夏明的要求，班子成员都没有说话，会议室里静悄悄的，不说话本身也是一种答案，说明没有人反对。果然，一会儿胡昌海说话了："800万也没有多少钱，免了就免了吧。"

众人纷纷点头。

这一个要求算是通过了。

接下去便是讨论苏筱的处置。

玛丽亚前几天被赵显坤敲打了一番，知道自己的行为已经让他反感了，这几天一直很不安，想着找机会修复。因此，她率先表态："这件事的根本原因是黄礼林身体不好，苏筱就算有错，也不至于要开除。"

"玛丽亚，我不赞同你的看法。"林小民摇摇头说，"要是一个普通员工，你这么说可以，但苏筱不是一个普通员工，她是负责主营业务的副总经济师，她轻易就被黄礼林带动了情绪，可见她不成熟。这么重要的岗位，交给一个不成熟的人，就好像一枚定时炸弹。"

胡昌海点头："小民说的我赞同。"

"我赞同玛丽亚的看法，开除苏筱不合适。我也赞同小民的看法，一个重要的岗位交给不成熟的人，等同于安了一枚定时炸弹。"汪明宇看了一眼赵显坤说，"苏筱有能力，她在天成的时候搞得风生水起，但她太年轻了，不成熟，还没有在更大平台开展工作的魄力。所以，我觉得应该把她放在一个合适的岗位上，比如说，把她放回天成，再历练个两年三年，她成熟了，咱们再提拔也不迟。"

胡昌海点点头："明宇说得对。"

然而，无论大家怎么说，赵显坤就是不表态。

大家面面相觑。

这时，徐知平清咳一声，说："我觉得不能因为一件事就把一个人给定死了，苏筱是个很有才华的年轻人，我们要给她时间来慢慢成长。但考虑到她现在这个位置的重要性，我建议，她和赵鹏交换工作岗位，大家觉得怎么样？”

汪明宇诧异地看了他一眼，他说的话跟原来约定的可不一样。

赵显坤表态了：“行，就这么定了。”

苏筱觉得自己已经成了睁眼瞎有耳聋了。

集团里正在发生什么？她完全都不知道。

领导们想要干什么？她也不知道。

每个人都忙忙碌碌，行色匆匆，只有她不知道自己该干什么。

徐知平没有把其他的工作交接给她。即使交接给她，下面的人也不敢来跟她汇报，在黄礼林中风事件没有尘埃落定之前，她就像是台风的风眼，看起来平静，但是一圈又一圈的狂风围着她转。

这几天她没有给夏明打过电话。一开始没打，是知道夏明守着黄礼林，怕电话打过去刺激到他，那天他状若疯癫的举动太吓人了。她想着夏明会在方便的时候主动打过来，但是没有，他一直没有打电话，甚至连个消息都没有。于是后来，她也较起劲，不给他打电话。

热恋时期陡然冷下来，是很难受的，她每天内心都如同受虫蚁咬噬。无数次拿起手机，又无数次放下手机。每一个消息进来都希望是他发过来的，但是每一次都失望。失望积累多了，心就渐渐凉了。前两天，她回想起那天晚上的烛光红酒，还能耳红心跳，后来再回想起来，觉得极不真切，恍如上辈子发生的事情。

心浮气躁的时候，她也想过冲到董事长办公室，替自己喊一声冤枉。但就像何从容说的，领导要员工来是解决问题，不是制造问题，她更不能把情绪问题抛给董事长来解决。

就这样一天一天地，煎熬到第五天，终于接到了唐秘书的电话，说是董事长要见她。

苏筱对着镜子理了理仪容，匆匆来到董事长办公室。

赵显坤正在看文件，听到脚步声，抬起头来，目光严厉地看着她：“知道自己错在哪里吗？”

苏筱顿时蒙了：“我错在哪里？”

“没有人告诉你，你的前任老董是怎么走的吗？”

“说过，说是被黄礼林气走的。”

“既然你听说了，为什么对黄礼林毫无防备？”

苏筱委屈地说：“他突然发病，这个怎么防备？”

赵显坤皱眉，口气严厉地说：“要找借口，总是能找到，但是，借口不能帮助人进步。一个人，想要走得远，就必须比别人想得更远。既然已经听说老董是被黄礼林气走的，那你应该要提前做好预案，比如谈话的时候录音，或者让第三者在场。”

苏筱听愣了，觉得难以相信。

“怎么，想不明白？”

苏筱心里有些乱，摇摇头说：“不是想不明白，只是工作场合……”

“工作场合就没有需要提防的吗？”赵显坤声音重重地说，“我并不是让你在工作场合搞风声鹤唳那一套，但是，你要想走得更远，不仅要在专业上下功夫，更要在人事上下功夫，有些人与事要提前评估风险，做出预判。明白吗？”

苏筱郑重地点点头。

赵显坤缓了缓语气：“行了，事情已经结束，以此为戒，好好工作，不要辜负我的期望。”

“那我跟黄礼林的事情……怎么解决？”

“免除天科800万，夏明接替黄礼林的位置。”

“然后呢？”

“没有什么然后了。”

苏筱怔了怔，脱口而出：“那我不同意。”

赵显坤有点好笑地看着她，好像在说，你有什么资格不同意。

“总得给我正名吧。我没有骂他没有推他，就因为他突然生病，我就变成杀人凶手似的，背负了一堆罪名，论坛里都直接把我妖魔化了。免去800万，又不给我正名，那不就是坐实我的罪名了。董事长您要这么简单粗暴的处理，我宁肯辞职。”

“辞职？”赵显坤冷笑一声，“你就这么点出息？”

苏筱微微激动：“这跟出息没有关系，我没做过的事情，我不能背这个黑锅。”

赵显坤沉下脸：“好，我给你一分钟时间考虑，如果你要辞职，就直接出去。一个连黑锅都不敢背的人，对我来说，没有价值。”

“我没有做过，污水泼到我身上，都不准我去清洗？”苏筱觉得不可理喻，据理力争，“这样太不公平了。”

“谁在乎你有没有做过？”赵显坤朝何从容伸出手，“把邮件拿过来。”

何从容拿起那叠打印的邮件，扫了一眼，怔了怔，最上面那封邮件署名是汪洋。

赵显坤接过何从容递过来的邮件，随手甩给苏筱。

猝不及防，苏筱没接住，顿时纸张四散。

“睁大眼睛，仔细看看，这是职场，不是电视剧包青天。”

苏筱低头看着满地的邮件，说来也巧，落在她脚边的那封邮件正好是汪洋写的。她弯腰捡起，一目十行地扫了一遍，汪洋在邮件里言辞激烈地要求严惩苏筱，还黄礼林一个公道。

尽管明白这封邮件可能是一个例行公文，但是苏筱依然觉得眼睛刺痛，不由自主地闭了闭眼睛。她以为她跟汪洋的关系已经超越了上下级，是朋友关系，没想到在利益面前，他果断地放弃了她。

“看明白了吧。现在摆在你面前的只有两条路，一条是辞职成全你根本没有人在乎的清白，另一条是背着黑锅留下来，用成绩把他们的脸打肿。”

苏筱缓缓地抬起头，吃惊地看着赵显坤。

赵显坤迎着她的视线，神情冷峻，不闪不避。

一旁的何从容看着互相较劲的两个人，嘴角掠过一丝玩味的笑容。

“一分钟时间到了。”赵显坤语气凛冽地说，“既然你没有辞职，那就出去工作，去证明你的价值远远大于那800万。”

从赵显坤办公室出来，苏筱耷拉着脑袋，浑身疲倦，就好像打了一个大败仗一样。

“原来是你在跟董事长说话呀，我还以为谁呢？”

熟悉的声音，熟悉的语气。

苏筱缓缓抬头，看着汪洋，就像看着一个陌生人。

汪洋收了笑容：“怎么了？”

苏筱垂下眼眸，冲他胡乱地点点头，快步走了。

汪洋看着苏筱的背影，脸色渐渐变得凝重。

唐秘书推开门："汪总，您现在可以进去了。"

汪洋已经意识到发生什么事，转身看着办公室大门一会儿，大步流星地走了进去。

地上还散落着邮件。汪洋低头找了找，很容易就找到自己的邮件，他弯腰捡起，因为气愤，手指微微发颤。

"很生气，是不是？"赵显坤缓步走过来，"看到你的邮件时，我和你此时的心情是一样的，很生气，汪洋，你怎么会这样？这是你亲手带出来的人，你怎么可以跟别人站在一起对付她？"

汪洋冷笑一声，将邮件撕碎，转头看着赵显坤："既然是我带出来的，为什么你还要抢走？"

"你还能带她走到哪里？"赵显坤说，"你应该明白，她可以走得比你更远。"

汪洋呵呵一声，说："董事长你是走得很远了，远到都忘记过去咱们是兄弟了，远到只记得我汪洋是你的下属了。我这段时间在想，天成对董事长来说，究竟是什么？要钱，就提高每年的利润上交百分比；要人，就直接来个人事调令。难道天成就是一个输血站？董事长，你就没想过天成也需要发展吗？"

"我从来没有把天成当成输血站……"

汪洋打断他，咬牙切齿地说："但是你这么干了。"

赵显坤微微皱眉，看着汪洋的眼神变得复杂，既有不被理解的憋屈，又有拿汪洋没有办法的无奈。汪洋瞪着赵显坤，目光就像两团燃烧的怒火。这时，一道晨光穿过窗帘缝隙，恰好落在两人之间，像一把光刀劈开了两人，这窄窄的一条顿时成了无法逾越的鸿沟。

赵显坤长叹一声，缓了缓语气，说："汪洋，你可能想象不到，集团就站在倒闭的边缘。"

汪洋自然不相信，哼了一声。

"所有人都在为集团的欣欣向荣鼓掌，只有我清楚，这些年，集团无数次站在倒闭的边缘。最近一次是去年年底，如果没有融资成功，我们可能已经开始破产清算了。"赵显坤看着外面，"这几年竞争是越来越激烈，一步错，可能满盘皆输。只要集团还存在，再造十个天成也不是问题，但是如果集团倒了，还有什么天成？集团现在有两万多员工，作为董事长，我要兼顾方方面面，保证两万多人不失去工作，保证两万多户家庭不陷入经济危机。我能做到的是不亏欠大多数人，至于其他，有时候真的顾不上了。”

汪洋微微触动。

“有些事情我确实亏欠你。”

这句话又勾起汪洋的怒火，他晃着手里的碎纸：“只是亏欠吗？你把我的邮件给她看，这只是亏欠吗？”

“她太年轻了，太执着于对错了，但是职场，除了对错，还有利弊。”赵显坤顿了顿，又补了一句，“她是你带出来的，也该由你来给她补上这一课。”

汪洋恍然大悟，瞪圆眼睛看着赵显坤，张张嘴，又觉得无话可说。踯躅片刻，他将手里的碎纸一扔，转身走了。

赵显坤扶着桌子，走回椅子上坐下，长长地叹出一口气，闭上眼睛，筋疲力尽。

何从容静悄悄地退了出去，回到自己的办公室，连看两场大戏，他也有些提不起劲，浑身懒洋洋的。回想起出发回国的那一天，父亲破例见了他，说：“我给你挑了一个人，别瞧不起他是洗脚上田的，他生下来的时候只带着大脑，不像你，什么都有。他凭大脑，做成今天的格局，你一辈子都学不了。跟着他，等到有天当你能看懂他的每一次出手，你就出师了。从今往后，你想做什么，都不成问题了。”

说实话，他没有看懂，但能感觉到一些东西。

赵显坤就像一个桥牌高手，每一张牌都物尽其用。

第十章

集团的论坛上公布了黄礼林中风事件的调查结果，说他常年加班加点地工作，累垮了身体，患有“三高”。那一天，与苏筱商谈工作的时候，突然中风，幸好苏筱反应及时，挽救了他的性命……

但这个结果没有人相信，因为紧随调查结果后面，是苏筱和赵鹏互换岗位的通知。

很简单的逻辑，苏筱要是没有犯错，怎么可能会降职?

所以她必然犯了错。但是因为她背后站着董事长，大家不好抹了董事长的面子，所以大事化小，小事化了。有好事者再次将《当红炸子鸡苏妲己传》顶了起来，但没过多久，帖子就被删除了。认为苏筱是靠潜规则上位的声音，再一次甚嚣尘上。也许从前她没有潜规则赵显坤，但不代表以后没有。

至于免了天科800万这个处理结果并没有在论坛里公布，也没有公开，只有领导班子成员知道。天字号四位老总在集团里人脉很广，或许是有人想挑事，反正他们很快收到了消息，夏明背着他们已经跟集团谈妥了条件。

天正、天同、天和三位老总很生气，直接冲到医院，把夏明叫到走廊里质问。

“你什么意思呀？我们都已经准备好跟你舅舅共进退，辞职信都交了，你居然跟集团私下里谈好条件，这是玩我们呀？”

“就是，当我们是什么，你们这样以后谁还敢帮你们。”

等他们嚷嚷完，夏明不紧不慢地说：“三位老总先别着急，首先我代表舅舅谢谢你们。”

天同老总呸了一声：“这种套话就不用说了。”

“我知道三位老总诚心诚意想帮我舅舅讨回公道，现在集团做了让步，开出的条件我舅舅觉得可以了，你们觉得哪里不可以？”

三人顿时哑口无言。

夏明这话说得婉转，表面上是询问，其实是暗示他们，当事人都可以了，你们这些起哄者有什么理由觉得不可以呀？再厚的脸皮也说不出因为没有分到一杯羹，所以不可以。三人你看我，我看你，最后天正的郑总呵呵两声，说：“既然黄胖子觉得可以，我们有什么不可以呢？我们今天来也没有别的意思，就是你们跟集团谈妥了，应该通知我们一声，也免得我们担心嘛，到现在我们的辞职信还在汪明宇那里呢。”

天同老总连声附和：“就是，就是，谈妥了是好事，没必要偷偷摸摸的，连声招呼都不打。”

夏明笑了笑说：“也不是我想偷偷摸摸，只是这一回集团吃了亏，我要是大肆宣扬，岂不是下了集团的面子？咱们要是跟集团硬碰硬，那不是以卵击石嘛。”

郑总不快地说：“我们也没叫你大肆宣扬，跟我们打一声招呼总可以吧。好歹我们也替你舅舅出头了。”

“是我想得不周到，等舅舅出院，我请各位吃饭赔罪。”

“谁差你这顿饭。”天同老总脸色一沉，看着其他两人，“走吧走吧，还跟他扯什么，一点诚意都没有。咱们这回就当长个教训，以后天科的事情，我是再也不管了。”

其他两人也觉得再谈下去毫无意义，于是悻悻地走了。

夏明转身回了病房，黄礼林靠着床背坐着，一脸关切地问：“他们说什么？”

“还能说什么？说我背着他们跟集团谈，把他们甩开了。”

“不要脸。”黄礼林愤愤地说，“这吃人血馒头都吃到我头上了！等我出院了，非得去骂他们一顿不可。”

夏明笑了笑，削了一个苹果递给他。

黄礼林气呼呼地推开：“你自己吃吧，我吃不下。”

“没必要生气。”

“能不生气吗？张口兄弟闭口兄弟，真要有事，还是利益当头。”顿了顿，黄礼林感慨地说，“这人呀，全变了。”

夏明将苹果切成一片一片，搁在盘子里放在他面前。

黄礼林发了一会儿牢骚，不自觉地拿起苹果吃着。“赵鹏和苏筱换了岗位？”

“是的。”

“这么说，董事长还是输了。”

夏明意味深长地笑了笑：“董事长怎么会输，要论手段，这些人加在一起都不是董事长的对手。”

“怎么没输呀？主营业务和非主营业务，那是天差地别。”

“舅舅，你想想。”夏明摇摇头，“如果走正常流程，苏筱能够当副总经济师吗？”

黄礼林想了想，摇摇头。

“对，就是不能，在集团领导班子里就通不过。所以董事长干脆没有知会任何人，直接出了人事任命书，并且让苏筱负责主营业务。”

“我好像有点明白了。”

“人事任命是董事长的权限，从道理上别人挑不出毛病。但是他这种独断专行的行为一定会引起集团班子其他成员的反感，并找机会借着对付苏筱来攻击董事长，就算没有舅舅你的事，他们一定也会找其他事的。一开始，董事长肯定要强硬些，和大家正面刚，而后适当地退让一步，比如说把苏筱换成负责非主营业务。其他人觉得董事长让步了，也就消停了。但你仔细想想，整件事情的最后结果，就是原本不可能进集团的苏筱，却在集团里有了一席之地。”

黄礼林目瞪口呆。

“这叫求上得中。”夏明笑着下了结论，“从董事长直接出任命书开始，就已经立于不败之地了。”

黄礼林好一会儿才缓过来：“他就这么看重苏筱呀，他提拔苏筱到底有什么目的？”

夏明被问住了，他再聪明，也不是赵显坤肚子里的蛔虫呀。虽然猜不到，但他知道赵显坤给苏筱选定的路，肯定不是一般的艰难险阻。他忧心忡忡地想，或许自己真该狠一些，把苏筱弄出集团。

苏筱接到夏明电话时，刚刚从自己的办公室搬到赵鹏的办公室。

这是赵鹏要求的，说是岗位换了，办公室也应该换一下。其实这两间办公室大小装修格局都差不多，就朝向不一样，一个朝向紫禁城，一个朝向三环，实无更换的必要性。但他提出来了，苏筱也懒得跟他争，把东西一收，搬到了对面。

赵显坤这一通劈头盖脸的教育对她影响很大，她一直提不起劲来，搬到新办公室后，也不收拾，就倒在大班椅里发呆。夏明的电话就是这个时候进来的。前几天她一直盼着他的电话，这两天已经放弃念想，乍看到来电提醒，怔怔然好久，才接起来，喂了一声。

“前几天我很忙，心里很乱，所以没有给你打电话。”

“哦。”

“你怎么不给我打电话？”

“我不忙，但我心里也很乱。”苏筱心平气和地解释，“而且我怕刺激你舅舅。”

“我舅舅现在能说话，情绪稳定多了。”

“那就好。”

“你今天下班了，过来看看他吧。”

“可以吗？”苏筱回想那天黄礼林扯拉点滴的疯癫模样，心有余悸。

“来吧，我提前跟他说一声。你来看看他，也来看看我。”顿了顿，夏明说，“我也想看看你，好几天没看到你了，很想看看你。”

这么一句平白无奇的话，却像一把钩子，钩起了苏筱对他的情感和想念，如同潮水一般冲垮了这几天她筑起的心防，她的心一下子化成一摊水，低低地“嗯”了一声。

“早点过来，我等你。”

“知道。”

挂断电话，苏筱发现自己突然又有劲了。赵显坤说得对，她可不能让那些人看笑话，她得奋发图强，用成绩打肿他们的脸。她起身，风风火火地将办公室收拾一番，将物品各归其位。

等忙完，太阳已经西斜，她买了一束花，一路紧赶慢赶，到医院时已是华灯初上。住院部门口，探视的人都已经纷纷往外走了，她逆着人流，到病房门口，又不免想起那天的情景，心里有些发怵，做了一会儿心理建设，这才举起手，准备敲门。

门里突然传来一个女孩子的笑声，很清脆，很快乐。

举起的手僵在半空，久久不落。

“叔叔，你这踢腿动作不行呀。”

“瑶瑶，你是来看叔叔的，还是笑话叔叔的。”这是黄礼林的声音，带着笑，很温和。他从来没有用这种口气和苏筱说过话。

“叔叔，你看我，得这么踢，明白吗？”

“你这是要教我舅舅跳芭蕾舞呀。”夏明的声音里也带着笑。

苏筱放下举着的手，捏紧手里的花束。

她想转身离开，但是手突然生出自主意识，将门推开了一条缝。

病房里，黄礼林正在做康复练习，扶着墙一步一挪。贺瑶在旁边比画着，学他走路。夏明则倚着桌角，笑盈盈地看着两人。突然，黄礼林一个站立不稳，像不倒翁般地摇摇晃晃。他哎唷唷地叫着，夏明和贺瑶从不同的方向跑过来，扶住他。三人笑得一团，又温馨又和睦，就像一家人。

这是苏筱第一次认真看贺瑶，之前风闻已久，但只在周峻的婚礼上匆匆一瞥过。姑娘长得很洋气，衣着首饰都是大牌，穿戴都相得益彰，不是网红那种炫耀似的穿戴。即便不知道她父亲是局长，也能一眼看出她家境良好。不论是外形还是气质，她和夏明都很搭。

苏筱静静地看着他们一会儿，思来想去，觉得自己实在不适合露面。正想静悄悄地溜走，一只手突然拍了拍她的肩膀，她受了惊，回过头，动作过大，撞在门上，吱呀一声，惊动了屋里三个人，往门口张望。

拍苏筱肩膀的是护士，她一脸严肃地说：“探视时间马上结束了，赶紧出去。”

夏明惊喜地三步并作两步，拉住苏筱：“怎么才来呀。”

“下班就晚了。”

贺瑶看着夏明拉着苏筱的手，眼神变了变，脸上浮起笑容，说：“这就是苏小姐吧，久仰大名了。”

“你好，贺小姐。”

贺瑶上下打量苏筱一眼，说：“你和我想象中的不太一样。”

“你想象中的我是什么样子的？”

“怎么说呢？”贺瑶歪头想了想，并不是找不到形容词，而是找不到不得罪人的形容词。她原以为苏筱是个艳光四射的大美人，至少要比自己美，没想到根本不是，虽然长得挺舒服，但并不属于貌美如花那一类。总而言之，看到苏筱本人，她觉得自己输得有些冤枉。

“就是不一样。”找不到词，贺瑶索性放弃了。

但苏筱已经从她的眼神里看到了答案，不以为然地笑了笑。

“叔叔我回去了，明天再来看你。”贺瑶拿起包，冲黄礼林挥挥手。

黄礼林满脸笑容地说：“行。夏明，你送送瑶瑶。”

贺瑶摆摆手：“不用，不用，苏小姐难得过来一趟，夏明你陪她。”

“你没开车，一个人不安全，让夏明送你。”黄礼林瞪着一直不表态的夏明。

“真不用，我打车很方便。”

黄礼林拔高声音：“夏明。”

夏明无奈地说：“筱筱你在院子里坐会儿，我先送瑶瑶。她家很近，大概十五分钟我就回来。”

贺瑶恰好经过苏筱身边，听到这句话，斜眼看着她，嘴角得意地翘了翘。

苏筱语气平静地说：“行，你先送贺小姐。”将花搁在柜子上，“黄总，不好意思，今天我刚跟赵鹏交接完，很多事，来晚了。你保重身体，我改天再来看你。”

黄礼林收起面对贺瑶的温和，不耐烦地摆摆手：“不用，不用，你又没车，跑来跑去多辛苦，我没事了，不用来了。”

或许是因为贺瑶在，他的态度比平时还差点，有撇清关系的成分。果然贺瑶感受到苏筱的不受欢迎，眼睛闪了闪，嘴巴甜甜地说：“叔叔，我明天再来看你。”

黄礼林眉开眼笑地答应一声。

这前后态度反差，让夏明微微皱眉，担心地看了苏筱一眼。

苏筱已经习以为常，也早有心理准备，面上神色不变，但心里还是不爽的。

三人一起出了病房，夏明看苏筱一直沉默不语，怕她多想也怕她跑了，又特别叮咛一句，让她等他。苏筱点了头，他才和贺瑶一起往停车场走去。苏筱找了个没风的角落坐着。北京现在是三月天，到了晚上，气温下降很快，风刮过树枝，簌簌有声。

等了十五分钟，吧嗒吧嗒的脚步声，由远及近。

夏明一路小跑，到院子里，环顾四周，神色着急。

苏筱坐的地方是视线盲区，她不出声，看着他一会儿，见他真着急，这才出声：“我在这里。”

夏明松了口气，走过来，挨着她坐下，拉过她的手，握紧。

“我舅舅就那样，你别生气。”

苏筱语气平静地说：“刚才你们仨就像一家人。”

握着苏筱的手僵了僵，但很快握得更紧，夏明笑着说：“就知道你会吃醋，没有的事。她刚从国外回来，下午没有通知我，就直接过来看舅舅。来的时候就已经是傍晚了，我不好赶她走。”

“那你可以提前告诉我一声，我可以改天再过来。”

“为什么？”

“我不想打扰你们。”

夏明呵呵地笑：“还是吃醋呀。不是你打扰我们，是她打扰我们。”

苏筱抬头看着他，说：“你知道你舅舅那天来找我说了什么？”

“不管他说什么，你都不要放在心上。”

“他叫我放过你。”

“以后我会告诉他，不是你不肯放过我，是我不肯放过你。”

“他说董事长这么看重我，不可能只是因为工作，一个女人最重要的是跟对人。”

夏明收了笑容：“他是故意气你，你别跟他计较。”

“他跟你说过这些吗？”

夏明没说话。

苏筱呵了一声，说：“他肯定不会这么说的，他肯定会说，是我把他气病了。”

夏明叹了口气说：“他是没说，但我心里清楚。筱筱，事情已经结束了，咱们都放下，往前看，好不好？”

“往前看？你们是可以往前看，想过我没有，”苏筱微微拔高声音，“莫名其妙地背了一身骂名。”

夏明柔声说：“论坛里的帖子就是精心炮制出来激化问题的，自然是怎么难听怎么来。你不要在意，过段时间大家就会忘记的。”

“我忘不了。我做错了什么？”

“有些事情不是用对错来衡量的。”

“那用什么，利弊吗？”苏筱目光灼灼地看着他，“所以，你要了800万。”

夏明一下子语塞了，松开握着苏筱的手，看着远处。

“别人用利弊，我可以理解，可是夏明，为什么你也是这样，你有当我是你的女朋友吗？”

“如果我没有当你是我的女朋友，你已经出局了。”

“那我还得感谢你的手下留情了。”

“不是，我只是想告诉你，我已经很努力地去减少对你的伤害。但是，这件事表面上看起来是你跟我舅舅之间的冲突，其实涉及很多更深层次的冲突，太多人想要从这件事里获利，不是我一个人的力量能左右的。”夏明恳求地看着苏筱，“我希望，你能明白这一点。”

“我希望我的男朋友，在我遇到困难的时候，不会只是说，我已经很努力地减少对你的伤害，我希望他说，有我在，不要怕，我们一起。”

夏明默了默：“我也想这样，但是筱筱，这里面太复杂了，以后我们可能还是会碰到类似的事情。我希望，工作归工作，感情归感情，无论我们在工作上发生多大的冲突，都不要带到生活中，都不要影响彼此的感情。可以吗？”

记得那天早晨分开时，他也说过类似的话，她当时答应了。事实上，真要做到工作归工作，感情归感情，并不是件容易的事。苏筱心情复杂，静静地看着他。他将工作与感情切割得如此清楚。不能说他错了，但她有些受伤。

“我一直没跟你说，其实我不太愿意你到集团，集团的游戏规则跟天成不一样。在天成，你只要业绩出众，就可以稳坐主任经济师的位置。但是集团光凭能力还不行，你得会权衡利弊，还要拉关系。”

苏筱默了默：“不讲对错，只讲利弊；不认对错，只认关系。”

“对，就是这样，其实我也不喜欢，但这就是现实。”

“不喜欢？”苏筱嘲讽地呵了一声，“我看你乐在其中，就像你一直拉着贺瑶。”

夏明皱眉：“怎么好端端地又扯到她身上了？”

“难道不是吗？你以为我在吃贺瑶的醋吗？”苏筱拔高声音，“是你，一直不肯理清跟她的关系。因为你要拉关系。在你眼里，世界上的一切都是关系表，都是可以运作的。所以你根本不在乎我和你舅舅之间谁对谁错，只是想着如何把利益最大化。”

“我没有乐在其中，但是有时候我必须得做自己不喜欢的事情。”顿了一顿，夏明说，“我说了你可能不信，有时候，我甚至会讨厌自己。”

“你都讨厌自己了，为什么还想把我变成这样的人？”

“因为我不想你去螳臂当车。”夏明深深地凝视着苏筱，“你现在应该明白那些力量有多强大了。”

苏筱想起满满一叠的邮件，想起汪洋邮件上满纸的“严惩苏筱”，沉默了。

夏明也沉默着。

只有风吹树枝的声响。

良久，夏明叹了口气，伸手搂住她，紧紧地。

“要不你辞职吧，我养你。”

苏筱没说话，耳畔传来他的心跳声，砰砰砰，热烈的。

第十一章

夏明把苏筱送回住处，返回医院时，已经是深夜了。

黄礼林还没有睡，正看着台灯发呆，一副忧心忡忡的样子。

“怎么还不睡？”

“明天是不是要还崔哥3000万了。”

“这个问题已经解决了。”

“只是暂时解决，群星广场还要继续垫钱，下个月的钱从哪里来？”

“下个月的事情下个月再说，你赶紧睡觉，别操心这些事了。”夏明走过去，扶着他躺下，帮他掖好被角，“现在我才是天科的总经理，这些事该由我来操心，你现在的任务就是好好养身体。快睡吧。”

“你要跟瑶瑶在一起，这些都不是问题，我保证，崔哥不仅不敢要钱，还会跪下来跟我道歉。”

夏明动作一顿，看着黄礼林。原来那天的事，他也耿耿于怀。

“舅舅，如果我因为利益跟瑶瑶在一起，是没在崔哥面前跪下，但是在现实面前跪下了，不是一样吗？”

“那怎么一样，”黄礼林不以为然，“人往高处走，水往低处流。”

“对我来说是一样的，我不想跪，无论是崔哥还是现实。”夏明掖好被角，见黄礼林还要说话，坚决地按住他的肩膀，阻止他往下说，“睡吧，有什么事明天再说。”

黄礼林见他心情不好，只得乖乖地闭上嘴巴。

夏明关掉台灯，和衣躺在看护床上，心里有事，睡不着，又怕辗转反侧吵着黄礼林，于是保持着蜷缩的姿势，想了很多，关于3000万关于现实关于苏筱，前路一片迷茫，该怎么走他心里也没有底。

第二天起来，他去了公司，叫了财务经理杜永波进办公室。

“现在公司账上就3200万了，3000万还了崔哥，就剩200万了，刚够这个月的工资。要是发了，下个月就没有钱；要是不发，大家会瞎猜测。”杜永波为难地看着夏明，“要不要发呀？”

“正常发吧，这点钱留着也不够。”

“那咱们下个月就彻底没钱了，连工资都发不出来了。”

夏明大感头疼，以前钱的事情都是黄礼林在操心，他是不管的。也不知道黄礼林怎么弄的，反正账上永远有钱在流动。他一直觉得黄礼林落伍了，现在看来，白手起家的生意人到底是不同的。

“群星广场垫了咱们太多资金了，夏总，能不能先跟他们结一部分回来？”

“不是结不结的问题，现在的问题是他们拿不出钱了。”

说起群星广场这个项目，也真是一波三折，先是老总们接二连三被“请喝茶”，接着新上任的姚总觉得广场被对面的大炮冲了，风水不好想要停工，好不容易解决了风水问题，重新开工，也结回了部分的钱。没想到刘铁生的案子越查越广，群星集团很多项目被冻结审计，一来二去，公司内部资金链断了，银行也不敢借。最近几个月，一直是垫资承建，钱越垫越多，却结不回来，真是头疼。又不敢停工，不停工，项目封顶，开始预售，还能把钱结回来。一旦停工，那就真是遥遥无期了。

杜永波愁眉苦脸地说：“那怎么办，咱们的负债率已经很高了，银行不会贷给咱们，集团又不肯借……”

夏明轻轻地敲着桌子，皱眉思索，不知想到什么，突然眼睛一亮，站了起来。

“走。”

杜永波有点蒙：“去哪里？”

“约姚总打高尔夫。”

群星集团已经风雨飘摇，姚总似乎并不烦恼，夏明邀请他打高尔夫球的电话过去，他很爽快地答应了。因为时间有限，夏明没挑远的地方，选了朝阳区的一个果岭高尔夫球场。

姚总的球技还可以，十来分钟后，打出一个漂亮的小鸟球，很高兴。夏明趁机提出了想法：“姚总，你们现在也没钱结算，资金都是我们天科垫付的，现在我们压力特别大，都快发不出工资了。”

“打球就打球，不要这么扫兴嘛。”姚总逃避的口气。

“我现在有个新的想法，您看看合适不合适？”夏明说，“我们可以继续垫付资金承建，但是将来要用期房结算。”

“期房结算？”姚总挥杆动作一顿，看向夏明，“你想得挺美的。这两个月房价涨了小一千。”

“有涨就有跌，谁敢肯定，等房子预售时，房价是涨是跌呢？”

姚总斜夏明一眼：“你要不看好，会跟我要期房？”

“我当然是看好的，但市场千变万化，谁知道到时候会出什么政策，是不是？就算涨了，我们垫付大量的资金，承担了巨大的风险，要一点利息也没有什么不对吧。按现在的结算方式，我们太吃亏了，将来收回来的钱还不够付利息。”

“要一点利息当然没什么不对，但是你要得太多了。”

“一点也不多，我可以跟你算笔账……”

姚总举手阻止他：“别别别，算账，我肯定是算不过你，这个我有自知之明。你只需要告诉我，我为什么要用期房结算？”

“因为对群星集团来说没有风险，风险全转移到我们天科了，但是利益……”顿了顿，夏明意味深长地说，“利益是共享的。”

姚总眼神闪动，手里一偏，球打飞了。他低低地骂了一声，将球杆扔给球童，揽着夏明的肩膀往前走。球童们见多客户们的做派，知道这是密谈的架势，背着球杆远远地落在后面。

“我前些日子又去配合调查了，见了老刘一面，他一下子老了。”姚总啧啧两声，感慨万千，“当年多威风的一个人呀，现在头发全白了，这才一年呀。”

说话听声，锣鼓听音。突然提起前任老总刘铁生，夏明可不认为姚总是在感慨刘铁生的衰老，他真正感慨的是“喝茶”的威力。“刘总太高调了，做人还是要低调。老话都说，闷声发大财。”

姚总饶有兴趣地哦了一声说：“你年纪轻轻，哪里来的这些经验？”

“书里看的，书里什么都有，光一个春秋战国，多少故事。吕不韦的奇货可居，就是MBA的经典案例。”

“你喜欢看历史书呀，我也喜欢。”姚总说，“将来要是退休了，我就想弄一套海边的小别墅，每天看看历史书。面朝大海，春暖花开。”

“国内的别墅设计都紧紧巴巴的，不大气。我舅舅在澳洲有一套朝海的小别墅，风光很美。”

“是吗？我岳母前几天刚说想去澳洲玩。”

“什么时候去呢？我叫人接她，就住我舅舅的小别墅里好了。”

黄礼林在澳洲并没有什么海边别墅，但只要姚总的岳母去，就一定会有这么一套房子。两人看似闲聊，其实不过是讨价还价。姚总很满意，事情敲定了，两人也没有再打球的想法了，回到停车场，挥手道别，各上各车。

夏明钻进轿车后排，从口袋里摸出一支烟，点燃。

坐在驾驶座的杜永波回过头，见他神色并无欢喜，以为没有搞定。“他不同意呀？”

夏明摇摇头。

“他同意用期房结算？”

夏明点点头。

“夏总，你真是太厉害了。”杜永波欣喜若狂。

夏明嘲讽地笑了笑，将烟灰弹到窗外，说：“真奇怪，凡是我不喜欢的事情，我做起来都游刃有余。”

杜永波不解：“为什么不喜欢？”

夏明默了默，说：“我老爸要是在这里，一定会指着我鼻子说，蝇营狗苟。”

杜永波沉默片刻：“可是，事情谈成了，咱们公司的资金问题就有希望解决了，下个月的工资也可以发了。”

夏明轻叹口气：“走吧，去崔哥那里。”

“去他那里干吗？”杜永波很不解，但还是发动了车子。

崔哥的担保公司在商住楼的一楼，外面就挂着一个木牌，看着挺不显眼，一进去真是闪瞎人眼。整个办公室古色古香，全套红木家具，供着真人身高的木雕关公，青龙偃月刀也是真刀，开了刃的。关公的面前立着红木香筒，供着檀香，白烟袅袅。

崔哥大模大样地坐在罗汉榻上，抚摸着宠物貂的脑袋，看着夏明的目光极不客气，也不请他坐下，问：“钱呢？”

夏明在他对面坐下，说：“我没打算还钱。事实上，我今天来是想跟你借钱。”

“有意思呀，你这人真有意思。”崔哥歪着脑袋，“借你一根毛线，要不要？”

“我是认真的。”

“我最讨厌的就是你这种认真的胡说八道，当我的话是玩笑，我都已经额外给你两天了，别得寸进尺。”崔哥冲背后站着的花脖子使一个眼色。花脖子撮唇呼啸一声，有一间屋门突然开了，出来几个穿着短袖的花胳膊，一个个膀大腰圆，将夏明团团围住。

夏明神色不变：“崔哥知道我们有个项目叫群星广场吗？”

“知道，群星集团的项目，黄胖子跟我吹过。不过刘铁生出事后，整个集团乱成一锅粥，银行现在都不敢给他们贷款了，你指望他们给你结算？还不如指望我大发慈悲。”

夏明笑了笑：“他们没钱，但是有房子。”

崔哥心中一动，眯起眼睛盯着夏明：“什么意思？”

“按目前的工程进度，七月份完成主体工程的70%，群星项目就可以拿到预售许可证了。现在群星集团拿不出钱，同意由我们垫资承建，未来用期房结算。群星项目的地段有多好，我相信崔哥不会不知道，这样的房子根本不愁卖，而且有很大的升值空间。”

崔哥切了一声：“升值空间，敢情这楼市还听你的？”

“这两个月已经涨了小一千了。”

“有涨就有跌，下个月说不定就跌得你内裤都没了。”

“也有可能，就看崔哥有没有兴趣来赌一把。”

崔哥眯着眼睛审视着夏明。

夏明神色自若，还给自己倒了杯水，慢慢地喝着。

“行，哥给你一个机会。”崔哥冲花脖子打一个响指。

花脖子脚步重重地走到酒柜前，取出五个杯子，摆在夏明面前。然后每个杯子都倒满伏特加。

崔哥朝夏明做了一个请的手势：“一口气喝完，哥就跟你赌。”

夏明的镇定自若消失了，看着一字排开的伏特加，微微皱眉。伏特加酒精浓度超过65%，五杯伏特加在一起大概有一斤，喝下去，酒精中毒的概率高达90%。这已经不是做生意，这是赌命了。

“崔哥，我是来跟你谈生意的，而且这生意回报率很高。”

“和我谈生意的人多了，回报率多高的都有，想要跟我谈生意，就得按我的规则来。喝了这五杯酒，我跟你做这个生意。”见夏明犹犹豫豫，崔哥轻蔑地笑了笑，指着门，“你要怕死，门在那里，慢走不送。”

夏明伸手去拿杯子，杜永波忍不住伸手按住他的胳膊，冲他摇摇头。

“没事。”夏明推开杜永波的手，毅然拿起酒杯，一口气连喝五杯。

崔哥霍然起身，用力鼓掌。“好，痛快，哥跟你赌了。”

“一言为定。”夏明站了起来，“崔哥，我先告辞了。”

不等他说话，夏明就快步走出担保公司，直接冲进了洗手间，拧开水龙头，灌了一肚子水，然后冲进隔间，将手指伸进嘴里，抠自己的嗓子眼。很快，嗓子眼痒痒的，肚子一阵抽动，他开始呕吐。

杜永波跟在后面冲进洗手间，听到不堪的呕吐声，嗓子顿时发痒，也不由自主地干呕一下。“夏总，我送你去医院吧。”

回答他的是一阵呕吐声。

良久，隔间门被重重地推开，双颊酡红的夏明脚步虚浮地走出来。

杜永波连忙上前扶住他：“还是去医院一趟，保险点。”

“没事，我妈就是医生，我知道怎么紧急解酒。”夏明摸着自己脉搏数了数，“已经好多了。再来一次估计就可以了。”他走到洗手槽前，打开水龙头，再次灌了一个水饱，然后又走进隔间里。

一会儿，又响起呕吐声。

如此来回了三次，夏明数了脉搏，已经完全恢复正常。只是催吐对身体损害不小，他脸色发白，脚步虚浮。杜永波犹不放心，非要他去医院一趟。夏明只得随他去医院，挂了小半瓶水，直到脸色好转，脸色恢复正常，这才作罢。

折腾一天，天也快黑了，虽然医院里有护工，但夏明还是不放心，拖着疲惫的脚步赶回黄礼林所在的医院。到住院部楼下，停下脚步，闻了闻身上的味道，似乎还有酒味，于是点燃一支烟，快速地抽完，烟味遮住了酒味，他这才放下心。

刚走到病房门口，门开了，贺瑶拿着便盆出来。

夏明大吃一惊："怎么让你干这活，护工呢？"

贺瑶笑盈盈地说："护工忙了一天，我让她去吃饭了。"

夏明伸出手："你放着，我来。"

"没事儿，这算什么，你工作一天了，进去陪叔叔吧。"

夏明伸着手，语气异常坚决："这不是你应该干的事情。"

贺瑶听出他话外之音，笑容微敛，僵持了一会儿，还是将便盆递给他。

夏明拿着便盆去洗手间倒掉，冲洗干净，回到病房，贺瑶已经不在了。

黄礼林气愤地冲他嚷嚷着："不就一个便盆嘛，让她倒怎么了？你搞什么，把人家都气跑了。"

夏明放下便盆，拉过椅子，在床边坐下，认真地说："舅舅，咱们谈谈。"

黄礼林立刻意识到谈话内容一定是自己不喜欢的，扯过被子，蒙头蒙脸地盖住自己。"我不想跟你谈。"

"我知道你一直想撮合我跟贺瑶，但是我真的对她没有感觉。如果我为了她父亲的权势娶了她，对我的事业确实会有很大的帮助，但是这一生我都对不起她。她是个好姑娘，不应该被人辜负了。"

黄礼林扯下被子，怒其不争地说："你就是鬼迷心窍了。以后你爱咋咋的，我不管了。但是要我接受苏筱，没门。"

苏筱无意识地在笔记本上画出一道道的线。一声咳嗽传来，她惊醒，抬头看到徐知平不满的眼神，才想起在开会呢。她又走神了。最近这两天她总是心不在焉，各种场合各种走神。她知道这样不对，但根本没有办法控制自己。

徐知平收起不满的眼神，语气温和地问："你们俩工作交接得怎么样了？"

苏筱说："七七八八了，就是有些业务我第一次接触，需要一点时间来熟悉。"

徐知平点点头："都是现有的流程，按照流程走，不会错的。"

苏筱点点头。

徐知平看向赵鹏："你呢，有没有问题？"

"有一个问题。"赵鹏说，"天科的800万，董事长是明确指示不追了，但是其他四家，董事长没有明确指示，要不要追？"

"没有明确指示，那当然还要追。"

"那我觉得应该由苏筱负责比较合适。"

苏筱诧异地看着赵鹏。

赵鹏冲她笑了笑："你先别着急，听我说。因为这个你经手了，你做了一半，我再接手，又重走一个流程，浪费时间。"

苏筱警觉地说："没有，我当时只追了天科的，因为天科的钱最多拖的时间最久，先追回他们的，才有立竿见影的效果。所以其他四家，我还没有开始着手，不存在重走流程的问题。"

"你在天成待过，这一块的业务比较熟悉。"

"这跟业务没关系，去年审计的时候核定过的，他们就是补交。具体如何补交，公司有现成的流程。"

"你看，你都已经很熟悉了，是不是？我要重新熟悉，还得花时间。"

苏筱还是第一次遇到这么不讲道理的人，她加重语气说："赵总，我们换过岗位，这不是我的工作内容。"

见她说不通，赵鹏又搬出了徐知平："徐总，你说呢？"

徐知平笑眯眯地说："这件事你们自己商量。"

得不到他的支持，赵鹏又转头纠缠苏筱，软磨硬泡，非要她继续追讨。苏筱自然不同意。

第二天，她来上班，看到天正、天同、天和三位老总站在自己的办公室门口，交头接耳地说着话。她心里打了个突，不由自主地放慢脚步。

看到苏筱，三人停止交谈，堆起笑容冲她打招呼："苏总，早呀。"

"早。"苏筱硬着头皮走了上去，看看对面的办公室，"赵总还没来呀？"

三位老总相视一眼说："我们是来找你的。"

"找我什么事？"

"去年审计要补交的那部分钱，天科都已经免了，怎么又要我们交？"

"这事不归我负责，我已经跟赵总换过岗位了。你们找他谈。"

天和老总诧异地说："可是赵总说，这块工作你们俩没交接，还是由你来负责。"

尽管心里早有准备，听到这话，苏筱还是无语了，赵鹏这人真是不可理喻。正准备举手敲赵鹏办公室的门，就看到他拎着公文包过来了。

"哟，这干吗呢，大清早的都在这里杵着。"赵鹏走过来，明知故问。

"赵总，我们明明已经交接完毕，你怎么还跟三位老总说是我负责追讨补差款。"

赵鹏看一眼天字号三位老总，装出恍然大悟的表情，说："苏筱，你怎么这样，昨天咱们在徐总面前说好的，这事还由你负责。"

"只是你单方面提出来的，我并没有同意。"

"你看，这工作本来就是你经手的，是不是？你不能做到一半就撒手不管了吧。"

站在一旁的天正天同天和三位老总，好奇地看看这个看看那个。

苏筱不想在他们面前争执，按捺住情绪，对三位老总说："各位，我现在管非主营业务，补差款的事情不在我的工作范围内，有什么事你们找赵总。"

"你们别找我，找她。"赵鹏指着苏筱说，"徐总都说了，这事还归她管。"

天正、天同、天和三位老总相视一眼。天同魏总当即不高兴地说："你们俩什么意思呀，把我们当成皮球呀。"

天正郑总扯了他一下，笑着说："两位不要着急，你们慢慢商量，定好归谁管再通知我们，我们先回去等消息了。"说罢，扯着魏总往电梯间走，压低声音说，"你傻呀，让他们扯皮不好吗？"

三人走远，赵鹏还不罢休："苏筱你怎么这样，明明在徐总面前说好的，转头就反悔呢？"

苏筱被他的颠倒是非气笑了。"赵总，你忘记了。咱们换了岗位，连办公室都换了。换办公室你记得挺清楚，怎么这会儿就不清楚了？"

徐知平从电梯间拐过来，一眼就看到走廊里说话的两人，虽然没有听到说话声，但看两人如同乌眼鸡一样的神色，也知道必定不太愉快。他想后退，从另一边绕过去，但是赵鹏眼尖，已经看到他了，高声说："徐总。"

徐知平只得走过去，笑着打了声招呼："早呀。"

"徐总你来得正好，你替我作证。那天在你的办公室，明明都已经说好了，由苏筱继续追讨天字号的补差款，是不是？"

"你胡说八道，徐总当时说了，让咱们自己商量。"苏筱被他气得声音都尖了，"我已经明确表示不同意。现在我负责的是非主营业务，这不是我的工作内容。"

"这件事跟你关系很大，难道你不应该跟完吗？"

"我说过，我只追了天科的款，其他公司还没有开始着手，不存在跟完这回事。"

"你这就是逃避了。"

苏筱用难以相信的眼神看着赵鹏。

"好了好了。"徐知平摆摆手，"咱们来捋一捋。从分工上来说，现在确实属于赵鹏了，但是苏筱你也确实经手过，跟完也没有错。所以上回我让你们自行商量。既然商量不成，大家对分工存在分歧，那我就拍个板。"

两人不说话，都看着他。

徐知平略做思索，看着苏筱："还是你来负责吧。"

赵鹏得意地看了苏筱一眼。

苏筱不敢相信，不服气地说："凭什么？"

"别着急。"徐知平示意苏筱打开办公室的门，"咱们进去说。"

苏筱从包里取出钥匙，打开门，请徐知平进去，然后重重地关上门，把探头探脑的赵鹏挡在门外。

“你可能觉得我偏心，但你先听听我怎么考虑的。”徐知平语气温和地说，“因为这件事闹得满城风雨，对你的名声损害不小。天正、天同、天和、天成这四家没有黄礼林那么强硬，如果你把钱追回来，那么这件事就有一个完美的句号，也相当于你扳回了一局。是不是？”

顶头上司用这么亲切的语气说话，苏筱知道自己应该应承下来，再徐徐图之，但是她实在太气愤了，气愤得不想再与他们周旋了。她现在不怕得罪任何人，被开除，或许也是一个痛快。

“徐总，我入职第二天您就跟我说过，分工的意义在于大家都清楚该做什么，不该做什么。”苏筱顿了顿，“我一直记着您这句话。从分工来说，这就不归我管。”

很少有人敢当面拂自己的意思，徐知平的温和笑容收了收，说：“你再想想，想仔细再和我说。”

他不再多说，拎着公文包，回了自己的办公室。

苏筱越想越气，将包狠狠地摔在沙发上。

当赵显坤问她与宝钢今年的协议价是多少的时候，她的脑海里轰的一声炸开一幅一幅的画面，钢筋的期货走势表、项目的收购谈判、在公开招标中胜出后所有人都过来跟她拥抱……她以为要开启一段洒满汗水但特别充实的人生，走上很热血、很燃、成就感满满的王者之路。

她满怀着一展抱负的激情，意气风发地来到了集团，迎接她的却是一盆又一盆的狗血。这才多少天呀？一个多星期，每一天都让她厌烦。好像走在泥泞地里，一脚一个坑，每一脚都带出泥，泥黏在脚上，越积越厚，死沉死沉，拖着她往泥里坠。

去意渐生。

吃午饭时碰到吴红玫，她透露些许意思，吴红玫连连摇头说：“你换个公司，还得从头再来，还不一定遇到汪总和董事长这样的人。”

“遇到也不过如此。”苏筱完全提不起劲，数米粒一般地吃着米饭。

“其实你今天的处理方式挺对的。赵鹏踢皮球，你也可以呀。你以前就是太实在了，要是有这样的觉悟，就不会出事了。你想想，天科的800万，在董总那里拖了一年，不也没事吗？”

“他不会罢休的，他还会踢给我。然后我再踢回去。然后他再踢，然后我还踢……以后我可以告诉大家，我的踢球技术不是在操场上学的，是在职场上学的。”

吴红玫笑得乐不可支。

但是苏筱没有笑，反而流露出淡淡的悲哀：“真没想到，我进集团点亮的第一个技能居然是踢皮球。”

吴红玫收了笑容，看到苏筱陷入困境，她内心的天平又歪到友情这一边了。“其实，不只是咱们集团，很多大公司都是这种作风，遇到事情，能推就推。因为不干还好，一干就错。”

“我没法想象有一天会成为这样的人。”

“大家都这样，你不这样的话，会很吃亏的。你一路吃了这么多亏，该觉悟了。”

该觉悟了吗？

苏筱茫然地举着筷子。

这晚，她躺在床上，回想起入职以来发生的一系列事情，怎么也睡不着。当时的憧憬与期待都被冰冷的现实击碎了，现在心里只有无穷无尽的厌恶与茫然。她重新下了床，到书桌前坐下，扯过两张白纸，一张写了“走”字，一张写了“留”字。将两张纸揉成一团，又搅乱了，随手扔到半空，接住最先落下来的纸团。

打开一看，是“走”字。

重来一次，再打开，依然是“走”字。

再来一次，依然是“走”字。

都说天意不可违，但她真的很不甘心。就这么走了，有一种灰溜溜的感觉，好像被他们打败了落荒而逃，而且还对不起赵显坤，毕竟他花了800万保全了她的位置。可是留下来，又能干什么呢？像吴红玫所说的，成为一个踢皮球的人吗？成为赵鹏那样精致的利己主义者？

她泄气地将纸团扔进垃圾筒，拿过手机，拨通父亲的电话。

电话响了好几声才接通，父亲的声音里带着睡意。

“筱筱，这么晚还没有睡呀。”

“对不起，爸，我是不是吵醒你了？”

“没呢，我还没睡呢。”

“妈睡了吗？”

“睡了，要我叫她起来吗？”

“不，不用。我没事。就是突然想你们了。”

“我们也很想你，今天你妈还跟我说，当初就不应该逼着你天天读书，书读好了，人也远了。”

鼻子突然就酸了，苏筱捏捏鼻子，把泪意逼了回去。“对不起。”

“说什么呢，傻孩子，要是再来一回，我们还得天天逼你读书，读好书，你才能做自己想做的事情，过自己想过的生活。”

“太难了。”

电话另一端默了默，问：“什么太难了？”

“做自己想做的事情，过自己想过的生活，太难了。”

父亲的声音变得紧张：“筱筱，发生什么事了？”

“没有，没什么事，就是工作上遇到一些情况……”苏筱吁出一口郁气，“挺让人无语的，我发一会儿牢骚就好了。”

“你不用这么拼，实在太累了，就回家来，爸爸现在还能工作，爸爸养你。”

眼泪还是流出来了，苏筱仰起头，眨眨眼睛。“我真的只是发牢骚，爸你别担心。”

父亲忧心忡忡地说：“你从小就是一个特别省心的孩子，认真负责，做事卖力。这还是你工作后第一次在爸爸面前发牢骚，爸爸能不担心吗？筱筱，你到底怎么了，你说清楚点，否则爸爸心里不踏实。”

苏筱沉默了一会儿，问：“爸，如果有一天，我很成功，但变成你讨厌的人。这能叫成功吗？”

“筱筱，无论你变成什么样，爸爸都不会讨厌你的，你都是爸爸最爱的女儿。对爸爸来说，重要的不是你成功了，而是你快乐。”

眼泪顺着脸颊滑落，一滴一滴地落在地上。刹那间，笼罩在苏筱面前的迷雾消失了，天光落下。没错，不是有钱了名气大了就叫成功，做自己想做的事，过自己想过的生活，做自己想成为的人，这才是成功。

她吸吸鼻子，坚定地说：“爸，你放心，我不会做你讨厌的人。”

第十二章

苏筱年少的时候特别爱看书，诸子百家什么都看，但阅历有限，不得其解。好比说心能转境，她那时候就觉得这是唯心主义，一个人的境况是客观事实，怎么可能凭自己的心念改变呢？

然而就是改变了。

之前她想不通，觉得在振华集团上班是行走于泥泞之中，一步一个坑，看不到前路。昨晚与父亲一通电话后豁然开朗，想着天高地阔，大路千万条，我走自己的路，顿时就神清气爽了。

第二天早晨例会，她同意由她来追讨天字号补差款。

徐知平很是欣慰，说："这就对了，不管你能不能追回来，这个态度我就很欣赏。"

苏筱客气地笑了笑，没有听进耳朵里，这话在她看来不过是客套话。

徐知平这话是客套话，也是真话。他在职场几十年，见过的人多了，知道没有人天生能干，能力其实是在处理麻烦与困难中一点一点地拓展出来的。像赵鹏这种一遇到困难麻烦就要滑头的人，美其名曰明哲保身，但也相当于自己给自己设了一个框框，能力就永远圈在框框里了。

他对赵鹏已经放弃治疗，对苏筱还在观望中。小姑娘专业能力过硬，但是性格有些虎。在集团里，剑走偏锋、标新立异出头的也不是没有，林小民就是一个。这是非常人之路，多数人都会碰得头破血流。

处理了工作的事情，接下去是感情的事情。

下班后，苏筱又跑了一趟医院。夏明还没有回来，黄礼林见到她，自然没有好脸色。前几天，他当着贺瑶的面故意说嫌弃她的话，苏筱当时心里挺堵的。这回再看他，因为马上不相干了，也就无所谓了。

探访时间结束，夏明都还没有回来，苏筱被护士赶了出来，坐在院子里等他。其实可以打电话给他的，但是她不想打，就一直坐着，回想认识以来的点点滴滴，从对抗到相恋，两年多时间一晃而过。

到深夜，手脚都开始发冷，夏明才回来，脚步沉重，看起来很疲倦。但看到她的瞬间，眼睛亮了起来，说："等很久了吗？怎么在这里坐着呢？怎么不给我打电话说一声？我这几天忙着跟群星集团走期房结算的合同，脚不沾地，正想抽个空去看你，你就来了，太好了。"

他搂住她，将脑袋埋在她脖颈处，长长地吐出一口气。良久，都没有得到她的回应，他心生诧异，抬起头，按着她的肩膀，看着她。她的眼睛里有不舍和哀伤，他隐约感觉到了什么，想了想，说："这段时间发生太多事情，很多事情都属于意外，你不要急于去决定什么，等过段时间，我和你都有空了，好好聊聊，再做决定，好不好？"

"之前我就知道我们三观不一样，我以为可以求同存异，但是不行。"苏筱叹口气，歉意地说，"我努力过了，真不行。"

夏明恳求："不要着急，再给我一段时间。"

苏筱坚决地摇摇头："对不起。"

夏明转开视线，目光虚虚地落在灌木丛，好不容易才平复心境，重新转回来看着她："该说对不起的人是我。"他后退一步，收回按着她肩膀的手，悲伤地看着她，心里有千言万语，但没有一句是适宜的。与她在一起，时间太短意外太多，太多未说之话，太多未表之情，太多未了之事，就这么戛然而止了。

真不甘心，但不甘心又能如何？

半晌，他说：“我送你回去吧。”

“不，不要送我。”苏筱拒绝，一步一步地后退，已经有些控制不住了，眼眶湿润，声音哽咽。她确实想清楚了，下定决心要分手，但是看到他如此悲伤，被理智压制的情感又在胸腔里兴风作浪。

夏明没有再坚持，看着她一步一步地退远，退出几十米，她陡然转身，快步地走了。哒哒哒的脚步声远去，最后消失了。长夜深深，除了风吹树枝的簌簌声，四处一片寂静。他站了很久很久。

“你说你是不是傻？整天三观三观的，三观能当饭吃吗？工作再出色，那也只是工作，能干一辈子吗？婚姻才是一辈子的事情。这么优秀的一个男人，有房有车，说话做事也不庸俗，你还想怎么样？筱筱，我告诉你，将来你一定会后悔的。”吴红玫怒其不争地看着苏筱，一向讷于言的她，连珠炮般地说出一长段，声音又急又快，惹得隔壁两桌的顾客好奇地看过来。

苏筱闷闷地喝着酒：“红玫呀，你不要说了，我心里也是痛的。”

“你活该。”吴红玫气呼呼地拿起啤酒喝着。她是真生气。就好像自己没有运气，抓了一把又一把的烂牌，抓耳挠腮无计可施，转头一看苏筱满手王炸，却净出糗牌，看得她生气，恨不得撸起袖子替她上去打这一把牌。

“也许我是活该……”

“你就是活该。”

苏筱有些诧异，吴红玫性子温和，很少用这么冲的口气说话，抬头看她，才发现她眉间尽是郁郁之色。

“你怎么了？”

“我怎么了？”

“你是不是遇到什么事了？”

吴红玫默了默，语带嘲讽地说：“没有。我能有什么事？”

“你跟小北哥还好吗？”

再次默了默：“好着呢。”

这句话一听就言不由衷。“你们俩怎么了？”

“没事。”

苏筱想了想，试探地问："那你们什么时候结婚呀，我想当伴娘想了很久了。"

"再说吧。"

苏筱将啤酒重重地一放，沉下脸，生气地看着吴红玫："红玫，你还当不当我是朋友，我什么都跟你说，你却什么都不跟我说。"

"我有什么好说的，都是一些鸡零狗碎的小事，不像你，都是惊天动地的大事。"

"行。你不说，那我给小北哥打电话。"苏筱掏出手机，翻出张小北的电话。

吴红玫一把夺过她的手机，叹口气说："我都不好意思说，挺丢人的。"顿了顿，喝了一口啤酒，才又继续说，"他想买房子，都走火入魔了，天天念叨着让我跟我妈要钱。我妈呢，又把我存在她那里的钱给我弟买房子了。"

苏筱恍然大悟地"哦"了一声："这有什么好丢脸的？"

这反应一如吴红玫预料，她之所以不爱跟苏筱说心事，是因为她的心事都比较小，而苏筱是个心大的人，行事风格有男子气，很多令吴红玫郁结的事，在苏筱眼里就是鸡毛蒜皮的小事，不值一提。有时候说了心事给苏筱听，非但得不到纾解，反而会让吴红玫生出庸人自扰的感觉，久而久之，她就不爱同苏筱说了。她低下头，闷闷地喝着啤酒。喝着喝着，听到手机叮咚一声，她慢腾腾地放下啤酒杯，从包里掏出手机，看了一眼，愣住了。这是一条银行发来入账15万的短消息。她不敢相信地闭了闭眼睛，再睁开，不是幻觉。

她抬头，百感交集地看着苏筱。

苏筱放下手机，笑盈盈地冲她比画了一个"V"手势。

"筱筱，我……我不是这个意思。"

苏筱微笑："我是这个意思。"

"我给你转回去，你自己也没有房子……"

苏筱按住她的手："你跟我有什么不好意思的，不好意思的人应该是我。在我最艰难的时候都是你陪我度过的，而你独自一个人为难这么久，我才刚刚发现，作为你的好朋友，我太粗心了。对不起。"

吴红玫捂住发酸的鼻子："你说什么呀，什么对不起呀。"

苏筱温柔地拥抱吴红玫："真的对不起，我应该更关心你一点，希望现在也不迟。"

眼眶湿了，吴红玫抹抹眼睛，抱紧苏筱，又高兴又羞愧。最近一段时间，她对苏筱意见很大。苏筱风光入职，显得她一事无成；苏筱跟玛丽亚谈笑风生，让她觉得自己被抛弃了；苏筱跟何从容嬉笑怒骂，让她羡慕忌妒恨……现在她知道自己错了，苏筱只是大大咧咧，平时不太会关心人，但她依然是真诚的好朋友。

回到南城的住处，已经深夜了，吴红玫轻手轻脚地打开门。

张小北还没有睡，坐在电脑前不知道忙啥，听到响动，他抬头看了吴红玫一眼，没有说话。这段时间，他们因为钱的事情吵了好几回架，正在冷战中。吴红玫将包搁在鞋柜上，换了拖鞋，嘴角带着抑制不住的笑容看着张小北一会儿。然后她收起笑容，走到他身边，将手机搁在桌子上，故作冷淡地说："手机摔坏了，开不了机，你帮我看看。"

张小北皱眉，埋怨地说："怎么这么不小心？"

拿起手机，按了一下启动键，屏幕立刻亮了。"不是能开机嘛，哪里坏了呀？"

"就是不好使了，你帮我看看。"

张小北调了调音量，又试了试按键，没有发现问题，于是翻到背面检查电池，也没有发现问题。他不耐烦地说："到底哪里坏了呀？你说清楚点，不说清楚，我怎么看。"

吴红玫幽幽地说："你眼睛坏了。"

张小北怔了怔，这才发现屏幕显示的正是15万到账的短消息，他不敢相信地瞪大眼睛，无声地数了数。"你妈想明白了？"

吴红玫神色微黯，摇摇头说："不是我妈，是筱筱借给我的，她去年的年终奖。她说了不着急还。"

"太好了，老婆，咱们终于可以买房了！"张小北跳了起来，抱住吴红玫，捧起她的脸，一阵乱亲。吴红玫一开始还气他这段时间冷落自己，但是很快被他的兴奋感染了，也开心地笑了起来——她就要有房子了。

房子只用五天时间就定了下来，有些仓促，但是没有办法，因为房价每天都在涨，今天一个价，明天一个价，三天时间一平方米涨了两百，吴红玫跟张小北吓着了，用最快的速度定下一套两房，写了两人的名字。

签完合同，从售楼处回来，吴红玫手脚都是软的，走路跟飘一样。终于在北京安了家，从此以后再不是北漂了。天知道，她有多么不喜欢北漂这个称呼。每回高中同学聚会，那些留在本地靠父母买了房子的同学满是优越感地一口一个“你们北漂”，她心里就特别烦躁。这两个字含沙射影地指控了她的无能。她想，以后要随身带着房本，再有人和她说“你们北漂”，她就把房本摔在他脸上。这个天马行空的想法愉悦了她，到中午吃饭的时候，她还处在亢奋之中。

苏筱一眼看出她的不对劲，凑近她说：“房子买好了？”

吴红玫连连点头，嘴巴都快咧到耳后了。

“太好了。”苏筱由衷地说，“什么时候领证？”

“这个月不行了，马上四月份有集团管理者大会，我们人力资源部负责，估计得加班。等我们开完管理者大会，小北要出差，等他出差回来吧。大概五月，领完证，简单地摆个酒。”

苏筱举了举手：“我要做伴娘。”

“不然你还想谁来做呀。”

两人相视而笑，这一瞬间，好像穿越了时光，回到大学时代。她们睡上下铺，经常在周末的时候秉烛夜谈。年轻小姑娘对婚姻和爱情有着无限憧憬，话题多数关于此，漫无边际的，比如二十六岁之前一定要结婚，生一男一女两个孩子，去巴厘岛度蜜月等。两人相约无论将来相隔多远，都要参加彼此的婚礼。那个时候吴红玫还是单身，连个苗头都没有，都以为先结婚的一定是苏筱，没想到几年过去，她反倒孑然一身了。

因为自己幸福了，就特别希望好朋友也幸福，吴红玫柔声劝说：“筱筱，你也别倔了，跟夏明和好吧。”

这个话题苏筱不愿意多谈，但又不忍拂了她的好意，只是笑了笑，埋头吃饭。

吴红玫便明白了，转开话题。

吃完饭，苏筱匆匆赶回办公室。

她负责的非主营业务一点不比主营业务轻松，事情多而杂乱，很多项目是她从前没有做过的，不是特别熟悉。好在常规化的工作根据集团现有的流程照做就可以了，非常规化的工作徐知平会指导她。作为顶头上司，他既不热心也不疏离，她提出的一切合理请求，他都会满足，绝不会像陈思民那样故意刁难，但也不会给她额外的帮助。他负责任地履行着上司的职责，仅此而已。

这天例会，徐知平又问起天字号的补差款："进展到哪一步了？"

"我还没有找他们谈。"苏筱如实交代，"这段时间我都在熟悉我的本职工作。"

"本职工作当然要熟悉。"徐知平说，"但这个补差款你也不能放松，今天班子会议，董事长问起了。"

苏筱怔了怔，赵显坤一直惦记着这件事？这就有点稀罕了。天成、天正、天同、天和的补差款加起来大概1000多万，对这么大的一个集团来说，也就杯水车薪吧，对日理万机的董事长来说，更是小事一桩。当然也有可能，他惦记的不是钱，而是失掉的颜面，又或者是其他东西。

徐知平见苏筱出神，轻咳一声，说："怎么，有问题？"

苏筱摇摇头，赶紧说："没有问题，我会尽快处理的。"

原本还想再等上一段时间，等她吃透集团的规则，再去追讨补差款。但是树欲静而风不止，上面如此关切，她必须有所行动。例会结束，回到办公室，她写了一封追讨欠款的邮件发给天成、天正、天同、天和，要求他们半个月内归还。

邮件发出去如石沉大海，商务往来的已阅回复都没有。

到了傍晚，来了一位不速之客。

当时斜阳穿窗，苏筱办公室的桌面洒落斑斑驳驳的橘色光点，她埋头看着厚厚的资料，心无旁骛。听到敲门声，头也没有抬地喊了一声进来。然后听到开门关门声以及渐渐靠近的轻轻脚步声，不知道脑海里哪根神经突然一颤，她觉得不对，抬头一看，果然是夏明。

十天未见，他瘦了些，眼神幽暗如同深渊，看不到底。

苏筱的眼神撞进他眼神里，莫名地心弦一颤，好一会儿才平复下来，笑着说："你是不是走错地方了，对面才是赵总办公室。"

"我就是来找你的。"夏明拉开椅子在她对面坐下，"今天下午，天和、天正、天同三位老总去我舅舅那里闹了。"

苏筱恍然大悟："你是来做说客的。不好意思，这个没办法，集团给我下了死命令。"

“说客谈不上，只是建议你不要逼得太紧了。他们也不容易，业务压力、经营压力、资金压力，三重大山压在身上。”

苏筱皱眉说：“我这才刚刚发了一条催款通知书，一个正常的工作程序，怎么就逼他们太紧了？比起他们写的‘要求严惩’的邮件，我这就是毛毛雨。再说，这是集团给我分配的工作任务，我只是执行者，又不是决策者，找我解决不了问题，我建议你去找徐总或者董事长。”她心里不爽，说完，便低头看着资料。但哪里看得进去，每个字都在眼前飘着，就是进不去脑袋。

夏明没有走，他轻叹口气，幽幽地说：“这是要赶我走呀？”

这口气让苏筱心里一柔，她放下资料，语气稍缓：“我不明白你为什么要来做说客，关于天字号补差款一事，之前我就跟你表明过态度，一切按集团规则来。如果别人哭一哭，闹一闹，我就通融，那规则还叫规则吗？”

“法治还不忘人情呢，是不是，很多事情还得从实际出发。”

“实际情况就是他们在撒泼耍赖。”

夏明默了默：“你没有看到他们的不容易……”

见他只想着天字号四位老总的处境，苏筱冷冷地呵了一声说：“他们不容易，就我容易了。”

“我知道你也不容易……”

“你要知道我不容易，就不会来逼我。你想过没有，我刚刚入职，这是我的第一个任务，你舅舅已经搞成这样了，如果我收不上其他四家的钱，以后还怎么立足？多少双眼睛盯着我，等着看我笑话呢。”苏筱越说越大声，越说越来气。黄礼林中风时，夏明自始至终没有替她说一句话，这是一根插在心里的刺。而现在就因为自己发了一封催缴邮件，夏明立刻来替天字号说话，他们处境难，难道她不难吗？她真替自己不值。

“我没有逼你。”

“你现在就是在逼我。”

“苏筱你讲讲道理。”

“我怎么没讲道理了？”

话赶着话，夏明也来气了，拔高声音说：“我知道你不容易，但又有谁是容易的？分包商天天堵在门口要钱，甲方拿你当孙子，银行贷不出款只能去借24个点的高利贷，明知道会酒精中毒也得把酒喝下去，谁都不能得罪，都得小心翼翼地侍候着……”回想这段时间的遭遇，他心里也憋屈，“你觉得没有人理解你，就有人理解我了吗？”

苏筱不留情面地说：“这不就是你自己的选择吗？造价表是关系表。选择了关系，那只能好好地侍候。”

夏明心里很堵，反倒笑了：“对，是我自己的选择，都是我自找的。可是你想过没有？是双向收费五百年，还是免费一千年，前提条件是先拿到门，连门都没有拿到，拿什么制定规则。”

“拿到门，你就会免费一千年了？”苏筱看着夏明笑了笑，“每一个屠龙少年都以为自己屠完龙以后会回到村庄，但他们最终都没有回去。”

见她完全不相信自己，夏明气苦，深深地看了苏筱一眼，起身往外走。苏筱被这一眼看得心里发慌，霍然站了起来，身上的资料落下，散了一地。“什么意思，你就专程跑过来跟我吵架的吗？”

夏明顿住脚步，却没有回头，语气平平地说：“我是来告诉你，天字号的水太深了，你能躲着就躲着，别一头栽进去了。不过，你肯定不会听，反正我说什么，你都不会听的。”说罢，打开门，走了出去。

苏筱僵在原地，听着脚步渐渐远去，直至消失。

她顾不得满地的资料，一屁股瘫坐在椅子上，心神俱疲地闭上双眼。天字号水很深，她隐隐约约地感觉到了。表面上是补差款的问题，其实是双方对所有权的划分存在分歧，而根源又是十多年前集团的“分家”。站在天字号的角度，集团无时无刻不在盘剥天字号；而站在集团的角度，天字号无时无刻不在侵蚀集团。

其实，不只是天字号与集团之间存在分歧，子公司、分公司和集团之间几乎都存在利益分歧。这些天，随着她对非主营业务越来越熟悉，了解集团的运作越深入，她越觉得触目惊心。集团表面上看起来富得流油，事实上一身大大小小的问题。用张爱玲说过的话来形容，集团就像一袭华美的袍子，爬满了虱子。

第十三章

夏明憋着一肚子气到地下停车场，坐在驾驶座上，点燃一支烟。原本想着她跟赵鹏换过岗位后，可以从天字号的泥潭里脱身，自己也可以放开手脚大干一场。结果她又自己跳进去了，而且一意孤行，根本不听自己的劝，真拿她一点办法都没有。

抽完一支烟，心情才稍稍恢复平静。他拿起一直响个不停的手机，打开一看，几十条消息。一一点开，一目十行地看着。先是群星集团的姚总，说是周末想去澳门玩，让他一起去。这是让他去做马仔兼钱包的意思，他不能拒绝，飞快地回了消息："行，我来安排。"

紧接着是崔哥问他，晚上他组了一个饭局，能不能请贺小姐也出来吃顿饭？

自从上次在医院里，他阻止贺瑶去倒便盆，贺瑶一气之下离开，之后就没有主动联系过他。他倒是松了口气，但是黄礼林不干，逮着机会就骂他，以不吃药逼着他去跟贺瑶道歉。为了让舅舅安心养身体，他只得让步，两人这才又恢复不咸不淡的联系。

崔哥想见贺瑶的目的，不用说，是想通过她结交土地公贺局长。夏明想了想，简单地回复了几句："吃饭就不必了，这样吧，贺小姐最近在筹备画展，下次我和你一起去。"

最后一个是汪洋发过来的，问他在哪儿，能不能碰个面？

仔细想想，有十来天没见汪洋了。天正、天同、天和三位老总经常去医院拉着黄礼林诉苦，唯独不见汪洋。一开始夏明以为汪洋是担心破坏双方在群星广场的合作关系，后来就有风声传出来，说是汪洋跟董事长闹翻了。

正好崔哥晚上组的饭局在天成附近，夏明便约汪洋在天成旁边的咖啡馆见面。他到的时候，汪洋已经在了。他仍是平时胡子拉碴不修边幅的样子，但认真看，能在眉宇间看出一丝抑郁和颓废。

夏明在他对面坐下，也不点东西，直截了当地问："找我什么事？"

"能不能帮我弄个三百万？两百万也行。"

夏明笑了："你这是病急乱投医呀。我也是快穷疯了。"

汪洋深深地叹了口气。他知道夏明没有骗他，圈子很小，有些天科的分包商也与天成合作。黄礼林出事后没多久，好些分包商的电话打到他这里，询问病情。分包商抢着结款的事情他也听说了。

"你去找找汪明宇吧，总承包公司的流动资金一直很充足。"

"别提他了，他就嘴上说得好听。"汪洋摆摆手，他已经去过汪明宇那里了，没事的时候就是本家关系，有事就是集团老总跟子公司老总的关系。

"你着急借钱做什么？"

"还能做什么？"汪洋闷闷说，"还集团呀。"

"补差款？"

汪洋点点头。

"不用着急，天正、天同、天和他们还在想办法，让集团免了这部分钱。"

"算了，还吧。省得天天被追在屁股后面要，太让人烦躁。"

夏明看着汪洋："你是不是想要支持苏筱，让她在集团站稳脚跟。"

汪洋摇摇头说："以她的能力，过一段时间自然能站稳。"

夏明试探地问："那是因为董事长？"

汪洋的神色变了变，没有说话，像喝啤酒一样地喝了一口咖啡，然后立刻眉眼皱成一团，掩嘴咳嗽着。

"你真跟董事长闹翻了？"

闹翻了吗？汪洋也不敢确定，但是彼此之间肯定有了心结。他一想到赵显坤把自己写的邮件给了苏筱，心里就恨得不行。是赵显坤亲手毁掉了他们的兄弟情分。要不是天成是他一手创办，又是付出十几年心血拉扯起来的，他真想一走了之。这段时间他心里憋着一股劲儿，只想着赶紧把补差款交给集团。

夏明看着汪洋神色变化，脑袋里飞快地转动着。这倒是一个加速催化天字号与集团矛盾的机会，他迅速地将自己的布局做了调整。

"你要是急着用钱，只能跟崔哥借了。"

汪洋皱眉："他那里都是高利贷吧？"

夏明点头："最少24个点。"

"够高的。"汪明宇犹豫不决，既想在赵显坤面前争一口闲气，又觉得代价有些高。

"这样吧，我跟他说说，让他给你打个折。"

汪洋诧异："还可以打折呀？"

夏明点点头："我们最近关系还可以。"

汪洋眼睛一亮，露出期盼的神色："那你跟他说说，能不能16个点？"

"行。"夏明一口答应下来，"你等我消息。"

崔哥晚上的饭局在一家五星级酒店里，三教九流都有。夏明从前不怎么接触这类人，但是经过崔哥讨钱事件，他意识到自己在社交环节的不足，有意识地开始与他们打交道。在高大上的场合这类人不见得能起作用，但是一些底层场合，这类人如鱼得水，有着很大的能量。就好像群星广场工地的垃圾，总是得不到及时处理，臭气熏天，苍蝇蟑螂一大堆，投诉好几回都没有得到解决，夏明跟崔哥提了一嘴，这件事就无声无息地解决了。

酒足饭饱，夏明跟崔哥说起汪洋借钱的事情。

崔哥哈哈一笑："你小子别得寸进尺。我这也不是菜市场，打什么折。”

夏明解释：“不是真要你打折。你跟他说打折了，16个点。剩下8个点，我补给你。”

“嗨。”崔哥诧异地看着他，“你图什么，那就是一个糙爷们。”

夏明笑了笑说：“你不用管这些，就说干不干？”

“干。”

过了好几天，天同、天正、天和、天成都没有回信。山不就我我就山。苏筱决定登门拜访。先到天正建筑。天正的办公室在北四环，临近奥体中心，也是一栋老办公楼，装修已经很旧了。

苏筱到前台表明了身份，前台赶紧给老总打电话。

一会儿，郑总从最里面的办公室里冲了出来，一路小跑，脸上绽开热情的笑容，远远地就嚷开了：“苏总，欢迎欢迎。”走近了，更是双手握住苏筱的手，使劲地摇晃着，嘴里说：“有什么事你给个电话就行啦，怎么好意思让你亲自跑一趟？”

“前几天我不是发了个邮件吗，结果你们也没有回我，所以我过来看看。”

“什么邮件？我没看到啊。”天正老总装模作样地说，“肯定是这帮小孩又偷懒了，唉，现在这帮‘90’后工作太没有责任心了，总耽误事。上回我们甲方的邮件也没有及时给我，损失好几十万。走走走，进我办公室里谈。”

苏筱跟着他走进总经理办公室。

总经理办公室的装修也很旧，看得出来临时收拾过。从郑总接到前台电话，到他出来迎接大概有个五分钟，这五分钟多半就是在收拾东西，别问苏筱怎么知道，这完全是第六感，好比说，柜子上搁着的几个爱马仕的橙色礼品袋就显得很违和。

“那都是给甲方的。”天正老总见苏筱的视线落在爱马仕上，轻声解释了一句，然后就开始诉苦了，“现在这些甲方胃口越来越大了，以前一个LV就可以了，现在还得爱马仕。再这么下去，真是没法做了。”

果然，爱马仕的礼品袋是摆出来给自己看的，苏筱笑了笑，坐下。

郑总当然也不指望几个礼品袋能够打动她，给她倒了一杯茶，说：

“您等我一下，我先看一眼邮件。”

他把戏演了全套，苏筱也不点破，等他看完邮件，才说：“郑总，您看这钱也拖了一年，是不是该结了？”

“明白，明白。”郑总点点头，态度诚恳地说，“欠债还钱，天经地义，本来就是我们不对。苏总您稍等，我让财务过来一趟。”

郑总打了一个内线电话，很快，财务经理抱着一个月饼盒子过来了。

郑总接过月饼盒子，搁在苏筱面前：“苏总，您点点。”说罢，还拿过一个计算器，放在她的手边。

苏筱不知道他葫芦里卖的什么药，打开月饼盒子，里面是摞得整整齐齐的白条。

郑总满是歉意地说：“我们最近手紧，没有现钱，这些白条都是有法律效力的，大概有个400万，抵集团300万应该可以吧。”

苏筱盖上盒子，递还给郑总，说：“郑总，您别误会，我不是来逼你们的，只是想商量出一个解决问题的办法。天正现在没钱，没有关系，但天正不可能一直没钱是不是，您得给我定一个时间点。”

“明白，明白。”郑总态度很好地说，“这个月肯定是不行了，下个月我们有笔3000万的贷款要还，也是不行的，下下个月也有一笔贷款……”扳着手指一个月一个月地算过去，每个月都有开销，就是没有还补差款的安排。说完全年，将近一个小时。

苏筱知道他是故意的，按捺着性子跟他说：“郑总，前几天领导班子会议，董事长再次过问这件事了。现在已经不是钱的问题，而是态度问题了。”

郑总又是态度很好的“明白明白”，当着苏筱的面同财务商量起解决办法，最后提出：“这样苏总，我们每个月还集团三万，您看行不行？”见苏筱一脸无语，歉意地笑了笑，“实在是没有办法，您跟董事长汇报一下，行不行？”

碰到这种滚刀肉，真是让人抓狂。你无论说啥，他都是态度很好的“明白明白”，具体到事情的解决办法，他就各种拖延，逼着你急眼发火，如此一来，他就占据道德上的制高点。

苏筱在自己搂不住火之前离开天正建筑。

接下去她又走访了天同建筑，更厉害，迎接她的除了天同的魏总，还有七八个分包商，一股脑儿围上来，七嘴八舌地要求她替天同还钱。她一句话没说，皮鞋被踩了七八个脚印。然后是天和，天和老总态度很明确，只用了一句话堵她：“只要天正天同天成交了，我肯定交。”

这一天跑下来，苏筱身心疲惫，但也明白了一件事，补差款这件事，必须得从根源上解决。可是根源要追溯到十几年前的“分家”，牵涉那么多人，涉及那么多利益，又岂是她一个刚进集团的副总经济师能解决的？

心事重重地回到集团，走出电梯，看到汪明宇和胡昌海过来，她赶紧站定，同他们打招呼。汪明宇冲她点点头说：“正好，我正想找你，听说补差款还是由你来追，追回几家了？”

“目前还在沟通。”

汪明宇哦了一声：“那就是一家都没有追回来？”

苏筱硬着头皮点点头。

汪明宇摇摇头说：“这不行呀，这效率太低了。”

“我这两天走访了天正天同天和，他们确实有实际困难。”

汪明宇呵呵两声：“他们天天困难，一年三百六十五天，没有一天不困难的。我和他们认识这么久，太清楚了。他们就是看你一个女人，装可怜，博同情，你不要被他们的表面功夫糊弄了。手腕要硬，明白吗？”

苏筱只能点头。

“行了，去忙吧。”汪明宇摆摆手。

“是。”

苏筱走开，没走多远，听到汪明宇同胡昌海说：“看吧，这女人当管理就是不行，心太软，别人糊弄糊弄，她就当真了。”他没有压低声音，显然不怕她听到，或者就是想让她听到。

苏筱回到办公室，一屁股坐在沙发上，抱着太阳穴突突跳动的脑袋。

敲门声响起，她深吸一口气，强打精神，喊了一声：“进来。”

推门进来的是陆争鸣，苏筱高兴地站了起来：“争鸣，你怎么来了？”从前她并不喜欢陆争鸣的性格，但是在集团待了两个月，每天尔虞我诈，看多了各种心思的人，回想起天成的日子，只觉得简单而美好，就连木讷的陆争鸣都分外可爱了。

“坐坐坐。”

陆争鸣被苏筱的热情惊着了，受宠若惊地说：“苏总，你不用客气。”

“上次的事情谢谢你们。”苏筱说，“我一直想着回天成一趟请你们吃饭，但是，我也不瞒你们，这段时间我真的焦头烂额。”

“明白明白。”陆争鸣由衷地说，“你别着急，慢慢来，你肯定行的。”

苏筱笑纳了他的好意：“你来找我有事吗？”

“我是来交钱的。”

苏筱怔了怔：“什么钱？”

“去年审计要补交的那300万。”

苏筱收了笑容，皱眉看着他。她去了天正天同天和，唯独没有去天成，就是因为知道，天成现在真的没有钱。但凡有点钱都已经投到群星广场项目里了。“你们哪里来的钱？”

陆争鸣推推眼镜，犹豫了一下：“项目结算回来的。”

“哪个项目呀？”

陆争鸣张张嘴说不出话来，苏筱离开才两个月，所有项目都还在她脑海里，他没有办法瞎编。他吞吞吐吐地说：“借的。”

“我走的时候负债率都差不多80%了，银行肯定是借不到了。”苏筱顿了顿，凝视着陆争鸣，“借的高利贷？”

陆争鸣露出为难的神色，虽没有明说，但等于默认了。

“真是高利贷呀。”苏筱心情复杂，天成现在收支难以平衡，这300万一交，雪上加霜，接下去很可能会资金链断裂，难以为继。

陆争鸣满怀期待地看着苏筱。汪洋让他来交这个钱，他是不赞同的，为此争论过几次。对集团来说，这300万是杯水车薪；而对天成来说，这300万是接下去三个月的员工工资。集团多了这300万，不过是游泳池里多了一杯水；而天成没了这300万，很可能就活不下去了。他无力阻止汪洋的一意孤行，便寄希望于苏筱。来之前汪洋特别交代，不要告诉苏筱钱是高利贷借来的，他原本还想着如何不着痕迹地泄露这个秘密，不料苏筱聪慧，不需要他说便猜出来了，他心里的期待一下飙到了最高值，她从前如此维护天成，应该不会让它步入困境吧。

苏筱低着头，眉头越皱越紧，良久，也不知道突然想明白了什么，眉头一下子舒展了。她抬起头看着陆争鸣，目光坚定。“来，我们把手续办一下。”

陆争鸣愣了愣，巨大的落差让他无法控制情绪，失望之色溢于言表。是的，她已经是集团领导，不再是天成的员工了。她要执行集团的管理制度，要站在集团的立场，至于天成的死活，与她无关。

办完交钱手续，苏筱去了徐知平办公室，简单地汇报了一下。

徐知平赞许地点点头：“不错，终于有进展了，撕开口子，其他就好办了。苏筱，你要趁热打铁。”

赵鹏正好也在，附和地说：“他们就是想赖账，有钱也不想交。稍微逼一逼，不就出来了。”

“也不是，天成的300万是借的高利贷。”

徐知平和赵鹏都愣了愣。

赵鹏语气夸张地问：“真的假的？”

“真的。”

赵鹏上下打量苏筱一眼，犹如看一个智障：“那你也收，你可以呀。”

徐知平听出他语气里的嘲讽，轻咳一声，说：“咱们就是按制度办事，钱从哪里来，不是咱们该管的。”

“徐总说得是。”赵鹏点头，神色却是不以为然。出了徐知平办公室，他立刻去了汪明宇那里，将这件事当成笑话说给他听。“真想不到，她看起来聪明伶俐，没想到这么蠢，这钱也敢收，收了还敢往外说。”

汪明宇深以为然：“所以说女人做不了管理，天真幼稚，都不用别人，自己先作死了。”

“可不是，董事长到底为啥提拔她呀？”赵鹏发出灵魂拷问，虽然后来如愿以偿地当上主营业务的副总经济师，但对于最初董事长提拔苏筱没有提拔他，他还是耿耿于怀的，现在看苏筱狗屎一样的操作，更是心理不平衡了。

“董事长也不是神，也会有看走眼的时候。”汪明宇轻轻扣着桌面，盘算了一会儿，“这样，你把消息往外面放一放。”

赵鹏想了想，说：“不用放吧，她这样挺好的。”把消息放出去，苏筱肯定干不久了，要是换个厉害点的人，会威胁到他现在的位置。一个愚蠢的副手，对他来说百利而无一害。

汪明宇自然明白赵鹏的小算盘，但这与他的大算盘是冲突的，他无意向赵鹏解释自己的打算，只是脸色微沉地说：“叫你放就放。”

赵鹏再不情愿，也不敢违抗他的意思，回到自己的办公室，找了一个关系近些的同事，当笑话一样地提了一嘴。那人一直眼馋苏筱现在的岗位，意识到这是个大好机会，果断传了出去。

一传十，十传百。

很快，苏筱为了冲业绩逼迫旧上司借高利贷还给集团的消息就传遍了整个集团。她进入集团两个多月，两次占据话题榜。上回的《当红炸子鸡苏妲己传》还可以说没有实锤，揣测居多，这回可是有确凿的证据，连天成的人都不肯为她出头了。

第十四章

何从容从睡梦中醒来，只觉得浑身黏糊糊的，这才四月初，香港这种潮热的鬼天气已经让人无法忍受了，即使将空调开到20摄氏度，还是浑身出汗。他起来冲了个凉水澡，才觉得舒服些，从洗手间出来，看到床头柜上的手机不停地闪烁。那不是他的私人手机，那是他作为董事长助理的工作手机。很多人找不到赵显坤，便把消息发到这部手机上，或者直接打电话。这两天的消息和电话都是状告苏筱谴责集团的，言辞激烈，跟被挖了祖坟一样。

他还记得昨天有一段很长的消息，里面有一句话是“苏筱其人，无情无义，全无心肝”。他当时扑哧一声笑了出来。坐在旁边的赵显坤从他手里抽走手机，看完，又神色不变地还给了他，扭头继续跟投行的人畅谈振华集团的蓝图。

跟着赵显坤几个月，多少了解一点他的性情，何从容知道赵显坤有个特点，越是生气，面上越沉得住气。他要是骂你两句，那基本上骂完以后，这事情也就翻篇了。他要压住事情不发作，一旦发作出来，都是天崩地裂的。苏筱收了天成补差款的第二天，胡昌海就打电话告状了，赵显坤明明已经知道这件事三天了，愣是一个电话都没打给苏筱，也没有在他和高进面前提过一句。要知道黄礼林中风的时候他也不在北京，收到消息后第一时间让何从容联系了苏筱。赵显坤对她应该是彻底失望了。想想也是，这才刚刚帮她摆平了黄礼林中风事件，保全她的位置，她又捅出一个天大的娄子。再好的脾气，也是要狂怒的，更何况，赵晓坤从来不是什么好脾气的人。

他们这次来香港是谈融资的，已经待了四天，今天是最后一天，开完会就要飞回北京。一想到回去就能看到一场大戏，何从容有些迫不及待。从前他在美国过着二世祖的奢华生活，没事就跟比基尼美女们在游艇上开派对，刚到北京的时候特别不适应，特别想回去，可接连看了振华集团几场大戏，看出了一丝乐趣，原来人心也能成山海沟壑，而高手也可以只手平山海。

何从容睡了一个回笼觉，再醒来已经大早上了，他又冲了一次凉水澡，换好衣服，正准备去吃早餐。门铃声响起，大清早的谁呀？他诧异地打开门，站在外面的是推着餐车的酒店服务生。

“早上好，先生，您的早餐来了。”服务生微笑着，推着餐车往里走。

何从容挡在门口说：“你搞错了吧？我没有叫早餐。”

“我叫的。”李大维从服务生身后冒了出来，张开双臂，热情地拥抱何从容，“Mark，I miss you so much！”

“你要真想我，就赶紧把我弄回去。”何从容不咸不淡地说。

李大维哈哈一笑，揽着何从容的肩膀往里走。

服务生将早餐搁在桌子上，说：“祝两位先生用餐愉快。”

李大维掏出钱夹，抽出十美元递给他。

服务生连连道谢，推着餐车走了。

“你什么时候到香港的？怎么都不提前跟我说一声。”何从容大剌剌地坐下，拿起三明治咬了一口。

“昨天晚上临时决定，从新加坡飞过来的。”李大维边吃边解释，“我是来见你们董事长的。”

“见他干吗？”

“当然是谈生意了。你们董事长想跟先生借钱，而先生想要振华集团董事会一个席位。”

“明白了。”

李大维饶有兴致地问：“明白什么？”

这可把何从容问愣了，说：“什么意思？”

“先生2009年成为振华集团的股东，目前持有3.4%的股份。他把你安排到中国，安排到赵董手下，可不是心血来潮。他看好振华，或者说是看好中国的房地产业。”

“明白了。”何从容吊儿郎当地说，“他又要赚很多钱了，可以再换几个老婆，再生几个孩子了。”

李大维摇摇头：“哦，Mark，你不应该这么说他，未来十年二十年中国都是全球最大的一片蓝海，而他把这片蓝海给了你。”

“David，你忘了，我是在中国出生的，我比你更了解这个国家，我父亲那一套在这里叫作资本的嗜血，是行不通的。”

“No，no。”李大维连连摇头，“资本制定规则，这个道理在哪里都一样。”

“你想要我做什么？”

“不需要你做什么，你只需要好好地观察。”

“观察什么？”

“机会。”

吃完早餐，李大维去找赵显坤，两人关起门来聊了半个小时，而后李大维就离开香港返回新加坡，赵显坤则和何从容、高进一起参加投行的会议。会议不太顺利，到下午才勉强达成协议。

留下投资部的员工跟投行对接条款，赵显坤、何从容、高进又马不停蹄地赶往机场，进了VIP候机室，三人才有空喘气。赵显坤朝何从容伸出手。何从容一开始不解，后来恍然大悟，掏出手机递给他。

赵显坤一条一条地看完，将手机还给他，转眸看着高进，问：“你怎么看？”

高进想了想，说：“要真是高利贷借来的，那她收这个钱，于私于公都不太合适。于私，汪洋是她曾经的顶头上司，对她有提携之恩。于公，将集团置于见钱眼开贪得无厌不仁不义的舆论风口。”

赵显坤又转头看着何从容问：“你怎么看？”

何从容怔了怔，他哪里有什么看法呀，他就是一个看客，看一场好戏看一出热闹。但是赵显坤的眼睛一眨不眨地看着他，似乎非要他说出一个子丑寅卯不可，他没办法，想了想，说：“我觉得最好先问问苏筱吧，她可能有她的理由。”

一句正确的废话。

赵显坤没有再说什么，闭上眼睛，开始养神。

何从容一头雾水，难道是李大维跟他说了什么？不应该呀，双方一直心照不宣，他就是利益交换的一个附加条件，真正的助理工作是小唐在做，他应景儿地干些场面活。平时赵显坤都不怎么关注他，更不用说特别问他意见，今天一反常态肯定有原因，但是他想不明白。想不明白，也就不想了，毕竟他是天不怕地不怕的二世祖。很久以后，当他也成为大佬，才明白赵显坤的用意。

为了振华集团的发展，赵显坤引进了何从容父亲掌控的资本，资本不是慈善，是带着镰刀来的。何先生要席位的原因很简单，就是想通过董事会来扩大自己的影响力，制定有利于自己的规则，为了在将来可能发生的控制权大战中胜出；而赵显坤决定将本是打酱油的何从容拉进局里，是因为入了局就有了情感，而唯有情感才能挡住资本的镰刀。

晚上七点，飞机降落在北京机场，漫长的飞行让大家筋疲力尽，但是还不能休息。他们要连夜赶往京郊的温泉山庄，明天在那里要举行为期三天的振华集团管理者大会。全国各地子公司分公司的高层管理已经飞过来了。

又开了两个小时，到达温泉山庄。司机直接将车开到山庄最里面的别墅区，停在最豪华的那幢别墅前面。秘书小唐和汪明宇已经在门口的台阶下等着。车子停下，小唐三步并作两步走上前，拉开了后排的车门。

赵显坤下了车，扭头对高进说：“辛苦了，你赶紧去休息吧。”又吩咐司机，“把高总送到他住的地方。”

司机答应一声，把车开走了。

赵显坤走过去拍拍汪明宇的胳膊：“走吧，进去说话。”刚走进门，突然又想起什么，扭头对小唐说，“给苏筱打个电话，让她过来一趟。”

小唐答应一声，留在门外打电话。

何从容猜测汪明宇找赵显坤就是因为苏筱的事，心里好奇，跟着他们走进了书房。

赵显坤看了他一眼，没有赶他离开。

果然坐定之后，汪明宇巴拉巴拉地说了一大段，出乎何从容的意外，他居然替苏筱说话。

“关于这件事情，我的看法稍稍有些不同。苏筱呢，确实不太聪明，这钱收得让人诟病，但从工作角度来说，她没有什么不对，她的职责就是把钱收回来。这些钱天字号足足拖了一年，天科和天成先不说，天正天同天和那三个真跟滚刀肉一样，我都拿他们没办法，更不用说苏筱了。这件事苏筱有错，但天字号的问题更大，正是因为他们完全不将集团放在眼里，才逼着苏筱出此下策。”顿了顿，汪明宇语气郑重说，“董事长，天字号已经到了必须整顿的时候了。”

“怎么整顿？”赵显坤靠着沙发，揉了揉干涩的双眼。这一天舟车劳顿，他有些累了。

“天字号的问题，其实是人的问题，我建议进行一次大换血。天科虽然经常干出格的事，但是业绩过硬，现在夏明换了黄礼林，可能会好点，先不动，观察一段时间。天成也不动，汪洋有问题，但不是大问题，他就是经常被天同天正天和那三个家伙带着走，我会跟他谈谈的。天正天同天和那三个已经没救了，必须得换了，人选我已经想好了，云南分公司的吴勇富、大连分公司的王跃、河南分公司的杨斌，业务能力都过硬，人品也过硬。”

何从容恍然大悟，怪不得汪明宇会替苏筱说话，原来是想借此机会安插自己的人手进天字号。他看着赵显坤，很好奇他接下去会怎么说。

赵显坤什么都没有说，手指轻轻敲着扶手，若有所思。

“董事长，我知道你仁义，还念着老郑他们三个从前的好。但现在他们变了，变得厉害。但凡集团有一点让他们不满意，他们就开始闹腾。黄礼林中风，他们也跟着闹，想要一视同仁。怎么一视同仁，他们有黄礼林的贡献大吗？有像黄礼林一样中风了吗？”汪明宇身子前倾，靠近赵显坤，“董事长，咱们该给的机会都给了，他们硬要一条路走到黑，死活拉不回来了。”

赵显坤似有触动，终于开口了：“你把那三个人的简历拿过来，我先看看。”

“行，明天我让玛丽亚给你。还有，明天下午我们总承包公司有个座谈会，他们仨也在，董事长你要是有空，也可以来坐会儿。”

“行呀，你把会议安排发给小唐，让她看看时间冲突不冲突。”

“行。我看董事长你挺累了，我就不打扰了，好好休息。”

赵显坤站了起来，拍拍汪明宇肩膀，将他送到书房门口。

汪明宇走出别墅，想到天字号从此尽在掌控之中，心情大好，脚步都轻快了。走到路口看到苏筱从另一边过来，他停下脚步，喊了一声“小苏”，冲她招了招手。苏筱加快脚步，一路小跑到他面前，喘着气儿喊了一声：“汪总。”

因为刚刚借了她的由头，汪明宇看她也顺眼很多，语气温和地说：“小苏啊，做事情还是要灵活机变，严格执行制度当然是好的，但不能把人情味给整没了。集团不是森冷的机器，是个温暖有爱的大家庭，明白吗？以后遇到问题，不知道如何处理，可以问问徐总，也可以问问我。”

“明白，谢谢汪总提醒。”

“去吧，董事长在等你呢。”汪明宇往前走了一步，突然想起什么，又停下，转身说，“对了，董事长刚刚出差回来，舟车劳顿，你注意点，别让他再累着了。”

“好的，我知道了。”

汪明宇这才继续往前走。

苏筱等他稍稍走远，才往赵显坤住的别墅走去，到门口，敲了两声，唐秘书开了门，引着她到书房。赵显坤正在喝茶，脑袋微摆，示意她坐下，又朝何从容招招手。一回生二回熟，何从容心领神会地掏出手机递给他，他不接，指了指苏筱。

何从容又将手机递给苏筱。

苏筱接过，一一看完，神色不变。

赵显坤喝了一口茶，说：“我不明白，你看着挺聪明的，怎么会在同一个坑里摔两回呢？”

“第一回是真摔，这一回是假摔。”

赵显坤不解："假摔？"

"对，假摔，天成的钱是高利贷借来的，这个消息是我自己放出去的。"

唐秘书和何从容都诧异地看着她。

赵显坤审视地看着苏筱，问："为什么？"

"我住的那个小区是个老小区，车位不足，有些没公德心的人就会将车停在小区道路上，于是物业出了一个规定，右边的道路不能停车。有一天，朋友送我回家，前面来了一辆车，就停在右边道路上，堵住我们的路。我们跟他说这里不能停车，他骂骂咧咧地说他天天停在这里。其实我朋友车技不错，可以挤过去，但他就是不开，停在那里。然后这路就前前后后都堵上了。对面来了一群人着急赶火车，找到物业，要了那个乱停车人的电话，让他下来挪车。那人拖拖拉拉地好一会儿才来，来了之后嘴里还骂骂咧咧。那群人着急上火，就把他揍了一顿。从那以后，我们小区很少有乱停车的现象了。后来我问朋友，你为什么要这么做？他说，当你没有办法解决矛盾，那就激化矛盾，自然会有人出来解决。"

赵显坤神色不明地看着苏筱。

"当我知道天成的钱是高利贷借来的，我的第一个反应是不能收这个钱。但我随即想到，我不收这些钱，并不能解决问题，天成与集团的矛盾、天字号与集团的矛盾都会继续僵持着。于是我决定收下，并且把消息放出去。我知道后果，会有无数人唾骂，可能还会因此而离职，但是不破不立，只有将天字号与集团的矛盾激化至无法调和，董事长和集团领导们才会想办法解决。"

"你是我见过的员工当中最狂妄的一个。别人都是大事化小，小事化了，你倒好，主动挑起矛盾激化矛盾，还大言不惭，不破不立，让我来想办法解决，那我请你来做什么，吃白饭的吗？"赵显坤将茶杯往角几上重重一放，哐啷的一声，惊得大家耳朵发麻，大气都不敢多喘。

书房里的气压一下子变低了，灯光也幽暗了。

苏筱稳了稳心神，继续说："我在天成的时候，跟汪总一起来过集团投资部借钱，当时我们好话说尽，投资部才借了很少一部分钱。我问汪总，明明集团有扶持子公司的政策，为什么投资部这么不愿意贷款给我们？汪总说，因为投资部背着KPI，他们借给外面能拿到15%的年化率，当然不愿意8%借给我们了。这件事董事长您应该不知道吧？”

赵显坤目光闪烁，没有说话。

“黄礼林说天科的钱都投在群星广场项目，资金压力很大，暂时无法缴纳补差款，于是我就提出一个债转贷的解决方案，但被徐总否决了。他说，我们只按制度来，天字号欠钱就得还钱，至于钱从哪里来，不是我们该管的事情……”

赵显坤打断她：“天字号有困难，可以跟集团商谈，这条路一直是通的。”

“政策上也许是通的，但落实下来是另一回事。就好比说人事权在集团，从初衷来说，这当然是好的。子公司和分公司普遍规模不大，由集团统一招聘统一培训，可以降低成本，提高人员素质。但落实下来，天字号得到的员工都是被挑剩下的。再说物资采购权在集团，一开始也是为了降低天字号的成本，但最终却成为盘剥天字号的工具。在集团眼里，天字号不服管教，小动作不断。在天字号眼里，集团蛮不讲理，既不公平也不公正，对天字号索求无度，不是要钱就是要人。”顿了顿，苏筱语气沉重地说，“董事长，天字号与集团之间走到今天这种离心离德的局面，难道只是天字号单方面的问题吗？难道集团没有责任吗？”

这是在责问赵显坤呀。何从容和小唐大气不敢喘地看着苏筱，惊讶于她的胆大，佩服她的勇气，又担忧她的前途。

赵显坤一言不发，面沉如水，伸手去拿茶杯，但听一声脆响，茶杯裂开了，原来他刚才用力一拍，拍碎了茶杯。唐秘书惊醒，赶紧拿纸巾擦拭干净角儿，又给赵显坤重新上了茶。

“刚才我在路上遇到汪总，他说了一句话，我特别赞同。”苏筱缓了缓语气，“他说，振华集团是个温暖有爱的大家庭。”

赵显坤深深地看了她一眼。

“董事长，我知道我胆大妄为，败坏集团名声，我愿意承担责任。但我不后悔，再来一次，我还会这么干。汪总对我有提携之恩，天成的员工们对我有爱护之意，我想为他们争取一个被公平对待的机会。我相信董事长心里是装着天字号的。”

赵显坤冷笑一声说：“怎么，捅了这么大娄子就想全身而退，有这么便宜的事吗？你怎么搂的娄子，你就怎么修补它。既然你口口声声说要给天字号争取一个公平对待的机会，那么你来告诉我，什么是公平对待的机会？”

“合并天字号。”

赵显坤定定地看着她，想从她的神色里看出一个究竟——究竟是猜到他的打算，还是无心耦合？他早就知道天字号与集团背道而驰原因是多方面的，在于汪明宇私心作祟管理不当、在于天字号五位老总自恃老资格不服管理、在于当年“分家”时双方对所有权存在认知分歧，但这些问题冰冻三尺非一日之寒，须得徐徐图之。所以他先下放物资采购权，缓和矛盾，然后派出许峰进行全面审计，彻查天字号的基本面，为合并打好基础，不想许峰能力不足折在夏明手里。他环顾四周，竟然无人可用，要不是能力不足，就是心志不坚，和他不是一条心。天字号合并必然会触及很多人的利益，需要一个意志坚定、能力突出、忠诚于他的执行者，他属意的本是许峰，把他放到基层不闻不管也是想磨砺他的意志。苏筱属于意外之喜。除了她是个女性之外，她的条件太吻合了，能力是大公司系统培训出来的，很扎实，意志从她被众建无故开除又重新爬起可见一斑。所以赵显坤果断提拔她到集团。黄礼林中风是意外事件，他不怪她，同时通过这件事消耗大家对她连升三级的忌恨，也不是什么坏事。免掉天科的800万，继续追讨天成天同天正天和的补差款，也是为了激化矛盾，才好师出有名。所有事情都在他计划之中，缓缓地推进着。没想到苏筱打乱了他的计划，或者说不是打乱，而是加速了，天字号与集团的矛盾现在已经是人尽皆知，虽然现在不利于集团，但只要稍加引导，比如说有心人故意编造天成借高利贷还集团的不实消息抹黑集团，舆论就会转向。不管她是猜到他的打算，还是无心耦合，天字号合并的时机确实因为她的举动提前了。

“合并天字号？”

“是的，董事长，合并天字号，与总承包公司一样享有集团一切福利。”

“你知道这个难度有多大吗？”

“知道。”

“这是一个脏活累活苦活，很大概率做不成，即使做成了，也可能没有掌声。”

“知道。”

“行，既然你什么都知道，那就交给你了。”

“我不接受。”

赵显坤蒙了，瞪着她：“你不接受？”

“是的，我不接受。”苏筱说，“所有人都说，我是靠潜规则上来的。董事长，如果您再次直接指定我，他们会认为又是一次暗箱操作。集团现在很多问题的原因就在于当面一套规则背后一套规则，大家无所适从，把大量的时间和精力浪费在研究潜规则上了。建立透明公开的规则，才能让大家知道应该往哪个方向努力。所以，我不能接受董事长您的私下任命，我希望能和其他人进行公平竞争。”

赵显坤又深深地看了她一眼：“好，就照你说的办。”

苏筱一直提着的心终于彻底放下了，她收起眼睛里的锐意，莞尔一笑，眼睛弯弯，文静而秀气，仿佛刚才那些振聋发聩的话不是她说的。在场的三人自然不会被她的外表迷惑，毕竟那些言语还在耳边回响呀。

苏筱走后，赵显坤打发何从容和唐秘书去休息，他一个人在书房里坐了很久。虽然身子困乏，脑袋却极为亢奋。苏筱既让他欢喜，又让他警惕，她是如此的聪明，让他心生欢喜，她又是如此的大胆，让他心生警惕。这可不是一个容易收服的人呀，别看她长得白净秀气，做起事情来很有进攻性。

第十五章

集团每年的管理者大会也是一次大型团建。大家从天南地北赶过来，难得相聚一堂，难得放松，自然兴致很高。承办大会的温泉山庄是集团自有物业，一干人等自然是诚惶诚恐兢兢业业，吃的用的玩的都安排了最好的，就怕稍有怠慢，得罪某个高层，将来吃不了兜着走。

山庄开放了所有的娱乐场所，不只是各种各样的温泉池子，还有按摩室、KTV、保龄球馆、桌游、酒吧等。每个娱乐场所都人满为患，即使到了深夜，依然灯火通明，欢声笑语不断。

当然也有例外，像吴红玫，此时就在苏筱的房间里，一边看电视一边等着她。原本她是准备跟苏筱一起去泡温泉的，唐秘书的电话过来，计划就作废了。她不愿意一个人去公共温泉池，苏筱就把房卡给了她，让她在自己房间泡温泉。

苏筱是二级领导，住的是一个带温泉的豪华单间，装潢十分讲究，配置的东西也很好，时令水果，红酒小食，一应俱全。温泉也是正宗的，不像大池子里很多就是加了各种微量元素的开水。

苏筱预料到谈话时间比较长，所以让吴红玫泡完温泉就回去，不用管自己。但吴红玫不放心，集团里传得沸沸扬扬的，全是她忘恩负义的流言，董事长刚从香港回来，第一个要见她，想来很在意这件事。她担心苏筱挨批评，或者比批评更严重，自己虽不能帮上忙，言语劝解一二还是可以的。

没想到一等就是两个小时，她越等心越慌，越慌联想越丰富，甚至想到苏筱会不会直接卷铺盖走人？快到十二点，苏筱终于回来了，没有沮丧没有疲倦，居然是一脸的如释重负，吴红玫看不明白了。

“没事吧？”

“没事。”

“真没事？”吴红玫不相信，“董事长没骂你？”

“骂了，怎么可能不骂，他还把一个杯子摔破了。”

“那还没事呀？”

“后来没事了呀，我解释清楚了，他觉得我的做法没有问题，就消气了。”

因为天字号合并还没有公布，苏筱不好跟她详谈，只能含糊其词。落进吴红玫耳朵里，就觉得不可信，但是看她的神色确实没事，那只有一个解释——赵显坤对她偏爱到极点了。这当然很好，但不知道为什么，她心里又有一丝失落。她以为年会那晚的羊绒衫是属于她的独一无二的温暖，可这点温暖比起赵显坤对苏筱那种明晃晃的偏爱，什么都不是。

吴红玫情绪低落地告别苏筱，回到自己的房间。她是工作人员，住的是两张床的标间，自然没有温泉，水果也就是两个苹果。同房间的天娜还没有回来，她的床上一片狼藉，散落着十来件衣服，好几件还挂着吊牌。

前几天，快下班的时候，天娜突然拉着她，挤眉弄眼地说：“晚上咱们一起去买几件战袍吧。”

“什么战袍？”吴红玫一头雾水。

“衣服呀。”

“这个时间买什么衣服呀，春装穿不上了，夏装又还没有上。”

“你知不知道这一次管理者大会，全集团的中高层管理都来了，我查过档案，有好几个还单着呢……”天娜搓着双手，故意做出猥琐的表情，嘿嘿嘿地笑了几声，“此时不下手，更待何时。”

吴红玫身子后仰，装出毛骨悚然的样子。

天娜推她一把：“走吧，一起去。”

“不去了，我刚买了房，天天吃榨菜，哪有钱买衣服？”

“那你可以发挥同事之间的友爱精神，陪我去呀。”

吴红玫指指面前的一堆简历：“真不行，刚收了这么多简历，得在大会之前看完。下回再陪你呀。”

“没劲。”天娜嘟着嘴，转身要走，突然又回头，直勾勾地看着吴红玫。

“又怎么了？”吴红玫被她的一惊一乍搞蒙了。

“Helen，你长皱纹了。”天娜语气严重地说。

“不可能吧？”

“真的。”天娜指着她的眼角下方，“这里有一条，现在比较细，你得注意保养了，否则会越变越深的。”

吴红玫从包里拿出化妆镜，左看右看，也没有发现，疑心天娜故意吓唬她，但这条突然冒出来的薛定谔之皱纹，让她心里不得劲儿，她无心看简历，准点下班回到住处。随手将包扔在鞋柜上，趿着拖鞋三步并作两步，到张小北面前。

“小北，你快帮我看看，我是不是有皱纹了？”

张小北正在算账，抬头看了一眼，说：“没有。”

吴红玫拔高声音：“你认真点。”

张小北放下鼠标，打开台灯，捧着她的脸，凑近光源，仔细看着。

“这里。”吴红玫指着天娜指过的位置，“有没有？”

“是有一条，很细，没事，不仔细看根本看不出来。”

“所以还是有？”

“有就有呗，有什么关系，早晚都得长。”

这句话并没有安慰到吴红玫，她神色失落地说：“我还什么都没有，先有了皱纹。”

“怎么什么都没有，你有我，还有房子呀。”

这句话并没有安慰到吴红玫，她走进洗手间，将平时不舍得开的浴霸全打开了，强光之下，眼角那一条细细的皱纹无处遁形，清晰可见。并不是薛定谔之皱纹，它是真实存在的，有一就有二。她的人生就像旱地里长着的一株柳树，因为水源有限得不到滋润，不能尽情舒展。她一直觉得不用着急，还来得及，将来有一天她一定能……但那一天还没有来，先来了皱纹。

第二天下班后，她鬼使神差地跑到商场里买了一件两千元的套装，一个人去的，没叫天娜没叫苏筱，也没有跟张小北打招呼。她偷偷摸摸地买了这件衣服，偷偷摸摸地带回住处，偷偷摸摸地把它藏在行李箱最下面，又偷偷摸摸地带到了温泉山庄。

吴红玫打开行李箱，翻出最下面压着的套装。这是一套米色的西装套裙，不知道是什么面料，摸起来丝滑柔顺，像是上好的缎子，还泛着微微的珍珠光泽，但它又比缎子挺括，做出来的衣服版型很正。

吴红玫脱下衣服，换上套裙，顾镜自怜。

怪不得有句老话说佛靠金装人靠衣装，她本就高挑，这套衣服凸显了她的高挑，勾勒出纤细的腰肢和曼妙的胸线，提升她整个人的气质。她有点拿不定主意，明天要不要穿这件套装？会不会过于显眼了？她从来没有穿过这么贵的衣服，也没有穿过这么精致的衣服，别人会不会从这件衣服里面看出她内心那些幽暗的小心思？

正举棋不定，外面响起刷门卡的声音，跟着门就被推开了，天娜哼着歌走了进来，看到吴红玫，她愣了愣，然后“哇”了一声。“这件衣服不错呀，没见你穿过，新买的吗？”

“那个……”吴红玫支支吾吾。

“好呀，我叫你去你不去，背着我偷偷去买衣服。”

“不是这样的，那天路过商场，正好看到，就随手买了。”

“随手就买到这么漂亮的衣服呀？鬼才信你。”

“真的漂亮吗？”

天娜重重地点头：“漂亮，特别适合你。”

吴红玫放心了，脱下衣服，仔细地挂好。

天娜一屁股坐在床沿，身子后仰，呈大字形倒在床上，吃吃笑了两声。

吴红玫回头看她，才发现她脸颊酡红，眼睛晶亮，应该是喝酒了。

“什么事这么开心呀？”

天娜神神秘秘地笑着："你猜猜我刚刚跟谁喝酒？"

"谁呀？"

"你猜呀？"

"这我哪猜得着呀。"

"地产公司江苏分公司销售经理……"

"就是去年地产公司拿了200万年终奖的那个。"

天娜猛点头，甜滋滋地说："所以说，做人还是得主动出击才行。"话音刚落，手机响了，她摸过来一看，欣喜若狂，"他的电话。"她从床上一跃而起，拿着手机冲进洗手间，不一会儿里面传来她开心的笑声。

这一刹那，吴红玫有了决定，明天一定要穿这套米色的套装。

第二天，她穿上新买的套装，又把黑框眼镜摘掉，换上隐形眼镜，化了一个淡妆。往会议室走的一路都有人在看她。一开始她还不适应，一遇到别人的眼神就避开了。到后来，看的人多了，内心涌起极大的满足感。渐渐自信了，渐渐放开了，步伐轻快，腰肢也摆得越来越自然。

玛丽亚已经在会议室了，看到她，明显怔了怔，又细看她一眼。

"Helen？"

"玛丽亚早。"

"你怎么才来？会议马上开始了。"

搁在从前，吴红玫肯定得低下头，讷讷地说着对不起之类的话，她是工作人员又不是与会嘉宾，必须早到晚退。但是今天一路的回头率让她自信爆棚，心情很好，意外地落落大方起来："对不起，玛丽亚，我起晚了。"

玛丽亚显然被她的转变搞蒙了，居然没有教训她，只摆摆手："赶紧去忙吧。"

其实也没有什么可忙的，流程、与会人员的名单、座位安排都是再三核对过的，现在要做的无非是最后一次检查。检查完毕，与会人员陆续来了。

今天上午的大会是振华集团年度战略目标发布会。

吴红玫与其他人力资源工作人员坐在最后一排。会场的音响设备很好，每个角落都能清晰地听到主讲者的声音。第一个上台讲话的是集团总经济师徐知平，讲的是集团总的战略方向。吴红玫听了一会儿，感觉与去年的很相似，心思便渐渐地走了。他讲完之后，陆续有人上台讲大战略下的小战略，直到赵显坤上台，吴红玫才精神一阵，眼睛一眨不眨地看着他，耳朵也竖了起来。

“……这两个月因为国际和国内经济形势变化很大，所以集团班子商议之后，做了调整。简单地概括来说，集团今年的战略目标就是两手都要抓两手都要硬，一手抓总承包公司，一手抓地产公司。总承包公司是不倒红旗，是集团的基业所在；地产公司是飘飘彩旗，是集团前进的方向……”

听着听着，吴红玫的心思又跑了，目光落在第四排的徐蓝身上，徐蓝也是微微仰着头，一眨不眨地看着赵显坤。从吴红玫这个角度，只看到她白得发光的半张脸，现在看来有几分疲态了，想起五年前，她在楼道里遇到徐蓝，当时的感觉是天仙下凡不过如此。回想起当初遭受到的视觉冲击和心理冲击，吴红玫的小心思就偃旗息鼓了。

下午是各个系统的落实会议，也就是将上午的战略目标解构后层层传达下去，这种会议吴红玫不需要参加，她和同事们的主要任务是监督宴会厅的布置——今天晚上的重头戏之一晚宴。

几千人参加的晚宴，容不得半点马虎。

到了下午五点左右，宴会厅已经安排妥当，她打电话报告了玛丽亚。玛丽亚很快来了，在吴红玫、天娜和温泉山庄宴会部管理人员的陪同下，一路巡视，东摸一下，西看一下，如同女王。

“这花怎么回事，不新鲜了吧？”玛丽亚突然停下脚步，看着装饰舞台的红玫瑰。

吴红玫顺着她的视线看过去，红玫瑰不知道是不是运输不当，花瓣略微有些磨损，诸如划痕之类的。其实也不明显，但玛丽亚眼尖得很，人又挑剔，好不容易逮着一处疏漏显摆她的能耐，一定不会放过的。吴红玫同情地看了宴会部经理一眼。

宴会部经理上前一步，满脸堆笑地说：“新鲜的，今天刚运过来的。”

“看起来不太好，有没有其他的？换一种吧。”

“每天订的都是数目刚好的，没有其他的了。”

“我记得山庄里有个温室花房，是不是？”

“是，但那是给客人观赏的。”

“去剪一些来。”

宴会部经理有些犹豫：“那个……玛丽亚，你看这样可以吗？我把这个花束换到后面去。”

玛丽亚懒得理他，跟吴红玫说：“Helen，你去一趟花房，盯着他们剪最好的下来。”

吴红玫有些犹豫，她今天穿了丝袜，去花房很容易刮坏，现在去房间里换一身也来不及。玛丽亚根本没有给她推辞的机会，带着其他人继续往前走，一路指指点点。吴红玫只得自认倒霉，扭头往外走。

温泉山庄很大，温室花房的位置比较偏，吴红玫找了客服部，想让他们派高尔夫球车送自己过去，但车子都有用途了。她只得一步一步走过去，到花房天都快黑了，花房的值班人员不相信要剪花，打电话再三确认，才不情不愿地拿出大剪刀。花房里的玫瑰花长得真好呀，一朵朵怒放着，扑面而来的盎然生机。吴红玫看了都不舍得，更不用说值班人员了。他拉长着脸，嘴里一直说着埋汰的话，七选八挑，挑出一些角落里不起眼的玫瑰花剪了下来。吴红玫只作没看见没听到，毕竟她也觉得玛丽亚小题大做。

剪好花，工作人员骑着小三轮送去宴会厅了，他本想带着吴红玫一起，但是吴红玫今天有偶像包袱，觉得坐小三轮太局促了，她宁肯走着回去。后来，她回想起今天的一切，都觉得好神奇。假如不是玛丽亚小题大做，她不可能来温室花房；假如她当时坐小三轮回去，就不可能遇到赵显坤；如果不是穿了这身套装，即使遇到了，估计他也不会记住她。在振华集团五年多时间呢？她遇到赵显坤何止百次啊，只有这一次她被记住了，才有后面那些故事。

眼看宴会马上开始了，吴红玫没有选大路，选了一条长满花木的小路。走到一半，突然看到一丛玫瑰花后面露出一只款式比较老旧的鞋子，鞋带还是散的。她认得这双鞋子，不只是她，恐怕振华集团的人都认得。

这款鞋子上过访谈上过杂志，集团官网上也挂着一篇相关的文章，题目叫作《赵显坤和他的老皮鞋》。据说赵显坤来自农村，年少时家境贫穷，连双像样的鞋子都没有，后来他考上大学，老村长发动全村人给他集资交学费，还把自己唯一的一双皮鞋送给了他。他穿着那双老皮鞋走到了北京。等他发达时，老村长已经离世了，为了纪念和感谢老村长，他就一直穿着同款的皮鞋。后来皮鞋厂再也不生产了，他就找人定制。整个集团都知道这款皮鞋是他的标配。

吴红玫蹑手蹑脚地绕过花丛，果然是赵显坤，他躺在摇椅上睡着了。

她犹豫一下，鼓足勇气叫了一声："董事长。"

赵显坤睁开双眼，但还迷糊着，定定地看着她。

"您怎么睡在这里呢？"

赵显坤终于缓过来了："哦，刚才我散步，走到这里有点累，坐了一会儿，没想到就睡着了。天都黑了呀，几点了？"

"快七点，宴会要开始了。"

赵显坤摸了摸口袋，说："哎哟，忘记带手机了。"

"我这里有，您要打电话吗？"吴红玫将手机递上。

赵显坤摆摆手说："不用了，现在过去来得及。"

吴红玫收回手机，觉得自己思虑不周。董事长要是拿她的手机打电话，别人会怎么想？

赵显坤站了起来，往前走，无意中踩到散开的鞋带，差点绊倒。

吴红玫眼明手快地扶住他："董事长，您的鞋带散了。"

赵显坤低头看一眼散开的鞋带，想弯腰绑上，但是他刚才睡觉的姿势有点不太对，腰弯不下去。吴红玫见状，蹲下身子，帮他系好散开的鞋带，然后又解开另一只鞋带，重新系了一遍，一边还轻声解释。

"这样子绑不容易散开。"

赵显坤看着吴红玫的头顶，眼神微微一动。

吴红玫站起来，冲他微笑："可以了。"

赵显坤打量着她："你是……"

"我是人力资源部的招聘主管吴红玫。"

"我知道你，就是名字对不上，你把我的羊绒衫洗坏了。"

吴红玫羞涩地笑着："是的，是我。"

"走吧。"赵显坤率先往前走。

吴红玫识趣地落后一步。

赵显坤停了停，等她走上来后，跟她平肩而行。

吴红玫有点兴奋又有点紧张，双手互绞，手心微微汗出。

“我记得你还是苏筱的大学同学，是不是？”

“是的，我们一个宿舍的，上下床。”

“那你怎么做了人力资源？”

“我和筱筱不一样，筱筱是从小想做造价师，我是被调剂到土木工程专业的，对人力资源更感兴趣，大学毕业后，我就出来工作，还考了人大的人力资源在职研究生。”

“那你在公司几年了？”

“毕业就进公司了，五年多了。”

“没有想过换工作吗？”

“没想过。”

赵显坤看她一眼：“为什么？现在的年轻小姑娘不是一言不合就跳槽吗？”

吴红玫想了想，说：“可能跟我爸妈的教育有关吧。他们都是大厂的职工，从小教育我要以厂为家。我在厂里出生，在厂里上的幼儿园、小学、中学念书，大学毕业的时候，爸妈还叫我回厂里工作，说国企稳定。我没回去，他们还生了我好长时间的气。现在他们给我打电话，还经常跟我说，要听领导的话，多做事少抱怨。”

赵显坤哈哈笑了：“你爸爸妈妈是实在人，现在这种人很少见了。”

吴红玫点点头说：“对呀，他们是老派人……”

只言片语的交谈，竟然出人意料的融洽。空气里弥漫着一些看不见说不清的东西，就像氤氲的水汽、袭人的花香，无形无质，只有心灵能感受得到。吴红玫渐渐地放松下来，虽没有饮酒，却是醺醺然，不知今夕何夕。直到隐约有声响传来，她才从微醺状态里清醒过来，循声看过去，音乐声来自不远处一栋灯火通明的建筑物。

不知不觉中，宴会厅已经在前面了。

她回首来路，依依不舍地说：“这么快呀，刚刚我去的时候，感觉挺远的。”

赵显坤笑了笑：“再远的路有人一起走，也不会觉得远了。”

这话平常，但不知道为什么，落进吴红玫的耳朵里，却如同惊雷，一路噼里啪啦，一直炸到心脏。并肩而行的赵显坤突然顿住脚步，扭头看着她，欲言又止。吴红玫怔了怔，才发现已经从黑暗处走到光亮处——光亮来自灯火通明的宴会厅。她起初有些不解，后来明白过来，后退一步，重新置身于黑暗处。

“董事长，您先进去，我过会儿再进去。”

赵显坤站在光亮处，深深地看了她一眼，转身往宴会厅走去。吴红玫站在黑暗处，目光追随着赵显坤的背影。看着他走进宴会厅，看着一群人围了上来，看着他和大家握手，看着他和大家碰杯……看着他又成为万众瞩目、前呼后拥的董事长。

第十六章

啪啪啪，徐知平重重地拍着门。

“小民，小民。”

“怎么了，老徐？”

门开一缝，林小民赤裸着上身，腰上围着一条浴巾，睡眼惺忪地打着哈欠。他有意识地挡住门，但徐知平的视线还是穿过缝隙，看到了落在地毯上的红裙子、高跟鞋。

“开会，你电话打不通，就等你了。”

“没电了，充电呢。大清早的开什么会？”

“已经不早了，就等你一个人了。”

“行了，我换身衣服。”林小民关上门，过了五分钟，再次打开门，已经换了一身衣服，人也精神抖擞了，头发往后梳得一丝不乱。

“走吧，走吧。”

林小民揽着徐和平的肩膀往前走，徐知平不动声色地躲开他的手，变成并肩而行。几个同事迎面走来，冲他们打招呼问好。徐知平报以颔首，等那些人走远，他责怪地看林小民一眼。

“注意影响，这么多双眼睛盯着呢。”

“不是咱们集团的，是旅客。”

“那也要注意，这时候很难说清楚的，一人一口口水淹死你。”

林小民耸耸肩，很不以为然。

“小民你也该找个人结婚了。”

“不是我不想结婚，现在的女人太不懂事了，天天缠着你，查勤查岗，我这自由惯了的人，受不了。”

“女人就这样，习惯就好。”

“就是不习惯啊。”

话不投机半句多，徐知平无语地摇摇头。好在会议室已经到了。

“对不起，对不起，睡过头了。”

汪明宇看着林小民的脖子说：“小民你这脖子怎么了？让蚊子咬了吗？”

大家便也看向林小民的脖子，那一处红红的，一看就是吻痕。

林小民可不相信汪明宇连吻痕都认不出来，分明是故意恶心他。“汪总回家，让嫂子在你脖子上亲一口，就知道这是什么了？”

汪明宇明知故问：“小民带女朋友来了呀？怎么不带出来让大家看一下。”

“我的女朋友那么多，汪总要见哪一个？”

赵显坤责怪地看了林小民一眼，然后轻咳一声说：“开会吧。”等大家安静下来，他接着说，“昨天晚上，天同天正天和三位老总又缠着我诉了半天的苦，想想这个问题确实已经拖太久了，不能再拖，所以，今天我们先讨论一下天字号的问题吧，大家畅所欲言，谁先来？”

“那就我先来吧。”胡昌海稍稍坐直，举了举手，“我先申明一点，我对苏筱没意见。我几十岁的人了，也不可能故意针对一个小姑娘，就是觉得她太年轻太不成熟了，做起事情很毛躁。这次高利贷事件，给集团造成很坏的影响。”

汪明宇摇头说：“胡工啊你得这么想，如果汪洋不说，谁知道钱是高利贷借来的。”

“什么意思，你说汪洋故意的？”

“他要是真想还集团，一定不会说是高利贷借来的。他说是高利贷借来的，本来就把集团放在两难位置上。不收，那欠了一年的补差款怎么办；收了，就变成集团为富不仁压迫子公司。”

玛丽亚看着徐知平说：“我怎么听说，高利贷这个消息不是汪洋放出来的，是苏筱自己传出来的。”

“是苏筱说的。”徐知平点点头说，“我问过汪洋，他说这笔钱确实是高利贷借来的，他特别吩咐过陆争鸣，交钱的时候不要告诉苏筱。是苏筱自己猜出来的，毕竟她刚刚离开天成一个多月，对天成的资金情况一目了然。”

胡昌海说：“那就不是汪洋的问题，还是苏筱的问题，做事太没人情味了。”

“胡工你又不在现场，怎么知道哪个说的是真话，哪个说的是假话。”汪明宇说，“咱们就抓本质的问题。这件事起因是天字号一直拖欠补差款不交造成恶劣影响，所以，根源还在天字号。他们几个自认为是老资格，什么空子都敢钻，什么娄子都敢捅，这才是根源。”

徐知平点头说：“我赞同明宇的说法。”

“我认为天字号到了必须要整顿的时候了。”

胡昌海问：“怎么整顿？”

汪明宇说：“换人。撤换天字号管理层。”

听到这里，林小民明白了，汪明宇突然支持苏筱，原来是想安插自己的人进天字号，真让他得逞了，他的势力会进一步扩大，于是说：“换人也不是什么万全之策呀，有句话怎么说的，好的管理能把废材变成人才，坏的管理能把人才变成废材。汪洋他们几个从前也是人才呀，怎么现在突然这么多问题，我觉得，还是管理不到位吧。”

汪明宇看他一眼。他是天字号的顶头上司，林小民说管理不到位，其实就是在说他有问题。他正想反驳，赵显坤轻咳一声说：“你们两个的意见都很好，但我觉得你们只说对了一半，天字号既有管理的问题，也有人的问题。”

大家都看着他，不明白他为什么突然和稀泥。

“昨天晚上我一直在思考天字号的问题，明宇说得对，到了必须要整顿的时候了。当年我们集团发展遇到问题，迫于无奈进行瘦身，把天字号分了出去。现在看来，这个决定没有错。当时建筑业处于草莽阶段，大项目少中小项目多，天字号规模小灵活性高，发展得不错。但是现阶段建筑业已经处于成熟阶段，动辄都是几亿几十亿的大项目，天字号规模小，很难接到好项目，不能向外发展，它们就只能拼命内卷了。我觉得要想解决天字号的问题，”顿了顿，赵显坤扫一眼众人，“只能合并天字号。”

本来会议室里各人都是松松垮垮的，听到这话，都一下子精神了，连眼睛半闭的高进都睁大了眼睛。徐知平看了赵显坤一眼，这么大的一件事，不可能是昨晚才想出来的。很显然，他已经想了很久，但他没有同自己这个负责三改一促进的总经济师商量，这是一个非同寻常的信号，一个非同寻常的危险信号。

大家都在盘算天字号合并的利弊，会议室里有着短暂沉默。

“董事长还是比我想得远呀。”汪明宇盘算完利弊，赞同地说，“合并，是个好办法，我赞同。”

胡昌海点点头：“没错，现在行业生态变了，项目越来越大，小公司根本挤不进去，合并还能增加他们的竞争力。”

汪明宇一脸深恶痛绝的表情说：“最重要的是，合并可以解决天字号那几个刺头，我真是被他们折腾够了。”

赵显坤看着徐知平：“知平，你怎么看？”

徐知平犹豫一下，慢条斯理地说：“天字号的发展阶段不一样，管理水平不一样，员工素质也不一样，五家合并成一家，难度很大。”

汪明宇摆摆手：“这都不是问题，发展阶段不一样，到时候以强带弱。管理的话，不一定非从天字号里提拔，可以从总承包、地产公司派人过去嘛。员工素质更不是问题，合并之后至少得裁掉百分之二十，还能给集团减负。”

徐知平别有深意地看了汪明宇一眼。

汪明宇被这一眼看愣了，迅速地反思，自己是不是疏漏了什么？徐知平一向比自己更懂赵显坤。

林小民举了举手说：“董事长，有一个问题，合并之后的天字号，是一级子公司，还是二级子公司？”

赵显坤说：“合并之后的天字号大概是总承包公司的一半规模，不太适合做二级子公司，我的想法是定为一级子公司，你们觉得呢？”

原本天字号是二级子公司，归汪明宇管，合并后定为一级子公司，跟总承包公司和地产公司同一级别，那它的总经理也是一级领导，跟汪明宇平级了，自然不能再归他管。别的不说，单从这一点来看，分明是削了汪明宇的权，他能同意吗？大家都看着他。

汪明宇的脸色变了变，但很快恢复正常，说：“我觉得没问题。”

这让所有人诧异了，也不知道他是真的没问题，还是假装没问题。

他都没有问题，别人自然更没有问题，赵显坤说：“行，那这件事就定下来了。”

汪明宇说：“谁来负责这次合并呀？”

林小民眼珠一转，说：“汪总这是明知故问，天字号是赵鹏主管的，当然是他了。”

汪明宇斜瞥林小民一眼，他这么说话，看似挺赵鹏，其实是点明他跟汪明宇的关系。

徐知平将最近发生的一连串事情理了理，看着赵显坤试探地说：“苏筱也可以，她是从天字号出来的，熟悉情况。”

赵显坤说：“让他们公平竞争吧。”

这又是一个出人意料的决定。

散会后，汪明宇磨磨蹭蹭地落到最后，和徐知平并肩走着，语带不满地说：“老徐，合并这么大的事情，你怎么也不跟我提前通个气儿？”

“我也是刚刚知道的。”

“你就胡扯吧。三改一促进是你的职责，董事长怎么可能不跟你商量？”

“还真没有。”

汪明宇盯着徐知平半晌，见他神色坦荡，不像说谎。

“他也没有跟我商量，难道真是昨晚临时起意？”

徐知平摇摇头说：“不叫临时起意，叫师出有名。”

“什么意思？”

“当年天字号分家的时候，集团承诺过由他们自主经营自负盈亏，现在收回来，总得有个说法吧。明宇，你还没有发现吗？从天字号内审开始，这事情一步一步地演变到今天，就像一只无形的手在推动着，包括苏筱被提拔。到了这次的高利贷事件，集团跟天字号算是刺刀见红，时机成熟，可以师出有名了。”

汪明宇怎么可能没有感觉呢，但是自己感觉是一回事，从号称赵显坤肚子里蛔虫的徐知平说出来又是另一回事。“这么说，汪洋借高利贷还集团，还有苏筱故意散布消息，都是在跟董事长打配合了？”

“苏筱是百分百的，汪洋不好说，那天他和我说起高利贷的事情一直在喊冤。”

“老徐，你说，这事情怎么着？”

“能怎么着，变天了呗，降温就加衣服，升温就脱衣服。”徐知平说罢，拍了拍汪明宇的肩膀，走了。

汪明宇回到自己房间，没来由的心烦气躁，将笔记本重重地摔在桌子上，来回走动。他本以为前天晚上已经说服了赵显坤，没想到他今天突然搞这么一出。合并天字号，之后定为一级子公司，哪一件不是大事？他好歹还是二把手，赵显坤却连他都瞒着，这是置他于何地！

笃笃笃的敲门声响起，汪明宇深吸口气，稍稍平复心境，喊了一声：“进来。”

进来的是赵鹏，他满脸堆笑地问：“汪总，中午了，要不要一起吃饭？”

“你来得正好，我有事找你。”汪明宇指了指门，示意他关上。

赵鹏关好门，见他神色有点严肃，也收起笑容，语气严肃地问：“什么事？”

“刚才领导班子开了一个会，决定合并天字号，合并小组组长由你和苏筱公平竞争。”

赵鹏皱眉，说：“这不合理呀，我主管天字号，天字号合并就应该由我来负责，怎么还要跟苏筱竞争？这么安排不合分工。”

“你把追讨天字号欠款的事情都推给苏筱，现在又说不合分工，说得响亮吗？”

赵鹏气焰顿消，不服气地嘟囔一句：“我不是推给她，是她已经经手了，我不好再接过来。”

汪明宇不耐烦地提高声音说：“行了，你还怕她不成。”

“怕她，那指定不能，她算什么。”

“那就行了。这次改革小组的组长，你一定要拿下来。”

“我会努力的，但是……”赵鹏担忧地说，“董事长肯定会站苏筱的。”

汪明宇摆摆手：“这个你不用担心，最后肯定是领导班子投票表决，胡工玛丽亚老徐他们仨，我会提前打好招呼的，你最近也要多走动走动，明白吗？包括何助理，他父亲马上会进入董事会。”

赵鹏松了口气：“知道了。”

“这一次是难得的机会，你一定要抓住。只要完成天字号合并，在集团你就可以横着走了，将来徐总退了，位置也是你的。”

赵鹏微微兴奋，重重点头。

“行了，你去吃饭吧，顺便叫服务员给我送点吃的过来。”汪明宇摆摆手，继续来回走动着。赵鹏走向门口，刚打开门，汪明宇又转过头，叫住了他：“对了，你要是看到汪洋，让他来我房间一趟。”

赵鹏答应一声，掩门而去。

汪明宇继续踱着步，一圈又一圈，转到第十五圈，汪洋来了。

“你找我？”

“对呀，昨晚就想找你，结果没看到你，你没参加酒会？”

“参加了。”

“那我怎么没看到你？”

“那么多人，你没看到我不是很正常。”汪洋在沙发上坐下，给自己倒了杯茶，懒洋洋地说。事实上他昨晚就在酒会上露了一小会儿脸，然后就跟几个老总打麻将去了。“找我什么事啊？”

“一件很重要的事。领导班子刚刚决定，还没有打算公开。”

“什么事，看你这一脸神神秘秘的。”

“合并天字号。”

汪洋愣了一下：“为什么呀？”

“还不是你们闹得太凶了，之前黄胖子中风你们闹一下，这回催你们交补差款，又闹……特别是你，交钱就交钱，还往外说是高利贷借的，什么意思，不就是想告诉大家集团是吸血鬼，不讲情义嘛。”汪明宇目不转睛地看着汪洋，想从他的反应看出他是不是配合了董事长，“所以，董事长很生气，今天一大早叫我们开会，决定要合并天字号。”

汪洋恼火地说：“这哪是我往外说的呀，我有这么蠢吗？我都被当枪使了。”

“你不说，谁知道你这钱是高利贷借来的？”

“苏筱对天成的现金流一清二楚，那天我让小陆去交钱，她自己猜出来的，然后不知道怎么就传出去了？”

“就是她传出去的。”

汪洋不相信：“不可能是她，那对她有啥好处？她被骂得多惨呀。”

“汪洋啊，你还是太单纯了。她现在是董事长的人，这事情不搞大，董事长有什么理由合并天字号？”汪明宇拍拍汪洋肩膀，“你可是养了一条毒蛇呀。”

这话真是刺耳，汪洋耸耸肩，甩开他的手，摸出烟和打火机，因为心神不宁，连打几下才点燃。他深深地吸了口烟，吐出一个烟圈，自暴自弃地说：“随便了，他们爱怎么样就怎么样，我问心无愧。”

“你放心，这事情我不知道就算了，既然知道了，肯定不会让你吃哑巴亏。”

汪洋警觉地看着他：“你要干什么？”

“帮你拿下合并后天字号的总经理位置，再帮你进集团领导班子。”

汪洋叼着烟愣了好一会儿：“你开玩笑吧？”

汪明宇反问：“你是对我没信心，还是对自己没信心？”

“事情哪有这么容易？”

“天字号合并这么大的事，是要经过股东大会同意的，董事会上我一定能赢过董事长，但股东大会就难说了。不管好歹，都得试试，对吧？我肯定会帮你争取总经理这个位置，但是你得听我的。”

汪洋犹豫了一会儿，点点头。

此时，在林小民的房间里，也有着相似的对话。

“……合并后的天字号总经理定为一级领导，至少也是集团副总，如果有人帮忙，还能进领导班子。那几个歪瓜裂枣我看不上，瞅来瞅去，也只有你比较像个样子。所以，今天找你来，就是谈合作的。”

夏明饶有兴致地问：“怎么合作？”

“很简单，你帮我，我帮你。集团那帮老家伙尸位素餐，我早看他们不顺眼了，但我一个人干不过他们。你要是愿意跟我合作，咱们就可以大干一场。先把汪明宇干掉，我对施工不感兴趣，到时候连总承包公司也归你管。”林小民一边说，一边审视着夏明的神色，见他神色不变，看上去既不兴奋，也没有心动。“怎么，你不感兴趣？”

夏明笑了笑，心想，怎么不感兴趣，暗中使劲这么久，终于走到这一步，距离天科独立只有一步之遥了。“不是不感兴趣，只是觉得这事情难度很大。我就直说了，要是说得刺耳，林总别放心上。汪明宇自持、代持的股份加起来超过了15%，连董事长也不敢随便动他，就算我跟你联手，也撼动不了。”

“董事们为什么这么支持汪明宇？因为总承包公司一直是最赚钱的那个。但是今年不一样了。今年我们地产公司的营收一定会超越总承包公司，我进董事会是百分之百的事情，当然你也可以当我是吹牛。”

“怎么会呢？林总你的能力大家有目共睹。”

林小民摆摆手：“这种虚话就不用说了，我就问你一句，干不干？”

夏明微微犹豫，目前还没有到露底牌的时候，林小民递过来的这根橄榄枝还得先接着，于是笑着伸出手：“那就请林总多多关照了。”

林小民伸出手与他重重一击。

离开林小民的房间，夏明回到自己房间，正准备跟黄礼林通电话，敲门声响起了。打开门一看，是汪洋。

“老郑他们三个要找我们俩一起说事，你去不去？”

“去吧。”夏明关上门，跟着汪洋到天正郑总的房间。

那三个人坐在沙发上，交头接耳，嘀嘀咕咕，看到两人进来，立刻分开。

郑总笑眯眯地说：“我想你们应该也听说了吧，集团要合并天字号。”

汪洋说：“是听说了，但不知道是真的还是假的？”

“传得有鼻子有眼的，多半是真的。你们怎么打算？”

“现在说打算太早了吧。确切消息都没有出来，不好判断。”

天同老总嚷嚷着：“怎么不好判断呀，当时咱们分家的时候，明明说得很清楚，是自主经营自负盈亏，咱们干得好好的，突然要把我们收回去，明显违反了当时的约定啊。这件事情咱们一定不能同意，咱们要联合起来。”

汪洋厌烦地说：“行了，行了，天天联合天天闹。闹来闹去的，闹出啥好结果了？”

“还不是因为大家心不齐吗？”天同老总愤愤不平地看了夏明一眼，“有些人自己占了便宜就不管别人死活，要是大家齐心协力，能搞成这样吗？”

“我累了，你们爱闹闹去吧，我等确切消息。”汪洋说完，扭头往外走。

天同天正天和三位老总面面相觑。

“三位老总，我觉得汪总说得有道理，说不定这个消息放出来是试水的，先等等看吧。等确切消息出来，咱们再商量也不迟。”夏明说完，也往门口走去。

天正天同天和三位老总，你看我，我看你。

郑总轻叹口气说：“这两人不太靠谱，指望不上，咱们还是自己想招吧。”

天和老总和天同老总无奈地点了点头。

第十七章

管理者大会为期两天，结束后改革小组组长的竞聘正式开始了。竞聘流程很简单，就是写一个天字号合并的框架方案，然后在领导班子会议上陈述，由班子成员投票，票数多者胜出。

时间只给了七天，在七天内做一个别出心裁的框架方案，可不是容易的事。苏筱把忙完本职工作以后的所有空闲时间都用了起来，连中午吃饭的时间也不舍得浪费，午饭都是吴红玫帮忙带上来的。

吴红玫看她没日没夜地写写写，两耳不闻窗外事，心里着急，指着竞聘通知上的“由班子成员投票”七个字。“筱筱，你看，这才是关键。你关起门来，把方案写得再好，人家不投你，也没有用呀，你得拉关系。”

“你又不是第一天认识我，你觉得我会拉关系吗？”苏筱不以为然地说。要是靠关系，赵显坤指定她的时候，她就答应了。她之所以提出公平竞争，重点在于减少暗箱操作，而不在于胜出。当然，如果能胜出就更好了。在天成工作的时候，她就有很多想法，只是苦于天成规模太小，不好施展。

“我今天跟玛丽亚汇报工作的时候，听到汪总给她打电话，说是晚上一起吃饭。汪总肯定是帮赵总拉票。其实你也可以联系一下林总呀，林总和汪总一向不对付，他肯定不希望赵总赢。”

“林小民那一票不会投给赵鹏的，我联系不联系都一样。”

“可是……”

“别可是了，谋事在人，成事在天，顺其自然就好。”

见她油盐不进，吴红玫不好再说什么了。说多了，就变成皇帝不急太监急。虽然她确实挺急的。天字号合并是个大工程，肯定需要配置一个懂人力资源的组员，如果苏筱胜出，她就有希望加入。自从那回玛丽亚认定她在赵显坤面前说了她的坏话——强迫胡工参加苏筱的入职仪式，她的日子就很难过，时不时一双小鞋子扔过来，让她每日如坐针毡。而且，进入了改革小组，会比在人力资源部见到赵显坤的机会多很多吧。

一个星期晃眼过去，到了竞聘那一天。

苏筱抱着笔记本电脑走到电梯间的时候，意外地碰到了等电梯的林小民。他在二十九层也有一个办公室，但他大部分时间都待在地产公司的总经理办公室，苏筱在集团快两个月，还是第一次在走廊里碰到他。

“林总早。”

林小民颔首，目光落在苏筱的笔记本电脑上。“准备得怎么样了？”

“还行。”

李小民笑着说：“还行可不行，得很行才行。”

“有林总这样的能人在，我怎么敢说很行。”苏筱也笑着说，有奉承的成分，但也是心里话。林小民的工作能力有目共睹，去年地产公司的利润暴涨了800%，所以尽管他有这样那样的毛病，依然不到四十岁就身居高位。

李小民之前和她没怎么说过话，见她说话还挺讨喜的，心里添了一分好感，说：“我看你不错，将来会比他们都强。”

这句话就属于投桃报李了，掺了些水分。

“谢谢林总。”

“不用客气，以后有什么事尽管来找我。”林小民信手抛出一根橄榄枝。

苏筱自然不会当真，又一次礼貌道谢。

这时，久候不至的电梯终于来了。两人乘电梯到三十层，今天的班子会议安排在董事长办公室旁边的小会议室。其他人都已经到了。两人一坐下，徐知平宣布，天字号改革小组组长的竞聘演讲开始了。

苏筱在竞聘的时候，夏明正在给黄礼林办理出院手续。

他本想把黄礼林送回天津老家，老家亲戚故旧多，平时能照看一二，他也可以腾出手来，专心致志地应付集团，把天科独立出来。这段时间他既要在医院照料黄礼林，又要忙着工作，人都瘦了一圈。瘦还是小事，关键有些时候顾此失彼，不得两全。但黄礼林不愿意回去，他从成年之后就在北京闯荡，根已经扎在这个城市里。而且他觉得自己恢复得不错，也就是手脚不利索，坚持康复锻炼，最多半年就能痊愈。他才五十出头，还没有打算退出江湖，还有一腔雄心一腔抱负。两人商量来商量去，便想到康复医院。找了最贵的一家，夏明先去考察了一番，见设施先进服务好，住的豪华单间装修如同五星酒店，便拍板了。

于是，黄礼林前脚出院，后脚入院。

一安顿好，他立刻催促夏明："你打电话问问，改革小组组长定谁了？"

夏明看一眼手机，说："林小民还没有给我电话，应该是结果没出来。"

"你觉得谁会赢？"

夏明语气笃定地说："赵鹏。"

黄礼林诧异地看他一眼："不一定吧，我算了算，董事长、林小民、高进应该都会投苏筱，胡昌海、汪明宇会投赵鹏，老徐这个人最讲究分工，也应该会投赵鹏，就剩玛丽亚了。"

夏明说："林小民不会投苏筱的。"

"林小民投赵鹏，这怎么可能呢？他跟汪明宇一向水火不容。"

"我跟他说不要投苏筱。"

"啊？"

"赵鹏看重个人利益，容易见风使舵，只要利益给到位，他可以随时倒向别人，控制他比较容易。但是苏筱不一样，她主意很正，不受控制。”

夏明这么解释，黄礼林就明白了。

让苏筱出局是提防她，也是保护她。一方面，她比赵鹏聪明，做事细致，要是让她当上天字号改革小组组长，很可能会发现天科的猫腻，使得独立毁于一旦。另一方面，如果她是天字号改革小组组长，天科独立成功，她是要承担责任的。

所以，这个竞聘会私下里已经被安排得明明白白了。林小民这方和汪明宇这方不约而同地选择了赵鹏，苏筱以为的公平竞争并不存在，事实上在她还没有开口说话之前，结果已经决定了。

但苏筱不知道。

她站在屏幕前，很卖力地阐述了她的构思。她认为合并应该从组织结构层面、人事层面、管理层面和文化层面这四个层面进行，结构层面、人事层面、管理层面都比较容易，最难的是文化层面。企业文化相当于企业的灵魂，合并后的天字号完成文化层面的合并，才是真正的合并，才能一加一大于二，否则不是合并而是拼凑……

说了足足一个小时，嗓子眼快冒火了，才将将说完。赵鹏是在她之前先阐述的，所以她说完，领导们开始说话了。

“辛苦了，辛苦了，在这么短的时间内做出一个面面俱到的合并方案，不容易呀。”徐知平先肯定了两人的工作，然后开始他作为“端水大师”的真正表演，“两个方案都很不错，赵鹏的优点在于可操作性强，适用于前期阶段；苏筱的优点在于具有很强的前瞻性，适用于后期阶段。”

谁也没有得罪，但又说出自己的偏好。

其他人接着他的话茬往下说。大意都是苏筱这个方案不错，但不适用于现阶段。其实苏筱的方案是赵鹏方案的递进。假如说赵鹏的方案是合并版本1.0，苏筱的就是合并版本2.0，但是经过徐知平这么一定性，味道全变了。这样的结果，苏筱早有预料，虽然失望，但很平静。

其他人说话时，赵显坤一直低头翻看着苏筱和赵鹏的方案，等大家说完了，他才抬起头，很随意地问了一句：“天字号目前总共有多少个项目？”

大家都看向赵鹏，别人可以不知道，但他是主管天字号的副总经济师呀。就像任课老师可以不知道学生的家庭情况，但是班主任不知道就是不合格了。赵鹏飞快地转动脑筋，这些项目都经过他手，他有印象，但是想不起来。“好像有十五个吧。”

“好像？”

赵鹏硬着头皮解释：“我刚刚转岗一个多月，项目还没有认全。”

赵显坤没有再说，看向苏筱。

“目前天字号在建项目总共十七个，停工的有两个，还有两个刚刚中标，还没开工。”苏筱说，“其中天成有三个在建项目，分别是静水河、群星广场、西红门住宅项目；天科比较多，有五个在建项目……”

她如数家珍，但大家神色微妙，并不信服，都认为赵显坤提前给她划过重点。

汪明宇嘴角浮起一丝笑意，问了一个早就准备好的问题：“我刚刚想到一个问题啊，之前我也搞过几次合并，所以比较清楚，债务的处理会是一个大麻烦。目前天字号的债务都是什么情况？”

这个问题汪明宇提前划过重点，所以赵鹏答得很快。答完后，他松了口气，看了苏筱一眼，心想，即使她知道答案也落了下风。不想苏筱接着他的话茬说了下去：“刚才赵总已经说过各家的债务规模，那我接下去说说各家的债务结构吧，这是根据一季度的季报做出来的债务结构……”轻点键盘，屏幕上出现五张债务结构图，“五家公司债务结构很相似，主要都是银行贷款，资产负债率普遍超过了60%……”三言两语把天字号的债务结构清清楚楚地说了出来。

紧接着玛丽亚问了一个人事方面的问题。

这也是提前打过招呼的，赵鹏答得很快，但是苏筱又一次接着他的答案展开说了，说得比他更详细，比他更深入。赵鹏的脸渐渐黑了。这一个星期，他跟玛丽亚吃了一餐饭，跟胡昌海吃了一餐饭，高谈阔论，他们的支持让他以为十拿九稳，没想到却被当众打脸。他不去想是自己准备得不充分，只觉得苏筱是故意的，踩着自己往上走。

事情演变到这种地步，就算汪明宇都不好意思再投票给赵鹏了。

会议结束后，林小民给夏明打了一个电话，告诉他结果。

这个结果出乎夏明的意料，认真想想，又在情理之中。因为苏筱一直以来都是这种行事风格。她不是不了解职场的阴谋诡计、人情世故，但她不去搞那些机巧的招数，她选择的就是一条特别朴实的道路，下死功夫，扎扎实实地把所有的细节都做到极致。在绝对的实力面前，所有的阴谋诡计都是可笑的苍白。

只是这么一来，他一直避免的情况还是发生了。

他将再次对上她。

赵鹏跟着汪明宇走进办公室，愤愤不平地说："太不公平了，董事长明显在帮她。"

"你还好意思说。"汪明宇转身瞪他一眼，声音很大地嚷嚷着，"连在建几个项目都搞不清楚？你这个主管怎么当的。"越想越气，帮他把所有的关系都铺平了，结果没想到他自己不争气。

赵鹏大气不敢喘，如同受气小媳妇般地看着自己的脚尖。

过了一会儿，汪明宇平了怒气，缓了缓语气说："行了，流水不争先，让她先上吧。你也准备准备，我会跟老徐打声招呼，让你当个副组长。"

赵鹏不情愿。他年龄比苏筱大，职位比苏筱高，给他当她副手，多掉价呀！再说了，他到现在还不服气呢，明明他才是主管天字号的副总经济师，天字号的三改一促进就应该是他负责，让他跟苏筱竞争，本来就不对。

见他半天不说话，汪明宇脸色一沉，不快地说："怎么？不愿意？"

"汪总，不是我不愿意，你看苏筱一直针对我，我去当副手她也不能同意呀。"

"这是她同意不同意的事吗？"

"她后面不是董事长嘛……"

"够了。"汪明宇重重一拍桌子，吓得赵鹏一个哆嗦，"动一动脑筋，你身为天字号的主管，你不参与天字号的合并，那以后你还怎么管？这么大一块业务你是想直接交到苏筱手里是不是？"

其实，赵鹏说来说去，就想汪明宇再帮自己去争取天字号改革小组组长，但看他完全没有这个想法，又看他很生气，不敢再说下去了，低下头，服了一个软："汪总，我听您的安排。"

汪明宇缓了缓语气，语重心长地说："改革小组你必须要进，先进去，其他的可以慢慢想办法。前年天字号内部审计的时候，徐总怎么处理的，你好好想想，有人先去帮你蹚雷，有什么不好的？”

见他还在替自己着想，赵鹏放下心了，连连点头说是。

安抚好赵鹏，汪明宇也累了，摆摆手，打发走他。一个人静静地坐了一会儿，赵鹏的失利打乱了他的算盘，他必须得重新谋划。他琢磨来琢磨去，都觉得把宝都押在赵鹏身上不保险，于是拿起内线电话，给苏筱打了一个电话，语气亲切地说：“小苏呀，有没有空呢？有空的话，来我办公室一趟。”

挂断电话，他对着镜子整理一下仪容，嘴角微微带了点笑意。刚收拾妥当，秘书领着苏筱走了进来。汪明宇站了起来，笑眯眯地指着面前的椅子请她坐下，又亲手给她倒了一杯茶。

“小苏你是哪里人？”

苏筱说了地名。

汪明宇哦了一声：“那地方我去过，好多年以前了，那个时候我们公司还比较小。做工程基本都靠关系介绍。我有个大学同学是你们那儿的，家里很有背景，给我找了一个工程，给一个中学盖教学楼。我在那里待了大半年，胖了十斤。你们那里的水土很养人啊。”

苏筱问：“是一中吗？”

“对的。”

“我就是一中的。”

“哎哟，真巧了。”汪明宇说，“怎么样，我盖的教学楼质量不错吧。”

“质量很好，到我读书的时候那楼还挺新的，楼梯都很平整，没有坑洼缺口。”学校里那么多学生跑上跑下，一般来说，楼梯是最早磨损坑洼的。

“当时我从头盯到尾，就怕不在的时候他们偷工减料。教学楼质量不行，那可是人命关天的事。你这么说我就放心了，对得起我待的那半年。”

苏筱笑着说：“我替家乡人民谢谢汪总。”

汪明宇笑着摆摆手：“不敢当，不敢当。”

拉了一下家常，感觉一下子亲近了。汪明宇见苏筱也放松下来了，于是转入正题：“今天你在竞聘会上的表现，让我印象非常深刻。我也不瞒你，之前对你不太了解，因此有些误解。经过这一回，算是比较清楚了。天字号合并是集团下半年的大事，困难肯定不少，特别是天字号那几位老总，都不是省油的灯。我管他们这么多年，对他们多多少少还有些震慑，你要是遇到什么困难，记得跟我说，我会帮你想办法的。”

“谢谢汪总，那以后我就不客气了。”

“不用客气，应该的。”

接下去，汪明宇又问了问苏筱关于天字号合并的想法。他与她接触不深，不敢贸然左右她，只在她思虑不周的地方补充了一些自己的看法。他在这个行业二十多年，当了十多年的总经理，亲手抓过好几次合并，眼界格局经验都是一流的，看法自然也有独到之处，苏筱深受启发，醍醐灌顶，看他的眼神渐渐变得亲近起来。和她谈话过程中，汪明宇发现她极为聪慧，一点即通，举一反三，心里隐隐有些遗憾，天成的报表是先交到他手里的，倘若当时留心一二，或许就能早于赵显坤发掘她。如今亡羊补牢，不知道还来不来得及？

汪明宇有心拉拢，苏晓虽然不屑于拉关系，但也知道建立友好的同事关系有助于开展工作。两人都存了相向而行的心思，自然越谈越热络，直到暮色降临，一席谈话才尽欢而散。

苏筱从汪明宇办公室出来，回到自己的办公室，吴红玫已经等在门口了，正拿着手机拨电话。看到她，吴红玫收起手机，笑着说：“你去哪里了？连手机都不带，我还以为你不想请我吃饭了呢。”

“汪总找我谈话，没想到聊了两个小时。”苏筱边说边推开门。

“汪总？”吴红玫很是诧异，“你们俩谈什么呀？”

“谈工作呀。还能谈什么。”

“他为难你了？”

“没有，他为什么要为难我呀？”

“你把赵鹏赢了。”

苏筱笑了笑，说：“就因为我把赵鹏赢了，所以他没有为难我。他今天其实是来拉拢我的。”

吴红玫“哇”了一声，好奇又羡慕地问：“怎么拉拢的？”

“他说了，他管着天字号十几年，对他们几个还有震慑，要是我需要什么帮助，尽管去找他。”

“这是要给你保驾护航呀。”

“也就这么一说，姑且听之。”苏筱关掉电脑，将手机扔进包里，然后走到窗前关窗户。

吴红玫倚着办公室桌子，想了想，说：“其实有件事情我一直挺不明白的。”

苏筱回过头来问：“什么事呀？”

“天字号合并后的总经理是不是集团副总？”

“天字号合并后的体量会达到总承包公司的60%，总经理肯定是集团副总，而且很大概率会进领导班子。”

吴红玫说：“这就是了。本来天字号是汪总管的，合并后分出去，那不是损害他的利益吗？而且还是严重损害，相当于同一口碗里多了一双筷子呀。对林总影响小一点，但也是同一张桌子多了一双筷子。他们俩为什么不反对合并，而且一个个好像还挺支持的？”

“因为他们看重的是更高层次的利益。”

“什么更高层次的？”

苏筱将窗子关紧，顺势倚着窗台说：“你还记不记得大学的时候哲学课怎么讲尼采的《权力意志》？”

“这是选修课吧，我应该没选。”

“简单地说，就是权力意志压倒一切。”苏筱说，“像汪总和林总，都已经做到很高的位置了，他们格局很大，不看一时得失，看的是长远利益。他们谋求的不是针头线脑，而是全局。他们的追求已经超越简单的赚钱，更多时候追求的是话语权、影响力，还有意志的贯彻。”

吴红玫若有所悟，但还隔着一层面纱。

苏筱继续说：“集团领导班子七个人，高总始终站董事长，玛丽亚摇摆不定，就不说了。其他三个人，胡工一直站汪总，徐总遇到关键性的事情也会站汪总，毕竟他们是一起创业出来的，而林总他一个盟友都没有。如果天字号合并之后的总经理是林总的人，又进了领导班子，那他任何时候都有两票。领导班子里的两票，那是什么概念，你想想？”

吴红玫恍然大悟：“汪总也是这么想的？”

“是呀，如果天字号合并之后总经理是汪总的人，汪总在任何时候都有三票，几乎能挑战董事长了。掌控全局，拥有话语权，还怕没有利益吗？”

这番话刷新了吴红玫对权力的认知，也刷新了她对苏筱的认知，她不由自主地认真看苏筱一眼。当年上下铺一个起点的好朋友，此时倚着窗台，窗外楼宇的万家灯火，构成一个深远辽阔的背景。她站得很随意，目光炯炯，眼神淡定，自带着一丝睥睨的味道。

第十八章

徐知平从办公室里出来，正好看到苏筱从电梯间过来，于是叫住了她。

苏筱停下脚步，笑盈盈地打了一声招呼："徐总早。"

"早，正好我要找你，进来说吧。"徐知平冲她招招手，转身往里走。

苏筱跟着他走进办公室，坐下，看到桌面上摊开的是自己的竞聘方案，也不知道他是真的在看，还是搁在这里当道具。徐知平将方案合上，说："那天我听得不够仔细，没发现你把赵鹏说的那部分也做出来了。我今天又把方案认真看了看，这个方案还是很完整的，照着做天字号合并成功的概率很高。"

苏筱搞不清楚他的意图，礼貌地回了一句："我经验不足，还得徐总您多多指点才行。"

"我也是担心你经验不足，所以想问问你进行到哪一步了？"

“组建改革小组。”

“改革小组成员名单出来了？”

“没有，徐总您有合适的人选推荐吗？”

“天字号那几个都是老油条，你一个人对他们有些吃亏，得有个经验丰富的人帮着你才行，我的想法是让赵鹏做你的副手。当然，这只是我的想法，还没有跟他谈，因为毕竟他的职位比你高，让他做副手挺委屈他的。如果你也认可这个想法，他的思想工作我来做。”

苏筱笑了笑，心想徐知平可真会说话，明明要塞一个人进来，说得好像还是自己有求于他一样。“徐总，您考虑得很周全。确实，赵总的资历摆在那儿，让他来做我的副手，太委屈他了。我觉得还是让许峰来做副手吧，他以前是董事长助理，见多识广，经验也很丰富。”

“许峰，好久没有听到这个名字了。”徐知平感慨了一下，“如果你选他的话，我不是特别赞同，他的能力差了一点，当年搞天字号审计的时候，被夏明玩弄于股掌之间，最后还得我去收拾烂摊子。”

“我是这么考虑的，之前跟许助理打过交道，理念比较接近。天字号合并要在一年内完成，时间紧，任务重，我不想团队里有不和谐的声音。”

“我理解你的顾虑，不过团队里如果只有一种声音，很容易跑偏方向，这也是危险的，而且改革小组最终是要报告集团领导班子的，多一种声音，就会多一分力量。”

苏筱垂下眼帘，思索片刻，看样子徐知平是打定主意，要把赵鹏塞进改革小组。按理说改革小组的成员应该由她这个组长来决定，但领导班子成员不可能不塞人，特别是改革小组副组长这个重要位置。赵鹏早在她预料之中，之所以咬着不松口，便是想作为筹码，换取其他组员的决定权。

“那其他小组成员呢，徐总您有什么想法？”

“其他小组成员我没想过，这个由你来定。”

苏筱直截了当地问：“您的意思是，只要让赵总当副组长，其他成员就由我来决定了？”

徐知平正在喝水，没想到她说话如此直接，顿时呛着了，掩嘴轻咳几声。等气息平复，他婉转地给出承诺：“你是组长，人员配置肯定还是以你的意见为主。我也只是建议让赵鹏当副组长，最终还是由你来决定。”

真是滑不唧溜，一点话柄都不留。估摸着再耗上半个小时还是这种结果，苏筱不想再耗下去了，说："倘若真由我决定，那我肯定不能用赵总当副组长，太委屈他了。但徐总您是我顶头上司，您再三建议，我不能不听。"

言语里藏着一股锐气，扑面而来，着实有些锋利。徐知平微微皱眉，他已经习惯左太极右端水，不太喜欢苏筱这种生猛的性子生猛的作风。"我这么建议也是为你好，你将来会明白的。"

谈话至此，算是达成一种心照不宣的默契。

回到自己的办公室，苏筱给吴红玫打了一个电话，让她将自己要的人事档案送上来。改革小组至少需要一名审计、一名法务、一名财务、一名人力资源，她进集团时间太短，谁也不认识，只能拜托吴红玫帮忙了。

很快，吴红玫拿着一叠档案上来，并且详细地分析了这几个人的优缺点、能力、性格。"会计部的朱越和审计部的林园都很不错，业务能力强，人也和善，你要不要跟他们接触一下？"

"这几个不仅业务能力好，配合度也高，你看看，不清楚的地方可以问我。"

"不着急，我现在也就是了解一下，先有个印象。"

吴红玫试探地问："不是说由你决定吗？"

苏筱呵了一声，说："说肯定是这么说，但最后左一个建议，右一个为你好，落实下来就是另一回事了。我现在胳膊拧不过大腿，只要保证你和许峰能进小组就行了。"

"我？"吴红玫眼睛里迸出难以置信的光。

苏筱抬头看着她："对了，我还没有问你愿不愿意呢？"

明明是心里一直期待的，但真成现实后，吴红玫又有些忐忑了。"我可以吗？"

"当然可以。只是这可不是什么好差使，我肯定会被攻击，你们也会被连累。"

"这个我不怕，就是怕玛丽亚不同意。上回她觉得我在董事长面前说她坏话，对我意见很大。"

"她那里我来想办法，你呢，这段时间注意一点，别出什么差错，免得让人做文章就好。"

吴红玫重重地点头。

走出苏筱办公室，她忍不住咧嘴笑了。

玛丽亚从外面进来，经过吴红玫的工位，见她不在，看了一眼左右，问："Helen呢？"

天娜从隔壁格子间探出头说："好像去洗手间了。"

玛丽亚皱眉："好像？"

对面的刘洁探出头来说："应该是去二十九层了，她现在天天跑二十九层。"

天娜悄悄地瞪了刘洁一眼。

"二十九层。"玛丽亚轻蔑地冷哼一声，没有再说什么，回自己的办公室了。

天娜看不过眼，踢踢刘洁的椅子说："你干吗呀？"

刘洁理直气壮地说："我干吗了，我说错了吗？她就是天天跑二十九层，一会儿送资料，一会儿送饭，不就是大学同学嘛，不就是上下铺，有什么好嘚瑟的，又不是她自己当副总经济师。"

"人家没有嘚瑟，人家帮同学，有什么不对的。"

刘洁斜了天娜一眼："你可真单纯，她这哪是帮同学，这是抱大腿呢。"

"有同学能抱大腿，为什么不抱？要我，我也抱。"

刘洁嗤了一声，懒得再说，低下头继续工作。天娜悄悄摸出手机，正想给吴红玫打电话时，吴红玫回来了。天娜收起手机，看看左右，探过头去低声问："你干吗去了，刚才玛丽亚问你呢。"

"我去二十九层了，给苏总送人事档案。"

对面的刘洁发出一声夸张的鼻哼。

"玛丽亚刚才不太高兴，你最好去解释一下。"

吴红玫不情愿："解释什么，我去二十九层也是工作，苏总筹建改革小组，需要几份人事档案。"

"去吧。"天娜推推她，"赶紧去吧。"

自从那次在董事长办公室走廊里发生龃龉以后，吴红玫一直避免单独见玛丽亚，但她也清楚，自己没调到改革小组之前还得仰她鼻息，再不情愿也得忍着。做好心理建设后，她敲开了玛丽亚办公室的门。

“玛丽亚，刚才苏总找我要审计部和法务部的年度考评，我给她送过去了。”

玛丽亚靠着大班椅，歪着头，目光凉凉地看着她，也不说话。

吴红玫被她看得心里发凉，语无伦次地说：“是不是不合适？要是不合适的话，我跟她说一声。”

“合适不合适，你心里没点数吗？档案是归你负责的吗？”

“她……她跟咱们部门其他人不熟悉，就跟我熟悉些。”

玛丽亚呵了一声，摆摆手：“行了，我知道了，你出去吧。”

吴红玫哪敢出去呀，僵在原地一会儿，说：“玛丽亚，我知道我做得不对，我也没别的想法，就是想帮帮她。因为她一来集团，就闹出这么多事，很多人不待见她。她一个人挺难的。”

“有没有别的想法，你自己清楚。”

吴红玫心里发虚：“我以后不去就是了。”

“我可没有这么说，别到时候在你同学面前告状说我不让你去二十九层，你爱去，尽管去。”

吴红玫都不知道怎么解释了，她本来就不是能言善辩之人，越急越不知道该说些什么。玛丽亚就是不喜欢她的木讷拘谨，正好这时座机响了，她再次不耐烦地摆摆手说：“出去吧，我有电话。”

吴红玫犹豫了一会儿，也只得转身走了。

玛丽亚缓和了下心情，拿起话筒“喂”了一声。

对面传来一个粗声粗气的男声：“你是不是玛丽亚？”

声音沙沙的，很不自然，听起来像是经过变声器的伪装，跟正常的通话声音不一样。玛丽亚察觉异常，稍稍坐直，说：“我是，请问您是哪一位？”

“你别管我是谁，我举报一个人。”

“谁？”

“地产公司的物业部经理许峰，他上班炒股。”

玛丽亚提起的心又落了回去，说：“你举报他炒股有什么证据吗？”

“我亲眼看到的。”

“这么说，你也是物业部的？”

对方很谨慎："你别管我是谁。"

"你既然举报别人，我总得核实一下真假吧，是不是？"

"都是真的，证据已经发到你们人力资源部邮箱里了。"

"我等一下就看。其实，集团有举报投诉管理制度，只要不是故意诬陷，举报员工违法违纪的行为是受保护的，你可以大大方方亮出身份，集团对举报者有一定的奖励。"

"我不要奖励，我就是看不惯他，就这样吧。"

那人匆匆忙忙地挂断电话。

玛丽亚叫来天娜，让她打印出邮箱里的举报信，里面有寥寥几行字，然后是一张照片，许峰坐在电脑前，屏幕确实是股票走势图。但这张是真实的还是PS的，却不是一眼能看出来的。

玛丽亚将照片递给天娜："送到网络安全部去做个鉴定。"

"好的。"

天娜伸手去接，玛丽亚却又突然缩回手，想了想说："晚点再说吧。"等天娜走后，她又拿起电话打给汪明宇，"汪总，我刚刚接到一个举报电话。"

"哦，举报谁呀？"

"许峰。"

"许峰他怎么啦？"

"有人举报他上班炒股。"

"那你调查调查，该怎么处理就这么处理呗。"

玛丽亚试探地说："汪总你觉得该怎么处理？"

"他不归我管呀。他现在不是在地产公司吗？你问问林总的意见。"

汪明宇说完就挂断了电话，好像对这件事情不太关注，但玛丽亚还是直觉这件事与他有关。举报早不来晚不来，就在改革小组要定人员名单时来了，分明就是想阻止许峰进改革小组。苏筱是董事长提拔起来的，许峰是董事长以前的助理，这两个人要是在改革小组里会合了，还有其他人什么事？

当年集团遇到财务困难差点倒了，是汪明宇说服了他曾经任教过的建筑学院入股，帮集团渡过了难关。也是那一次，他从一干项目经理中脱颖而出，成为集团第一副总经理。建筑学院是集团第二大股东，拥有15%的股份，投票权由汪明宇代持，加上他自己8%的股份，合在一起有23%，在股东里面他也算是跺跺脚就能地震的人物。这一回的天字号改革明显削了他的权分了利益，他怎么可能按兵不动？天字号改革最终是要经过股东大会投票表决的，鹿死谁手，还是未知数。

倘若玛丽亚只是一个打工赚工资的HRD，那她肯定百分之百地执行赵显坤的意志。问题就在于她不是，她的背后是集团其中一个创始人于荣，以及何从容的父亲。形势不明，她不能贸然站队。

苏筱也收到许峰被举报的消息。

是许峰亲自打电话告诉她的，说他所在的物业部外墙和告示栏被人贴满了大字报。他还把大字报拍下来发给她，浓墨重彩，打眼一看，挺唬人的。苏筱心里突突跳了两下。这人证物证可不是临时能整出来的，一定是早有谋划，也就是说集团高层里面有人早就猜到她会调许峰进改革小组。

许峰调到物业部后，一直和她有联系，也就是偶尔通个电话聊些近况，关系并不密切。竞聘赢了赵鹏，她才和许峰见面详谈了一次，邀请他加入改革小组。一开始许峰还因为过去的事情耿耿于怀，不肯回集团。

苏筱婉言相劝："你想想我，黄礼林中风，我其实什么都没有干，但被大家喷成了筛子。我当时也耿耿于怀，觉得集团没有替我澄清。董事长说没人会在乎我的清白，只有做出成绩来，用成绩打肿别人的脸。我觉得这句话同样适合你，天字号是你跌倒的地方，你也应该从那里重新站起来。"

许峰有所触动，说："这是你的意思，还是董事长的意思？"

"我的意思，也是董事长的意思，虽然我没有跟董事长谈过。"

许峰沉吟了一会儿，说："就算我答应，你觉得他们想看到我去改革小组吗？我和你都在改革小组，他们会同意吗？"

"我估计他们会把赵鹏塞进来做副组长，我会以此为条件要求由我决定其他组员。只是要委屈你做一个普通组员。"

许峰又沉吟了一下说："我同意你说的那句话，在哪里跌倒，就在哪里爬起来。"

苏筱微微一笑，握住他的手晃了晃说："你等我的好消息。"

结果，好消息没有来，先等来铺天盖地的大字报。

可见姜还是老的辣，苏筱觉得自己藏得挺好的，没想到早被别人看得明明白白了。

想了想，苏筱故作轻松地说：“放心吧，这种无凭无据的大字报，没有人会相信的。”

“他们果然不想我进改革小组。”

“这件事我来想办法，你不用管。”

挂断电话，苏筱静静地坐了一会儿，思索了一下对策，这才来到玛丽亚的办公室。

玛丽亚已经猜到她的来意，却明知故问：“有事呀？”

“我听说有人举报许峰上班炒股，是不是真的？”

“是真的。”玛丽亚将举报信递给她，“刚刚收到的。”

苏筱瞅了一眼举报信：“你怎么看？”

“这不是我怎么看的问题。集团有规定，收到举报信，要组织稽查小组进行调查。”

“调查大概要多久？”

“这个得看事情的复杂程度了，一般情况下，也就一个星期吧。”

“能不能加快一点呢？”

“这不是想加快就能加快的，人证物证呀，还有当事人问话都需要时间。”

“玛丽亚，我刚刚跟董事长申请调许峰到改革小组，就有人举报他，是不是太巧了？”

玛丽亚滴水不漏：“巧不巧现在不好下结论呀，等调查结果出来就知道了。”

“行，那就麻烦你了。”苏筱起身要走。

“等一下。”玛丽亚叫住她，“改革小组是不是还要从人力资源部抽调一个人过去？”

“是有这打算，玛丽亚你有合适的人选推荐吗？”

“Helen，你觉得怎么样？”

苏筱一脸惊讶，一时间不知道说什么好，看到许峰被针对，她担心吴红玫也会被针对，正寻思着怎么把人搞进小组，没想到玛丽亚主动提出来了，这一点都不像她的作风。苏筱的惊讶娱乐了玛丽亚，她笑得更加开心，说："她是不是告诉你，我不会同意的。"她看一眼吴红玫的工位方向，摇摇头说，"我为什么不同意？她现在人在人力资源部，心早就跑到二十九层了。不过作为她的上司，我还是得提醒你一下，她在我手下将近四年，我交代的工作她确实都完成得不错，但是从来没有给过我任何惊喜。"

"谢谢你的提醒。"苏筱客气地敷衍了一句。

她和吴红玫大学四年，朝夕相处，知道吴红玫是个什么样的人，她确实不会给人惊喜，但胜在稳定。她也不需要吴红玫给出惊喜，只希望在改革小组里有个自己能全心全意信任的人。

原本以为把吴红玫调入改革小组不容易，没想到玛丽亚主动送货上门，报给徐知平，他也没有否决。或许这就是所谓的打一巴掌给一枚甜枣吧，他们卡住了许峰，所以吴红玫这里网开了一面，毕竟两人的分量不能比。苏筱松了半口气，不管如何，能保一个是一个，至于许峰，先等调查结果出来，实在不行，只能让董事长出面了。

然而，她没有等来调查结果，先等来了许峰的辞职。

那天她坐在办公室里，正想着怎么催玛丽亚一下，让她赶紧出调查结果，许峰来了。

"你怎么来了？"苏筱精神一振，"是不是调查有结果了？"

许峰摇摇头说："没有，我是来辞职的。"

苏筱震惊："什么，为什么突然要辞职？"

"其实不突然，我被调到物业部的时候就想过辞职，但是又觉得这样子走，辜负了董事长的栽培。这一回，算是打定主意了。"

"你要去哪里？"

"我导师成立了一家律所，一直叫我去帮他。其实不瞒你说，我最初的梦想是当个律师，因为董事长才进了振华。"

"如果是因为梦想，那我不留你；如果是因为大字报举报信，那我希望你留下来。没有什么大不了的，当时黄礼林中风，要求严惩我的邮件有这么高。"苏筱比画了一下，半张桌子高度。

"举报信大字报确实没有什么大不了，也不可怕，可怕的是，当你累死累活地完成一件事，最后却被抛出去，换取所谓权力的平衡……"许峰摇摇头，满心不是滋味，"这种感觉，你现在可能不会懂，但以后你一定会懂的。等你蹚完所有的雷，等你得罪完所有的人，等你完成天字号合并……合并的本质就是利益的再分配，动到那几个老家伙的利益，他们怎么可能会放过你？等你完成合并，你也会被抛出去的，用来平息他们的怒火。”

苏筱微微动容。

“苏筱，你和我，对董事长来说，都不过是一把刀而已。”

苏筱，你和我，对董事长来说，都不过是一把刀而已。

苏筱走进赵显坤办公室时，脑海里还回响着许峰的那句话。

一把刀。

这真的是赵显坤对自己的定位吗？

苏筱抬起头，目光带点审视地看着他。

赵显坤察觉到她的异样眼神，看她一眼，问：“怎么了？”

苏筱压下心头的疑问，说：“许峰刚刚跟我说他要辞职……”她将事情经过简单地说了一遍，微微愧疚，“可能我的想法太自私了，光想着调一个自己熟悉的人进改革小组，没想到会让他被举报。”

“这不怪你，这是他自身的问题。”赵显坤语气平常地说，“他想走就让他走吧。”

苏筱怔了怔，来找他，其实是希望他出面挽留许峰，或者直接摆平举报信。但没想到他一点这样的意思都没有，许峰好歹跟着他几年，他是一点旧情都不念吗？难道真像许峰说的，不过是他手里一把刀，没有价值，就弃如敝屣了。

赵显坤见她不说话，定定地看着自己，神色带着一丝怀疑。脑筋略微转动一下，便明白她在怀疑什么，他想了想，说：“其实许峰变成现在这样，我有很大的责任。我太早把他带在身边了，很多事情别人看我的面子让着他，他习惯了顺风顺水，碰到一点挫折就想不通。在审计天科的时候，他就已经表现得很明显，韧性不足，容易气馁。当时正好发生了泄露数据事件，我就借机把他打发到物业部，故意处罚重一点，目的还是为他好，想让他在最基层把心态磨平。现在看来，他并没有磨砺出来，还是老样子，一遇到困难就打退堂鼓，辞职对他来说不见得是坏事。”

嘴里这么说，心里还是怅然，毕竟是花费了很多心血培养的人，这样的结果，多少有些意难平，否则他也不会对着下属说这么多话。赵显坤很快意识到自己失态了，收了收情绪，摆摆手说：“你不用管他，天要下雨娘要嫁人，随他去吧。你尽快把小组成员名单定下来。”

苏筱站着不动：“董事长，我问过许峰，大字报举报信都是诬陷。”

“你想我去摆平这件事？”

“对您来说，这并不是难事。”

“这确实不是难事，但是摆平之后呢？你觉得许峰能进改革小组吗？进了就没有人再针对他了吗？然后我要一次一次去摆平？改革小组的目标是合并天字号，苏筱，你要抓住主要目标。至于其他，能让步就让步，不要把精力用在无谓的地方。所有事情都不是一蹴而就的，大部分时候都是进两步退一步。如果你是进的那‘两步’，许峰就是退的那‘一步’，明白吗？”

“明白了，我知道怎么做了。”苏筱如醍醐灌顶，转身就走。

“等等。”赵显坤叫住了她，“以后，天字号合并的重要会议，都让何助理列席旁听，让他也学习学习。”

何从容？

苏筱怔了怔，虽然不明白赵显坤这步棋的意义，但还是点了点头。

许峰的辞职被批准了。

他办完辞职手续，关于他的调查也有了结果。说是一个保安晚上喝酒被他撞见，挨了批评教育还被罚了工资，保安不服气，就设计陷害。说得有鼻子有眼的，也确实有这么一个保安有这么一回事，至于真相，只在各自的心里罢了。

苏筱提交了改革小组成员名单，没有人挑刺，很顺利地通过了。

人员定下来，天字号改革小组也就正式成立了。

第十九章

吴红玫接到调令，激动得脸颊泛红，终于不用在玛丽亚手下讨生活了。严格说来，玛丽亚并没有做出什么特别针对她的举动，就是不怎么搭理她，不怎么跟她说话，有意无意地忽略她的发言，当她是空气。这种冷暴力并不比故意针对杀伤力低。如果说故意针对是断头刀的话，冷暴力就是钝刀子割肉，会让人无时无刻不处在恐惧之中，如同芒刺在背。现在，总算解脱了。

同事们纷纷恭喜她，半是认真半是玩笑地说，以后发达了可不要忘记她们呀。

当然也有像刘洁这样的，阴阳怪气地说："Helen，你这二十九层没白跑呀。"

搁平时，吴红玫肯定得生气，但今天她是胜利者，自然生出一种胜利者的宽容，微笑着说了一句："刘姐，以后欢迎你到二十八层来找我。"

改革小组的办公室定在二十八层。

刘洁顿时气倒，但也不好再说，再说就撕破脸了。

这一天，吴红玫的心情一直飘在半空。下班后，她去超市大肆采购，回到住处又忙忙碌碌了一个小时，做了几道硬菜，想着给张小北一个惊喜。但是张小北下班回来看到满桌子的大鱼大肉，非但没有惊喜，反而不高兴地皱眉，说："你怎么又乱花钱了。"为了减少花销，早日还完房贷，张小北规定了两人的晚餐定额，每人不超过五元，通常就是棒渣粥配馒头再加点卤菜。

吴红玫心情很好地说："小北，我换岗位了。"

"升职了？"

"没有升职，平职调动，但是工资涨了两千。"

"这么多啊。"张小北眼睛一亮，放下双肩包，掏出手机，打开计算器，"我算算呀，咱们可以再少贷几年，每个月多交点房贷。"

"先吃饭吧，等一下菜凉了。"

张小北置若罔闻，皱着眉，不停地按着计算器。吴红玫只好随他去了，只是心里不得劲儿，那些精心烹饪的美食也变得索然无味了。

第二天，是正式调入改革小组的第一天，她换上上次去温泉山庄之前买的那套米色套装，又化了一个淡妆，对镜自怜，满意得不行。张小北刷完牙出来，手里拿着毛巾，上下打量她一眼，说："这衣服我没见过，是新买的吗？"

吴红玫转了一个圈，对着他粲然一笑："好看吧。"

张小北又认真看了一眼："一看就不便宜，上千了吧？"

吴红玫笑容微敛，可不敢说真实价格，笑嘻嘻地说："没这么贵，小一千。"

张小北挑眉，声音微微拔高："小一千还不贵呀，你可真舍得呀。"

吴红玫撒娇地说："我不是涨工资了吗？"

张小北不为所动，不依不饶地说："涨两千就要花两千呀，那两千是要用来还贷的……"

吴红玫大感无趣，收了笑容，语气也生硬了："大清早的一定要说这些嘛。"

不知道为什么，这句话一下子点燃了张小北的怒火。他将手里的毛巾狠狠地甩在桌子上，说："我也不想说这些，可是不说清楚，你就乱花钱。昨天晚上那一顿花了一百来块钱有必要吗？还有这套衣服，小一千呀，穿上是不是能升天了？为了买个房子，咱们借了几十万，光苏筱那里就是十五万……”

吴红玫不耐烦地打断他：“筱筱说不着急还。”

“不着急还，是不是不用还呀？再说，买完房子要装修，结婚要办喜酒，还要存钱买车，接下去又要生孩子，孩子的生活费教育费……”

吴红玫被他说得眼前一黑，感觉永远看不到曙光。她按着太阳穴说：“别说了，求你别说了，我上班要迟到了。”抓起包，就往门外冲。张小北“哎”了一声，想叫住她，只听门“砰”的一声关上了。

吴红玫一口气冲到楼下，张小北追了出来，一直在叫她，但是她不敢停留。她很害怕，但又不知道在害怕什么，只是一路小跑，像是落荒而逃。直到跑进地铁站她才停了下来，肺像是要裂开了，胃里也一阵阵地抽搐，她扶着垃圾筒，干呕了一会儿，只吐出几口酸水，这才想起早饭还没有吃。

此时正是上班高峰期，地铁里全是人，她手脚无力，连着两趟地铁没有挤上去。等赶到公司已经迟到十分钟了，也就是说，她到改革小组上班的第一天迟到了。她一边祈祷苏筱还没有过来，一边忐忑不安地推门。

手刚触及门把，门却从里面被推开了，赵显坤和苏筱说说笑笑地从里面出来。看到吴红玫，两人停下脚步。吴红玫的大脑一下子空了，半晌，她结结巴巴地说：“那个……对不起，我……我没赶上地铁。”

赵显坤看了她一眼，没说话，往电梯间走去。

苏筱责备地看了她一眼，追上赵显坤。

吴红玫垂头丧气地站在走廊里，心里哇凉哇凉的。她认为是赵显坤的看重才有苏筱的青云直上，便幻想着也得到他的青眼。原本确实是幻想，但温泉山庄那一段并肩而行给了她勇气和希冀，调入改革小组则给了她具体的途径。今天是改革小组正式成立的第一天，她猜到赵显坤可能会来讲话，于是早上起来特别打扮了一下，没想到适得其反，因为跟张小北吵了一架而迟到了，不仅没有好印象，应该还留下了坏印象。

煞费苦心，却是这种结果，吴红玫委屈极了，觉得老天处处在为难自己。

苏筱把赵显坤送到电梯间，折身回来，看到吴红玫耷拉着眉眼杵在外面，以为她因为迟到而愧疚，心里那点责怪消失了，拍拍她的胳膊，柔声说："没事儿，下次注意点就行了。"

吴红玫撩起眼皮看着她，看到她容光焕发近乎刺眼的脸，突然就控制不住情绪了，鼻子一酸，眼圈发红。苏筱被整蒙了，至于嘛，因为迟到而流泪，吴红玫什么时候变得这么脆弱了？她拍拍吴红玫的后背，细声安慰："真没事，别哭了，我还不知道你吗？你一向守时，没有特别原因肯定不会迟到的。我刚才跟董事长也解释了，他没说什么。他日理万机，不会将这种小事放在心上的。"

安慰没有落进吴红玫的心里，苏筱不懂她的苦，光芒万丈的人怎么会懂得她无人关注的苦。好在她理智未失，很快控制住情绪，转动眼珠压下泪意，解释了一句："我今天跟小北吵了一架。"

"我说呢。"苏筱恍然大悟，"为什么吵？"

"他莫名其妙。"

吴红玫不想多说，苏筱也没再追问。情侣之间争吵都是平常事，她很快把这个小插曲抛在脑后了。太多的工作等在面前，首先是碰头会。碰头会是改革小组和天字号五位老总碰头，这是改革小组的第一次亮相，也标志着天字号合并正式启动。

五位老总都准时出席了。

除了夏明跟平时一样云清风淡，其他四位老总的脸色都不太好看，要不皱着眉，要不拉长着脸。苏筱刚将开场白说完，天同老总就激动地嚷嚷起来了："没道理。我们这五家子公司是上次集团改革的时候，从总承包公司分出来的。分出来的时候说好了，自力更生自负盈亏，这么多年我们再苦再累，也没求过集团，怎么能突然把我们收回去。"

"集团也是为你们考虑，现在行业形势发生变化，项目都越来越大，天字号只有合并了，才能继续做强做大。"

天同老总切了一声："不要总说为我们考虑。要真为我们考虑，当年分家的时候，给我们的为什么是一批老弱病残，一分现金都没给，也没有给业务，连个办公室都没给。我们差钱的时候跟集团借钱，也没见你们为我们考虑。好不容易我们把公司做大了，现在又要收回去，这是摘桃子。"

“对对对，就是摘桃子。”天正天和老总连声附和。

苏筱看向汪洋和夏明：“汪总，夏总，你们怎么想？”

自打进会议室，汪洋就靠着椅子发呆，听到苏筱问话，他如梦初醒，稍稍坐正，说：“我同意合并。”

天同老总震惊，扭头瞪着汪洋说：“汪洋你在说什么？”

“我说……”汪洋微微拔高声音说，“我同意合并。”

“你疯了，这怎么能同意呢？”

“刚刚苏总不是说了原因嘛，行业形势发生变化，小公司没有活路了。而且我干了这么多年……”顿了顿，他轻轻地吐出两个字，“累了。”

天同天正天和三位老总本来很生气，乌眼鸡般地瞪着他，但听到“累了”两字，目光闪烁几下，怒火稍敛，没有再说话。这两个字也触动了苏筱。犹记得三个月前，汪洋和她谈起盘龙山二期项目还是意气风发，现在却是一脸疲倦脸色灰暗，眼袋都挂下来了。可见他这段日子过得艰难。想想也是，得力干将走了，群星广场结不回钱，听说还跟董事长闹僵了……

现在不是感慨的时候，苏筱收拾好心情，看向夏明：“夏总你呢？”

夏明抬起眼皮，目光深邃地看着她。

就在苏筱心渐渐提起来的时候，却听他说：“我也同意合并。”

提起的心扑通一声落回肚子里，苏筱暗暗地吁了一口气。五家天字号当中，天科发展最好，行业形势的变化对它的影响微乎其微，天科的合并意愿也是最小的。而夏明又心思缜密，行事如同下棋，一环套着一环，一不留神就会踩中他的陷阱。他要是不想合并，困难会是空前绝后的。因此苏筱做了很多预案，有晓之以理的，也有动之以情的，没想到出乎意料，他就这么轻轻松松地同意了。

“你们两个……”天同老总急眼了，指指汪洋又指指夏明，“要合并你们去合并，反正我绝对不同意。”说罢，霍然起身，就往门外走。

苏筱赶紧站了起来，叫了一声：“魏总，等一下。”

天同老总停下脚步，转身看着她，不耐烦地说：“你还想说什么？”

“天字号是集团的子公司，集团不可能不想它好，这个大前提是不会错的。合并是集团领导班子决定的事，也不容更改。但是你们有什么想法，有什么需求，都可以来跟我谈。董事长交代过我，说你们都是集团的老员工，为集团做出很大的贡献，他要我多多听取你们的意见，要尊重你们的想法。”苏筱的语气婉转而坚定，意思是可以坐下来谈条件，但是合并势在必行。

天同老总用一声冷哼作为回答，然后扬长而去。坐电梯到地下停车场，他以为天正老总和天和老总会很快下来，没想到足足等了十分钟，两人才从电梯里出来。他迎上去，不满地说：“你们怎么这么慢？”

天和老总说：“老魏你也太着急了吧，至少要把会开完。”

“听了生气。”

天正老总婉言相劝：“再生气也要开完。”

“我走了以后，还说啥了？”

“说是接下去改革小组要入驻调研，希望我们配合一下。”

“你们准备怎么办？”

天正老总说：“汪洋和夏明都已经同意合并了，咱们现在很被动了。”

天和老总说：“他们肯定跟集团私下里达成协议了。”

天同老总愤愤不平地说：“这两个真不是东西。”

天正老总说：“刚才你们也听到苏筱说了，态度很强硬，可见合并势在必行。”

天同老总看着他说：“老郑你不会就这么放弃了吧。”

“别着急，听我说完。”天正老总说，“现在咱们内部分化，可能阻挡不了天字号合并了。”

“怎么不能，只要咱们仨坚决不同意就行。”

天正老总叹口气说：“天字号毕竟是集团全资子公司呀，咱们不同意有什么用呀。”

天同老总不服气地说：“是全资子公司没错，但是当年咱们分家的时候说得很清楚，天字号是归我们各自管的。现在突然合并，违背了当初的约定，咱们不同意，有什么不对？”

“你也说是当年了。当年咱们没有把这句话明确到合同里，现在他们不认咱们也没有办法呀。”当年分家的时候，集团跟天字号都快活不下去了，大家就想着赶紧谋条生路，很多事情都是口头确认了一下，时间过去这么久，形势也变化了，确实没有办法说清楚。

天和老总说："不管汪洋夏明怎么样，咱们仨得共同进退。"

天正老总说："行，就这么决定了。"

三人又商量了一会儿，敲定共同进退的细则，这才分开。

天和老总上了轿车，第一个开出了地下车库，沿着街道兜了一圈，又开回地下车库。他停了一会儿，左看看右看看，确认天正和天同老总的车不在，人也没有回来后，他下了车，进了电梯，按下二十九层。

轻车熟路地找到苏筱办公室，敲了敲。

门很快开了，天和老总满脸堆笑地看着苏筱："美女老总，没有打扰你吧？"

苏筱被这个称呼惊起了一身鸡皮疙瘩，不自在地摸了摸胳膊，说："没有没有，何总您进来坐。"

天和老总在沙发上坐下，苏筱给他倒了一杯茶水，顺势在另一张沙发上坐下。

"我这泡茶的功夫实在不行，何总您将就些。"

天和老总说："哪里哪里，能喝到美女老总亲手泡的茶是我的荣幸。"

苏筱摸摸胳膊，说："您不用这么客气，叫我名字或者叫我小苏都可以。"

天和老总从善如流地说："那我就托大了，叫你一声小苏。"

耳朵终于不遭罪了，苏筱笑着说："可以，本来您就是前辈。"

天和老总笑呵呵地说："小苏真是人美心善，年轻有为。"

鸡皮疙瘩又冒起来，苏筱尴尬地笑着说："您过奖了，我只是站在你们这些前辈的肩膀上。"

天和老总朝苏筱晃晃大拇指，说："刚才在会议上我不好表态，现在我是专门来跟你表态的，我们天和支持合并。"

"那真是太好了，谢谢何总的支持，我等会儿就报告徐总和董事长，他们一定会很高兴的。"

"那就麻烦小苏了。"天和老总欲言又止，"不过……"

苏筱顿时明白了："何总您有什么要求，尽管说，我能解决一定解决。"

"苏总果然是明白人，怪不得董事长这么器重你。那我就直说了。"

稍顿，天和老总说，“我想要天字号合并后的总经理位置。”

苏筱露出为难之色，正要说话。天和老总举手阻止了她：“别着急，先听我说完。我要这个位置，不是张口就来的，我能帮集团减负。”

苏筱怔了怔：“怎么减负？”

“五家合成一家，肯定要精简人员，现在劳务合同规定这么死，裁员的话成本很高，我有办法，能让他们自动走人。”

“什么办法？”

天和老总但笑不语。

苏筱说：“我没有别的意思，就是想确认一下这个办法是否有效？”

“这个很简单，我们可以做个约定。如果我没有帮集团减负，小苏你就不用履行。”

“让他们自动走人不用赔钱？”

天和老总笃定地说：“没错。”

盘剥员工利益，苏筱心里已经对他不太喜欢了，沉吟片刻说：“我需要请示一下。”

“明白明白，那就等小苏你请示完了，咱们再详谈。”

“行。”

苏筱将天和老总送出门。

天和老总双手合十：“不用送，不用送，改天咱们再约。”

苏筱点点头，看着他走开，眼睛里不由自主地流露出些许不齿。所谓不用赔钱让人自动离职，肯定是不正当手段，这种人眼里根本没有普通员工的死活。不过天和老总确实提出了一个很关键的问题，就是合并之后岗位有限，多出来的员工该怎么处理，这是一个令人头疼的问题。

第二十章

汪洋走进办公室，看到大伙儿又围着前台旁边的告示栏议论纷纷，顿时火大。

“干吗呢干吗呢，这一天天的都不上班了。”

杜鹃从人群里探出头：“汪总，咱们公司是不是要裁员了？”

“裁什么员？”

“你看这里。”杜鹃指着告示栏上贴着改革小组入驻天成的通知。

“只是做调研，别疑神疑鬼的。”

杜鹃说：“调研完了不是要合并吗？合并不就得裁员吗？”

汪洋说：“谁跟你说合并要裁员，我都不知道，你就知道了。”

杜鹃不服气地说：“五家公司五个前台，合并了不裁员，五个人排排坐分果果呀？”

汪洋顿时语塞。

大家从他的神色中看出端倪，小声议论着。

“真要裁员呀？”

“裁员了咱们怎么办呀？”

“为什么要合并，不能不合并吗？”

“就是呀，我们干得好好的，集团为什么要合并咱们呀？”

汪洋瞪他们一眼，说：“吵什么呢？现在还没说裁员呢。到时候自然会有安排的，轮不到你们来操心。都回去工作，别以为我不知道你们在借机偷懒。谁不回去工作我扣谁工资。”

大家迫于他的淫威，只得回去工作。但是恐慌的种子已经种下了，逮着空儿就反复地讨论，越讨论越惶恐。有些人开始未雨绸缪地四处投简历，有些人到集团里找熟人走关系。比如说杜鹃，就有人建议她：“你不是跟苏筱关系好吗？那赶紧去抱她大腿呀。”

苏筱带着吴红玫和朱跃到天成调研的时候，天成已经陷入人心惶惶的状态。大家的精气神全没有了，看到她时，不仅没有久别重逢的亲热，而且一直避免与她眼神对接，偶尔眼神对上了，也是充满提防与戒备。

“出什么事了？”苏筱问陆争鸣。

“没事，不用管他们。”陆争鸣推开会议室的门，做了一个请的手势，“这是刚刚收拾出来的，资料也都按清单整理出来了，苏总你看看还需要什么？”

苏筱回头看着大开间，越看越不对劲，问：“汪总在吗？”

“汪总最近都不大在公司。”

“杜鹃呢？”苏筱又问，刚才进来的时候，前台连个人都没有。

陆争鸣说：“她整天乱跑的，你又不是不知道。”

苏筱按捺下心头的疑惑，说：“那行，那我们先看看，有什么需要我再找你。”

陆争鸣点点头走了。

苏筱看了下桌子上的资料，准备得非常齐全，看得出来天成很配合。应该是汪洋指示过的。但他不在公司，不知道是在忙呢，还是为了避开她？因为那封“严惩苏筱”的邮件，两人有了很深的隔阂。当时苏筱很难过，觉得自己一片真心被辜负了。就算汪洋因时制宜，也过分了些。隔着这么久，她也想开了，一直想找机会跟他谈谈，管理者大会的时候就想找他，但是没有碰上。这回调研，她让赵鹏带队去了天同，自己亲自带队到天成，就是想寻个机会跟汪洋详谈。

“你们要不要喝咖啡？这里的咖啡不错。”

“要要要。”吴红玫笑着说，“我听你念叨过好几回，总算能喝上了。”

“那你们先看资料，我去泡几杯咖啡。”

苏筱轻车熟路地走到茶水间，刚走到门口，杜鹃从里面出来，两人打一个照面。

“杜鹃你在这里呀，正好我想喝你泡的咖啡了。”

杜鹃冷眉冷眼地说：“要喝自己泡。”

苏筱愣了：“你怎么了？”

杜鹃不搭理她，往前走。

苏筱拽住她胳膊：“到底怎么回事，我这么久才回来一趟，你们一个个看我跟仇人一样。”

杜鹃甩开她的手：“你回来就是要把我们裁掉的，你回来干吗？”

“什么我要把你们裁掉，乱七八糟的？”

“合并不裁员？”

苏筱恍然大悟，原来大家的心结是这个。

“苏筱你怎么变得这么坏了？”

苏筱哭笑不得，不知道该说什么好。

“我们过得好好的，集团为什么非要管我们呢？”

杜鹃的说话声音很大，惊动了其他同事，大家在走廊里探头探脑地张望着。苏筱想了想，说：“为什么要合并，很简单，为了保全天成。今年开春到现在，你们拿下新项目了吗？原来五个项目，上个月结束了两个，现在虽然有群星广场这个大项目，但是没有新项目，怎么继续发展？”

“怎么不能发展，公司不是好好的。”

苏筱恳切地说：“杜鹃，天成也是我曾经奋斗过的地方，我对它的感情并不比你浅。它现在确实处于发展瓶颈期，后继乏力，只有合并，它才能继续做强做大。”

“你就知道做强做大，你是很强大了，但不是所有人都像你一样强大，也不是所有人都像你一样会被董事长连升三级。你怎么从来不想想我们这些普通人呢？”杜鹃眼眶都红了。

苏筱心有触动，看一眼走廊里的其他人，他们明显对杜鹃的话感同身受，满脸的不安与迷茫。合并当然要裁员的，集团领导定的裁员率是40%。也就是说，这里的人将近四成会被裁掉。他们要重新找工作，也许能找到，也许找不到。

“没完没了是不是？”汪洋的声音突然响起，“你们再这样闹，不用等合并，我先把你们开了。”

大家吓了一大跳，赶紧散了。

汪洋走过去，看着苏筱说：“不用理他们。”

“他们担心害怕也是正常的。”

“平时不努力，现在担心害怕有什么用，晚了。”汪洋哼了一声，冲苏筱招招手，“走，去我办公室说话。”

两人到汪洋办公室，分别落座，汪洋亲自给苏筱上茶。

苏筱赶紧阻止：“汪总别客气，我自己来。”

“别别别，你今天可是客人。”

“我算哪门子的客人？”

“当然是客人。”汪洋推开苏筱阻拦的手，还是给她上了茶，半玩笑半认真地说，“以后多多关照。”

“汪总你别开玩笑了。”

“没开玩笑，认真的。”汪洋正色说，“虽然之前你是我的下属，但现在咱们平级了。说实话，之前我的心态没调整好，老觉得你是我的下属，老觉得你是我们天成的人，老觉得董事长抢了我的人。”说到这里，他哈哈大笑两声：“是我狭隘了。”

这番话婉转地解释了他发出那封“严惩苏筱”邮件时候的心态，同时重新定位了他们的关系——抛开从前合作默契的上下级关系，他们现在是同一个集团的平级同事。从这个定位看那封邮件，就合情合理了。她犯了事，他发了一封谴责邮件，就这么简单。

苏筱松了口气，虽然有些遗憾，但这样的定位倒是简单了。

她坦然地接过茶，笑眯眯地说：“那就谢谢汪总了，以后也要请汪总多多关照。”

“客气了。”

两人又简单地讨论了一下天字号合并的事宜，然后苏筱起身告辞。杜鹃一直耿耿于怀，对她冷眉冷眼，直到她结束调研离开天成也没能喝上“杜鹃牌”咖啡，不得不说是一个遗憾。

徐知平接过苏筱递过来的《天成调研报告》，怔了怔，说：“这么快呀。”

苏筱笑着说：“徐总您忘了，我离开天成才四个月。”

“那也很快了。”徐知平翻开调研报告粗略地看了看，“天成的数据还好呀。”

苏筱点点头：“要不是在群星广场垫资太多导致负债率太高，数据还会更好。”

徐知平合上调研报告：“我晚点仔细看看，接下来要去哪一家？”

“我这组去天正。赵总忙完天同去天和。天科规模比较大，留到最后。”

“辛苦了，辛苦了。”

徐知平连说两声辛苦了，苏筱都没有离开的意思，而且还欲言又止。

“还有事呀？”

“是有件事。”苏筱想了想，还是说出口了，“徐总您觉得合并可不可以不裁员？”

“不裁员，多出来的人搁哪里？”

“能不能转岗？让他们先接受培训，培训合格转岗。培训不合格的，再裁掉，给他们一个机会。”

“这不现实，培训这么多人费用不低，还不如直接裁掉。”见苏筱还要说话，徐知平轻轻地摇摇手，阻止她继续往下说，“我知道，天成是你工作过的地方，那些人都和你一起共事过，你有感情，但不能感情用事。当然我也能理解，你还年轻，这应该是你第一次大规模裁人，所以内心不忍。当年我也是这么过来的。”

他说到这种地步，苏筱不好再说什么。

从徐知平办公室出来，看时间已经到中午，她直接去了食堂。

排队的时候，前面两个男同事一直看着一个方向，还低声讨论。

“那个人是谁呀？是不是新来的。”

“那是Helen呀，人力资源部的。”

“她怎么变这么漂亮了？”

“应该是整容了。”

苏筱心里一动，顺着他们的视线看过去，只见吴红玫和林小民的助理娜娜坐在一起，不知道在说些什么，反正两个人看起来很亲热。她天天和吴红玫一起，没有注意过她的打扮妆容，这么仔细一看，确实漂亮多了。特别是吴红玫以前一直暗沉的肌肤，不知道是不是抹对了粉，显得白嫩晶亮。

打好饭，苏筱走向吴红玫这桌。

娜娜眼尖，比吴红玫更早看到她，招招手说：“苏总，来这里坐。”说着还把餐盘挪了挪，让出很大一片空间。

苏筱坐下，放下餐盘，笑着和她道谢。

“很少在食堂看到你。”

娜娜叹口气说：“其实我也喜欢吃食堂，简单干净。但是没办法，我得一步不离地跟着林总，他天天有应酬，我也得跟着大鱼大肉大酒。今天我来大姨妈了，肚子不舒服，不能喝酒，总算放我假了。”

“肚子不舒服呀？”吴红玫责怪地说，“怎么不早说，我办公室里有暖宝宝，等一下给你送过去。”

娜娜语气浮夸地说：“哎哟，Helen你可真是小天使。”

“得了得了。”吴红玫白她一眼，“那你肚子不舒服，晚上不能逛街了？”

“逛，好不容易放一回假。”娜娜看向苏筱，“苏总也一起吧。”

“不了，我晚上……”看到吴红玫冲自己使眼色，苏筱愣了愣，还是把话说完了，“还有事。”

“一起去吧，就当是陪陪我嘛。”娜娜用一种亲亲热热的语气说，听起来好像她跟苏筱有很深的交情，其实两人之前就是点头之交，正儿八经的话都没说上几句。这种自来熟的本事是娜娜在社交场合里练出来的，能用最短的时间拉近人与人之间的距离，但遇到人间清醒的苏筱，并没有发挥出作用。

她笑着再次拒绝了：“今天真不行，下回吧。”

谁都知道这不过是一句客套话。但是娜娜还是很认真地说：“那就说好，下回哦。”

吃完饭，娜娜又和吴红玫、苏筱一起到二十八层的改革小组取了暖宝宝，这一路她说个不停，说的都是她在社交场合里遇到的趣事糗事，说某个地产公司的老总，人极胖，又好色，江湖绰号叫巨浪。有一回睡了一个嫩模，把人胳膊压到骨折，赔了好大一笔钱，怎么入账呢？财务们绞尽脑汁，最后定为车辆折旧费。

她有一种令人快活的气息，这是长久以来人话鬼话混着说练出来的。

等娜娜走后，苏筱把吴红玫叫到自己的办公室，开门见山地问："你跟她什么时候熟起来的？"

吴红玫如实相告："也就是最近。"

"你注意点，她恐怕目的不简单。"

"我知道，想通过我接近你呗。"

苏筱用难以置信的眼神看着她："你都知道，还要跟她一起逛街。"

"筱筱，在集团单打独斗是行不通的，她主动拉拢你，为什么要拒绝，你要是觉得你比较醒目，不方便，我可以帮你。"

苏筱恍然大悟："你这是在帮我呀？"

"大事我帮不上，只能帮帮这种小事。"

苏筱默了默，说："谢谢你红玫，但是没有必要。你也注意些，不要跟她走得太近了，当年许峰就是因为无意间泄露了数据，被夏明抓住把柄，然后被打发到物业部的。这种历史重演我不想看到。"

"放心好了，我不会的。"

苏筱想了想，决定把话说明白："红玫，我们是同学，大家默认咱们是一体的，所以无论你做什么，大家都会算到我头上的。"

吴红玫脸色微变："什么意思，那我还不能有私人社交了。"

"反正你注意些。"

"我知道了，我会注意的。"吴红玫默然片刻，闷闷地说。

但她内心深处很不以为然，觉得苏筱管得太宽了。娜娜主动来接近她，她也知道娜娜别有目的，不然为何以前从不主动打招呼，等她进了改革小组才来示好。一方面，吴红玫确实想帮苏筱跟林小民牵上线，那可是集团三把手，而且势头这么猛，说不定将来取代汪明宇成为第一副总呢。另一方面，她也想借机拓展自己的人脉，不然调到改革小组有什么意义。

吴红玫闷闷不乐地回到改革小组办公室坐下，没一会儿座机响了。

电话是天娜打来的，她没头没脑地说：“Helen，你们已经开始裁员了吗？”

吴红玫一头雾水：“没有啊，为什么这么说？”

“天和最近好几个人辞职，我还以为你们开始裁员了呢。”

吴红玫肯定地说：“没有，天和都还没开始调研呢，可能是因为他们听说要合并主动跳槽了，我们在天城审计的时候，也有好些人已经开始找工作了。”

“天和那几个不一样，他们不是跳槽，是天和何总天天骂他们，他们实在受不了才要辞职。”

吴红玫哦了一声：“那就跟我们更没有关系了。”

天娜犹犹豫豫地说：“你还是跟那个苏总说一声吧！”

“跟她说什么呀？这不关我们的事，是你们人力资源部的事。到时候我们插手了，玛丽亚还不得怪我们。”

“不会不会。”天娜连声说，“我总觉得这件事情不太对劲，可能跟你们合并有关，你最好告诉苏总一声。”

刚刚才因为娜娜的事情讨了个没趣，吴红玫这会儿可不想再见苏筱，但天娜这么坚持，她只得敷衍地说：“行，我知道了。”

人力资源办公室，天娜挂断电话，即刻去了玛丽亚的办公室。

“玛丽亚，我刚刚给Helen打了一个电话，让她告诉苏总了。”

玛丽亚点点头：“行。”

天娜好奇地问：“为什么我们不能直接插手？”

这话要是吴红玫问，玛丽亚肯定不会回答。但是天娜不一样，天娜比较合她心意，她也愿意培养、指点天娜。“天和的何总一个二级领导，要是背后没人支持，他敢这么做吗？”

天娜恍然大悟，怪不得玛丽亚不肯自己出面去找苏筱，而是让她联系Helen，再由Helen转告苏筱，这样既解决了问题，又能把自己摘干净，不会得罪何总背后那个人。

“玛丽亚，你想得真周到。”天娜恰如其分地表现出对玛丽亚的崇拜。

玛丽亚微微一笑，摆摆手，打发了她。

但是出乎她们的意料，苏筱那边一直没有行动。

过了一个星期，天和的辞职员工越来越多，每个员工来辞职时都神情激动，大骂天和老总，说他不是人。玛丽亚实在看不过眼，而且也担心这么下去最终会招来劳动局的询问。想了想，她拨通了苏筱的电话，以一种抱怨的口气说："苏筱，我知道天字号合并要裁员，但是动作能不能慢一点，方式能不能温和一些？"

"什么裁员？"苏筱的声音里满是诧异，"天字号的调研还没结束，合并方案都还没出来，怎么可能裁员。"

"从上个星期开始，天和陆续有员工辞职，这个星期就更多了。理由都是一样，说是天和的何总天天骂他们，他们觉得很屈辱。"

苏筱语气凝重："上个星期就开始了？玛丽亚你怎么不早点告诉我？"

"上个星期我就让天娜告诉Helen了，不信，你问问Helen。"

"她上周就去天正调研了。"

苏筱一颗心直往下沉，吴红玫根本就没和她提过。这个星期赵鹏带队的改革小组也正式进驻天和调研，赵鹏没有提很正常，他一向不服气，视她这个组长为无物，有事只会汇报徐知平和汪明宇。而且，这件事很可能与他有关。但是改革小组的成员也没有和她汇报，这就麻烦了，说明他们已经完全被赵鹏控制了。

她成了睁眼瞎有耳聋了，要不是玛丽亚，还不知道要被蒙在鼓里多久。

"玛丽亚，谢谢你。"

挂断电话，苏筱马不停蹄地赶往天和的办公楼，她必须要亲眼看看亲耳听听，到底是怎么一回事。

第二十一章

去天和的改革小组是赵鹏带队的，但他和苏筱一样，另管着其他业务，只是偶尔去一下，大部分时间还是待在集团。常待在天和的就是审计林园和法务董晨。天和给他们安排了一个会议室，紧挨着何总的办公室。

天和的办公室是新装修的，设备条件不错，墙壁上还贴了“勇于跨越追求卓越”的标语，像模像样的，只是有一点，用的板材不太好，不怎么隔音，何总的骂声又响亮，传到会议室听得清清楚楚。

“……你们有没有脑子呀，一个简单的PPT文件，搞了这么多天，还搞成这样，狗屎都比你们强……”

“又开始了。”林园厌恶地摸摸耳朵。

“真服了他，每天都不重样的。”

林园看了看门口方向，凑近董晨，虽然没有第三者，但因为说的是私密事，他下意识地压低了声音：“咱们真不告诉苏总呀？”

董晨说：“赵总不是让咱们不要管闲事吗？要汇报也是赵总去

汇报。”

“赵总肯定不会告诉苏总的。”

“那咱们更不能说了，咱们要说了，他得怪罪咱们了。”顿了顿，董晨说，“而且说不定何总这么做是集团默许的，你想想，要是他能把人都逼得辞职了，那能为集团节省多少钱呀。”

“太下作了。”

“资本家都这样，你想想马克思政治经济学里怎么说，如果能获得300%的利润，资本家就敢冒着被杀头的危险……”

敲门声突然响起，董晨赶紧把余下的话吞回肚子里，林园也赶紧坐正。

“进来。”

门被推开，苏筱走了进来。

两人赶紧站了起来，诧异地说：“苏总，您怎么来了？”

“我听说最近天和很多员工辞职，所以过来看看，你们知道是怎么回事吗？”

两人相视一眼，神色微妙地看一眼隔壁。

叫骂声再次传了过来：“养你们这么久，有什么用，一个忙都帮不上，一群废物，领工资倒是挺积极的……”

“赵总知道吗？”

两人又相视一眼，不敢说，但神色已经给出答案。

苏筱脸色微沉，又问：“你们为什么没有报告我？”

“赵总让我们不要管。”

“赵总让你们不要管你们就不管了，你们都是成年人，没有自己的判断吗？你们也是普通员工，看到别的员工被如此辱骂，你们心里没有一点点物伤其类的感觉吗？还有，我才是改革小组的组长，发现不对劲的地方不应该首先报告我吗？”

两人颇有些不以为然，心想，你也只能对着我们耍耍威风。

但是紧接着他们就发现自己错了。

苏筱打开门走了出去，走到隔壁的何总办公室敲了敲门。

何总没好气地说：“谁呀？”

苏筱语气平静地说：“是我，苏筱。”

屋里响起了一阵手忙脚乱的声响，跟着门被打开，天和老总满脸堆笑地看着苏筱："哟，真是稀客呀，美女老总怎么来了？"

"我来看看董晨和林园，听到您在批评员工，他们犯了什么错误，让您发这么大的火。"

天和老总尴尬地说："不是大错误，工作中的一点小差错。"

"既然是小差错，批评几句就行了，没必要发这么大的火吧。"

何总见她揪着不放，有些不快，敛了敛笑容说："我脾气急，眼里容不下沙子。董事长都知道的，以前批评过我，可我就是改不了。"

这话的意思是我的急脾气是通过董事长认证的，你算老几，管到我头上。

苏筱只作没听到，松了口气说："原来是这样，那就好，我还以为是改革小组在这里调研，大家担心将来要被裁员，无心工作，所以工作中出了乱子呢。"她看向脸上带着愤怒的三名员工，笑了笑说，"不要担心，安心工作，集团会妥善安排大家的，即使是裁员也是明明白白，该补偿就会补偿。留下来的员工，合并之后也会有全新的工作环境。"

三人被何总骂了一个狗血淋头，心里正着急上火，恨不得当场将辞职信甩在何总脸上，听到苏筱这么说，心里一动，交换了一个眼色。

天和老总脸色微变，重重地喊了一声："苏总。"

一生气，也不喊美女老总了。

天和老总冲三名员工一摆头："你们先出去。"

三人相视一眼，没有动，看着苏筱。

苏筱微笑："你们先出去，跟大家都说一声，安心工作。"

三人感激地看了苏筱一眼，走了出去。

天和老总关上门，转身瞪着苏筱："苏总你什么意思，我在帮集团减负。"

"原来这就是何总的减负方式，辱骂员工逼他们辞职，这种减负方式，我并没有同意。"

天和老总轻蔑地笑了笑："汪总已经同意了。"

原来他左等右等，没等到苏筱的答复，便猜出她不太赞同。东边不亮西边亮，他立刻找了赵鹏。赵鹏听说他能帮集团减负，二话不说就汇报了汪明宇。汪明宇很快回了话，如果何总真能帮集团减负，那他一定帮何总争取到合并后天字号总经理的位置。得了汪明宇的承诺，何总二话不说，便开始干了。

这根源在集团，还得回集团解决。

苏筱回到集团，思来想去，觉得自己去找汪明宇，分量不够，最好还是请徐知平出面。再说，她这个改革小组组长，按规定是直接汇报徐知平，出了这么大一件事，她必须得先汇报他。

听完她的汇报，徐知平轻描淡写地说："他的方式是简单粗暴了一点，但出发点还是好的。"

苏筱有些不敢相信自己的耳朵："徐总，我觉得这种方式已经不是简单粗暴，而是下作了。"

徐知平笑了笑，说："你这话严重了。"

"哪里严重了，何总根本不把员工当人。"

"苏筱呀，我知道你善良，但是企业不是慈善机构，还是要以盈利为目的，有时候该狠心就得狠心，该牺牲就得牺牲。天字号合并后，业务高度重合，我们养不起那么多人。等合并后裁员，成本很惊人。所以从这个角度来考虑，老何的做法并没有错。当然，他的方式确实有欠妥当，我会提醒他的。"

原来大家都是这么看的，苏筱心里一凉："这种方式也许短期内能节约成本，但是长期来看，后果是很严重的。员工们没有这么傻，刚开始可能不明白，后来一定会明白，公司就是不想给赔偿金，所以逼他们主动辞职。这会严重损害集团的形象，员工也会失去归属感。一盘散沙，怎么可能在市场竞争中胜出？"

徐知平有些头疼，想了想，说："我特别能理解你的想法，你刚从基层升上来，看到普通员工受到不公平的对待，想替他们发声，这很有正义感，很好。但是呢，你现在已经是高层管理了，不能只站在普通员工的角度去思考问题，你得站在更高的位置……当你站在更高的位置，就会明白，普通员工就跟浪花一样，一浪过去了，还会有一浪过来。"

苏筱想了想，目光直直地看着徐知平，说："我不知道更高的位置是哪里，但我知道对于普通员工来说，一个月的工资能干很多事情，房贷、孩子的补习费、老人的医药费……对徐总您来说，多一个月工资少一个月工资，对生活毫无影响。但对他们来说，如果被裁员，N+1的补偿能让他们松一口气，能让他们短期内即使没找到工作，也不会生活困顿。”

一向稳如泰山的徐知平，这一刻也眼神闪烁，避开苏筱的视线。

他默了默，有些烦躁：“天正的调研做到什么阶段了？”

“不清楚。”

徐知平说：“这才是大事，你不管调研，管那些鸡毛蒜皮的事情干什么。天和的事情，就交给赵鹏吧，你不要管了。”

苏筱失望地看他一眼，起身走了。

徐知平拿过养生壶，将养生茶倒进壶里，因为心里烦躁，居然洒了出来，落在桌子上。

吴红玫从天正赶回来，已经过了下班时间了。

二十八层的改革小组办公室，苏筱就站在窗前，看着外面，背影有些寂寥。

“怎么了，筱筱，这么着急要我回来？”

苏筱回过头来，看着她，或者更确切地说是审视着她，

吴红玫被看得有些不自在，忸怩地拨了拨长发：“怎么了？”

“天和何总用骂人的方式逼员工主动辞职，这件事你是不是早就知道了？”

“也没有多早，就是上个星期，天娜跟我提了一嘴。”

“那你为什么不汇报我？”

“天娜说有几个人辞职，那不很正常嘛，我觉得还没有到汇报的地步。”

“正常吗？你当了这么多年的人力资源，你看不出何总的目的吗？”

吴红玫默了默，说：“我知道。”

“你都知道，那你为什么不报告我？”

“报告你又能怎么样呢？”吴红玫苦口婆心地说，“筱筱啊，集团早就有一套成熟的运作模式，很多事情你根本管不了，睁一只眼闭一只眼不好吗？现在你知道了，你管得了吗？”见苏筱眼神一黯，“你看，你根本管不了，白白伤神而已。”

“不管我管得了，还是管不了，你都应该告诉我。如果不是玛丽亚告诉我，我会一直蒙在鼓里。作为朋友，你担心我，可以不告诉我。但现在

我还是你的上司，你不能替你的上司做决定。”

这话已经相当严厉了。

吴红玫低着头，默然不语。

“红玫，我在集团里人单力薄，只有你才是我最信任的人，但是你为什么老自作主张呢，娜娜如此，天和的事情也是如此。”

吴红玫语气生硬：“对不起，我没想到这一点，以后不会了。”顿了顿，说，“以后所有的事情我都会第一时间汇报你。”

这话有着赌气的成分。

苏筱大感头疼，吴红玫完全意识不到自己的问题。把吴红玫调进改革小组是她犯的一个大错。原以为小组里有个自己完全信任的人，就像有个坚定的大后方。但没想到吴红玫自恃朋友的身份，总是替自己做出判断，想要自己按她的意思做。稍微批评她几句，就会造成她情感上的抵触。她敢帮玛丽亚判断，敢要玛丽亚按照她的意思做吗，敢因为玛丽亚而说赌气的话吗？她不敢，但她对苏筱敢，这就是老话说的“近则狎”。多年以后，苏筱成为业内大佬，有次接受采访，初出茅庐的实习生向她讨一个忠告。她说，不要让自己朋友成为下属，下属做不好，朋友也做不了。

吴红玫也觉得很委屈，明明事事替她考虑，却讨不到一个好。

苏筱倚着窗台，吴红玫低头坐着。

大家都不说话，气氛压抑。

这时，突然响起了敲门声。

敲门声打破了沉默，也打碎了压抑，两人同时松了口气，没有敲门声，真不知道接下去说什么好。苏筱走到门口，打开门，门外站着的是赵显坤和何从容。吴红玫见是赵显坤，忙站了起来，动作很小地扯扯衣服下摆，又将碎发别到耳后。

苏筱诧异：“董事长，这么晚，您还没下班？”

“正准备下班，看到你们这里还有灯光，就过来看一眼。还在工作呀？”

苏筱犹豫片刻：“对，讨论一些问题。”

赵显坤饶有兴致地问：“讨论什么呢？”

只能硬着头皮胡扯了：“还没有成形的想法，等有了，再跟董事长汇报。”

“那明天再讨论吧。你们这种工作劲头我很欣赏，但不提倡，要劳逸结合。”

“董事长放心，我们只是忘记时间了，这就回去。”

“这么晚，都怎么回去？”

“我住海淀，自己打车就好了。”

赵显坤抬头看向吴红玫——这是他自出现之后第一次正眼看着她。

“小吴你呢？”

吴红玫心里狂跳几下，大着胆子说：“我住北边。”

苏筱诧异地看向吴红玫。

吴红玫暗暗咬着牙，不敢看苏筱。

“住北边呀。”赵显坤说，“跟我顺路，我送你吧。从容，你送苏筱。走吧。”

苏筱看着吴红玫。

吴红玫自始至终不看苏筱，拿起包，经过她身边，往外走，跟上赵显坤。

苏筱一直觉得自己非常了解吴红玫，她内向而温柔，木讷而谨慎。自己有时还替她着急，觉得她活得太不大胆了。但是现在谁还敢说吴红玫不大胆，她当着自己的面，堂而皇之地说了谎。

站在地下停车场，看到吴红玫果真钻进赵显坤的轿车，与他并排坐在后面。苏筱只有一个想法，她从前认识的可能是一个假吴红玫。吴红玫从倒车镜里看着苏筱，看到她坐上了何从容的车，才松了口气。好担心苏筱揭穿自己，但她没有。她赌对了，这一回老天站在她这边。

“你们刚才在吵什么？”

吴红玫啊了一声，不敢相信地看着赵显坤。

“你们两个神色不对，气氛也不对，刚才应该是在吵架吧，我猜对了吗？”

吴红玫叹口气，垂下眼眸。

“为什么争吵呀？”

吴红玫想了想：“筱筱是个有大想法的人，而我呢，就希望自己的好朋友不要遭遇太多的磨难。怪我，没有跟上她的脚步吧。”

赵显坤笑了笑说：“你们俩性格不一样，你跟不上她也很正常。应该没有几个人能跟上她。”

“是呀。筱筱总是闪闪发光的样子。”吴红玫羡慕地说，“董事长，不瞒您说，我真的好羡慕她，也很想跟上她，但是太累了。”

赵显坤默了默：“你不用羡慕她，也不用跟上她。做你自己就好。”

“我也想闪闪发光。”

“不是所有人都能站在台前，也得有人站在幕后，是不是？”赵显坤说，“你这种性格就挺好的，不用羡慕她。”

吴红玫眼巴巴地看着他：“真的吗？”

赵显坤冲她肯定地点点头。

司机目不斜视地看着前方，作为一个合格的老司机，后面多大动静他都不会回头，但他今天真的好想回头看看，董事长是怎么了，居然聊这么没有营养价值的话题。

好在这时，吴红玫说的小区到了。

他赶紧将车停了下来。

赵显坤往外面看了一眼，问：“是这里吗？”

“是的。董事长晚安。”

赵显坤点点头：“早点休息。”

吴红玫下了车，站在小区门口，脸上带着微笑，冲赵显坤挥挥手。目送着轿车消失在拐角，她收起微笑，快步走到街边，挥手拦下一辆出租车。

张小北打了一个哈欠，看一眼电脑右下角的时间，快11点了，吴红玫还没有回来。太不像话了。自从上次因为那套衣服两人起了争执，之后就陷入冷战。吴红玫天天早出晚归，回来后也是一句话不说。他找她说话，她就嗯、哦、好，不愿意多说一个字。

他真不明白她哪里来的这么大气性，扪心自问，他对她已经够好了。房子首付大部分他掏的，她就出了15万，还是找苏筱借来的，将来也属于夫妻共同债务。但他一句话都没说，还是写了两个人的名字。

原定结婚登记那天，她不提，他也不想提，就看她准备作到什么时候。

开锁声传来。

张小北松了口气，总算回来了。

明明牵肠挂肚，说出来的话却是硬邦邦的：“你还知道回来呀，这都几点了，打你电话也不接。”

吴红玫充耳不闻，将包扔在鞋柜上，鞋子也不换，快步往里走，取出拉杆箱。

张小北头也不回地说：“你这换岗才加两千块，天天加班，还不如不换岗。”

吴红玫从衣柜里取出几件比较像样的衣服扔进箱子里，又从床头柜的抽屉里翻出护照、户口本、银行卡等东西扔进箱子里。然后走进洗手间，拿了几件护肤品，没拿稳，落在地上，骨碌碌地滚到柜子里面。她伸脚勾了勾，没勾出来，索性不要了。

张小北回头看了一眼，说：“你小声点，免得楼下又上来闹。”

吴红玫把护肤品扔进箱子里，关好箱子，拉着拉杆箱走到门口。

“小北，我走了。”

张小北蒙了，愣愣地看着她：“这么晚你要去哪里？出差吗？”

吴红玫平静地说了一句：“再见。”

背起鞋柜上的包，拉着行李箱，走出门。

张小北还没整明白怎么回事，蒙了半分钟，意识到不对劲，摘下耳机，赶紧追出门。慌乱之下，来不及换鞋。拖鞋落在水泥地面，吧嗒吧嗒，声音特别响，左邻右舍楼上楼下顿时骂开了，一口一个缺德。

下楼梯的时候拖鞋掉了，黑灯瞎火，也不知道落在哪里，张不北顾不上了，光着脚跑下楼。连踩了几脚石子，脚心疼得要命，但他不敢停，他感觉到了，只要停下，可能就永远再见了。

一口气跑出小区，张小北扶着门张望着。不难找，这么晚了，小区又偏僻，巷子口只停着一辆闪着尾灯的出租车，倚着车门抽烟的出租车司机扔掉烟头，接过吴红玫递过来的行李箱，打开了后备厢。而吴红玫则从容优雅地拉开出租车后排的车门……

“吴红玫。”张小北大喝一声。

吴红玫开门的动作一顿。

“你站住。你什么意思呀？”

吴红玫松开握着门把的手，缓缓地转过身，幽幽地看着张小北。

张小北按着急剧起伏的胸膛，拖着疼痛流血的光脚。

“你什么意思，你到底什么意思？”

吴红玫幽幽地叹了口气：“小北，我害怕。”

张小北完全没有听懂：“害怕什么？”

“和你一起的人生，一眼能看到八十岁。”

张小北恍然大悟，停下脚步，张张嘴，想解释，却找不到词。

“我走了，保重。”

张小北张张嘴，想说不要走，但不知道为什么这三个字哽在喉咙口，怎么也吐不出去。他僵在原地，看到吴红玫毅然地转过身，拉开车门，钻进车子里，然后用力关上车门。

在这个寂静的黑夜，关门声是如此响亮。它唤醒了一直处于茫然状态的张小北，终于意识到那个每个周末都等着他去试吃的姑娘要永远地离开他了，他心如刀割，不顾一切地追着车子。

但距离还是越来越远。

吴红玫始终没有流泪，她无喜无忧地看着倒车镜里的张小北渐渐变成一个小黑点，然后消失不见。她收回视线，看向前方。前方的大厦上面嵌着一个很大的电子屏幕，正显示着此时此刻的时间。

23：59。

今天即将死去，明天即将活过来。

也许是一个美好灿烂的明天，也许是一个飞蛾扑火自取灭亡的明天。

第二十二章

苏筱从张小北嘴里知道他和吴红玫分手的事情。

大概是吴红玫离开一个星期之后，张小北从茫然状态中恢复过来，开始了一系列挽救行动，比如送花、许诺她以后随便买衣服、答应之前不同意的蜜月旅行计划……但是统统失败了。吴红玫不接他的电话，不回他的消息，铁了心要分手。

折腾久了，张小北也疲倦了。

给她发了最后一条消息，询问两人名下的房子怎么处理，还有留在住处的东西。这次吴红玫回了消息，东西扔了，房子和苏筱那15万块钱的债务都归他。也就是说，她只带走那天晚上一行李箱的东西，其他的她都看不上了。张小北明白自己也属于被扔掉的东西，彻底死心了。所以，他给苏筱送欠条的时候，没有失魂落魄的痛苦，只有饱受打击的意气消沉。

胡子拉碴，一身酒气，T恤上染着油渍。

“我也不明白她怎么了，突然就变了，变得这么虚荣。”

这个问题苏筱也无法回答他。

他们的分手虽在情理之外，却在她的意料之中，毕竟那天吴红玫当着她的面说了谎。

都是成年人，她还看不出吴红玫的目的吗？

明明平时是一个胆小而谨慎的人，但是那天她的大胆超乎苏筱的想象。

知道他们俩分手以后，苏筱并没有马上找吴红玫询问，既然都没有告诉她，显然就是不想让她掺和其中。那天的争执给她们的关系造成了难以弥补的伤害，虽不至于决裂，但再不能像从前那样无话不说了。

吴红玫也似乎有意识地避着她，一直待在天正调研，需要汇报也是让朱跃来。

两人心照不宣地一天拖一天，直到天正调研结束，吴红玫回来复命，苏筱才提了一句："上个星期，小北哥给我送了欠条。"

吴红玫淡淡地哦了一声，完全没有继续聊下去的意思。

苏筱难过地说："红玫，你是不是不准备拿我当朋友？这么重要的事情都不告诉我。"

吴红玫默了默，说："怎么可能呢？在我心目中，你是我永远的朋友，我只怕你以后看不上我了。"

"我怎么会看不上你？"

"我要走的路，不是你希望我走的路。你希望我走的那条路，我走不了，我没有你这么大的本事。"

"那你现在想走的那条路，你就能走通了吗？那条路更加崎岖。"

吴红玫怅然地说："我也不知道能不能走通，但我就是想试试看，飞蛾扑火也好，至少有过火光。你都不知道我最近几年怎么过的，就像脑袋上套了一个塑料袋，每一次呼吸都像是要窒息了。"

苏筱说："可是红玫呀，命运掌握在自己手里才能叫命运，否则只能叫风吹柳絮、雨打浮萍。"

吴红玫大笑，笑出了眼泪。

"筱筱，你看你总是这样义正词严。"

苏筱不知道该说什么好。

吴红玫收了笑容，说："就让我做柳絮吧，来一阵风，也许我也能飞到青云之上，哪怕在青云之上看一眼也好，一眼也好啊。筱筱，你不能这么自私，自己飞上青云，却不允许我去青云之上看一眼。”

话说到这份上已经没有什么可说的了，苏筱明白她的朋友已经走得太远了。

她拽不回来，大概也没有人能拽回来。

吴红玫恳求地看着她：“筱筱，你不要管我，从今往后都不要管我，让我飞蛾扑火也罢，雨打浮萍也罢，随便我好吗？”

苏筱点了点头：“从今往后我不会再管你，但是红玫你要记住，倘若有一天你需要帮忙，把我列在第一顺位。”

吴红玫微微动容：“谢谢你筱筱，我记着了。”

两人结束令人心情抑郁的话题，开始谈工作。

或许是因为讲开了，吴红玫态度很端正，真正像个下属了。

也算是一个意外收获吧。

天正的调研有结果了，天和也接近尾声，只剩下天科了。之所以把天科放在最后，一方面是因为天科规模比较大，另一方面也是因为天科的财务情况比较好，苏筱对它比较有信心。

苏筱也就是在改革小组第一天进驻天科的时候，去了一趟，后来就一直待在集团，应付各种突发情况。比如说因为搅黄了天和的减负——她那番话起了作用，员工不再上当了，有胆子大的还直接跟何总对骂，把何总气得差点心脏病发。赵鹏对她意见很大，几次向徐知平和汪明宇告状，说她没有大局观，不配当组长。

徐知平找她谈了几次话，汪明宇也找她谈了几次话，中心思想都一样，不要妇人之仁，企业不是慈善机构，而是以盈利为目的。苏筱还是那句话，企业应该承担应尽的社会职责。

这天，从徐知平办公室出来，没得逞的赵鹏拉长着脸，又开始没事找事。

“你该好好管管你那个同学了，我跟她要报告，她居然推三阻四，她一个组员，谁借给她这个胆。”

苏筱已经着手做最后的天字号调研报告，赵鹏总想插一手，几次叫吴红玫修改内容。吴红玫自然不同意。赵鹏拿苏筱没办法，便挑她的刺。

“你也知道她就是一个组员，那就别为难人家，有什么事跟我说。”

“怎么是我为难她？我一个副组长，没资格看报告吗？”

“你当然有资格，但未经我许可，你不能乱改报告。”

“看不出来你官威这么大。”

说话间，走到两人办公室门口，只见朱跃抱着笔记本站在苏筱办公室门前，一脸焦急。

“朱会计你怎么回来了？”

朱跃看一眼赵鹏，小声地说：“苏总，我有事要汇报。”

赵鹏好奇地问：“什么事？是天科的事吗？”

朱跃看一眼苏筱，没说话。

“进来说吧。”苏筱推开门，往里走，朱跃跟上。赵鹏眼珠一转，也跟着往里走。苏筱重重地关上门，将他挡在门外。

看朱跃神神秘秘，苏筱意识到问题可能比较严重，将门反锁后才问：“什么事？”

“天科的负债率有123%。”

苏筱瞪大眼睛，露出不敢相信的眼神。

“这怎么可能？天科的经营状况一直是天字号里最好的。”

“我昨天算出来的时候，也觉得不可能，所以又重新核查了一遍，天科现在的负债率确实达到123%。”

苏筱依然不敢相信：“你的意思是，天科资不抵债了？”

“目前看起来就是这样。”

苏筱皱眉，思索良久，问：“这件事还有谁知道？”

“我谁都没告诉，连Helen都没说，先来报告你。”

这才是好下属，苏筱赞许地看她一眼：“你做得很对。暂时谁都别告诉。”

朱跃倍受鼓舞，点头说：“苏总放心，我谁都不告诉。”

苏筱拿起包：“走，我们去天科。”

她们静悄悄地进了天科，但还是让眼尖的前台捕捉到了。

前台通知了财务经理杜永波。

杜永波又通知了夏明：“夏总，苏总已经来了，她们应该是发现了。”

“不用紧张，照计划行事。”夏明平静地说。

谋划了几年的大戏终于拉开了帷幕。

他并不希望苏筱掺和其中，但是她自己跳了进来。

或许这就是所谓的缘分，从最初在众建，两个人的命运就开始纠缠不清了。所以当她提出分手，哪怕他心里很不舍，也没有挽留。因为他坚信，兜兜转转，她还会回到他身边。

他知道她还爱着他，在温泉山庄的晚会上，她的目光总是穿过重重人群寻找着他的身影，就像他的目光也穿过重重的人群一直寻找着她的身影。好几次，他们的目光对上了，又心照不宣地各自移开。

夏明抬起头看向墙壁，隔着几堵墙就是改革小组办公的会议室，这会儿她应该还处于震惊之中吧。

苏筱确实处于震惊之中，有一种做梦般的不真实感。

“苏总你看。”朱跃铺开第一季度财务报表和四月份五月份的财务报表，“负债率从去年年中就开始逐渐提高，今年第一季度负债率就达到82%，三月份多了三笔总额1.1亿的借款，直接飙升到123%。”

“有没有可能是天科不想合并，所以故意做高了负债？”

朱跃摇摇头：“借款都发生在集团宣布合并之前，这个有合同可查，也有银行记录。三笔借款中，其中一笔是咱们总承包公司借的，这个作不了假。至于另外两笔，来自同一个担保公司，相隔时间不到半个月，第一笔抵押物是机械设备，第二笔抵押物是群星广场的房子，但是群星广场的房子还没交付，天科只是跟群星集团签了抵房合同。这两份借款合同挺奇怪的。”

她从一堆合同里翻出两份借款合同搁在苏筱面前。这两份合同的甲方都是盛世担保公司，一份金额3000万，另一份金额5000万。从借款日期来看，相隔半个月。担保公司通常赚快钱或放高利贷，这么豪爽地一借再借，确实不太正常。

苏筱问：“你怀疑，这是左手倒右手的虚假借款？”

朱跃点点头。

“查了怎么倒出去的吗？”

“财务上没有发现明显痕迹，如果是从项目走，我查不出来。”

“项目我来查。”

“这么多项目，一个人查不过来吧。要不要让集团派人过来。”

苏筱摇摇头："前年年底刚刚审计过一次，那次审计比较严格，没有什么大问题，我主要查去年和今年的项目，特别是这三笔借款入账后的支出。你接着查查人事方面，看看有没有吃空饷的。"

朱跃点点头。

想了想，苏筱脸色凝重地说："天科亏损这件事情非常严重，可能直接导致天字号合并的失败，在真正的结果出来之前，一定要做好保密工作。"

朱跃脸色凝重地点点头。

两人各忙各的，各看各的资料，头都不抬。

要在海量的分包里寻找虚假分包不是一件容易的事。苏筱把重点放在群星广场项目，因为这个项目大，分包项目多，随便弄个假的，很难被发现。而且她在天成的时候，跟天科联合承建这个项目，对项目比较了解。

时间一分一秒地流逝。

白天变成黑夜。

考虑到朱跃上有老下有小，苏筱没让她加班，把她赶回去了。会议室里就剩她一个人，安静极了。她埋头于数据之间，渐渐忘记时间的流逝。饿了，便拿过旁边的方便面扒拉几口。

夏明推开门的时候，就看到她两眼盯着结算表，一只手端着方便面，另一只手拿着筷子在面碗里撩了几下，然后往嘴里塞。面早就泡烂了，碎成一小段一小段，筷子根本夹不起来，塞进嘴里的都是空气，她犹然未觉，还津津有味地咀嚼了几下。

原来只想看一眼的，但这一眼心里就软成一摊水。

夏明走了过去，拿走她手里的面碗。

苏筱诧异地看着他："拿我面干吗，我还没有吃完呢。"

"已经泡烂了。"夏明给她看了面碗，"我拿去扔了。你想吃什么，我带你出去吃。"

苏筱咬着筷子看着他，目光直直地，满是审视。

"你怎么做到的，我怎么查不出来呢。"

"什么怎么做到的？"

"别跟我装了，你怎么把天科做成亏损的。"

"就是亏损了。"

“不可能。”苏筱微微拔高声音，“天字号谁亏损都可能，唯独不可能是你。”

“你真是高看我了。”

“夏明。”苏筱恳求地看着他，“我还没有报告集团，现在就我跟朱会计知道，你还可以往回走。我不可能瞒着集团太久，等集团知道了，就没有回头路了。拜托你往回走好吗？我可以当作没有发生过。”

“你可以现在就报告集团，天科真的亏损了。我舅舅这一病，本来隐藏着的雷全爆发了，先是分包商抢着结款，然后资金链断裂，项目也差点停工。还有群星项目，我们垫付了太多资金，都是借来的，光利息上个月就是一千多万。”

“我不相信。”

“我也只是一个人，又不是神，能点石成金。”

“如果我报告集团，你就出局了，你一定会出局的。”苏筱不甘心地说，“你知道那天碰头会上，你说同意合并，我有多高兴嘛。我设想的天字号合并，是由你来担任总经理的。没有你，天字号没有灵魂。”

夏明微微动容，默了默，说：“我从来都不是天字号的灵魂，我也不可能成为天字号的灵魂。如果我想去集团，当年董事长邀请我去当副总经济师的时候，我就去了，何必等到今天。你在集团也有几个月了，应该知道它有多乌烟瘴气。”

苏筱目光闪烁几下，不由自主地想起天和何总骂人逼员工辞职，还有徐知平和汪明宇不以为恶，反而要求她不要妇人之仁。

“太晚了，你赶紧回家休息吧。集团不值得你如此努力。”夏明说完，转身就走。

“夏明。”苏筱再一次叫住他。

夏明停下脚步，转身看着她。

苏筱站起来，走到他面前，与他相隔咫尺。近到他的鼻息拂到了她的脸颊。

她盯着他的眼睛，认真地问：“看着我的眼睛告诉我，天科真的资不抵债了吗？”

夏明不避不闪地看着她的双眼：“没错，天科真的资不抵债了。”

苏筱露出失望的神色，退后几步，苦笑着说：“那天碰头会上，你说同意合并，我真的很高兴，我以为终于不用站在你的对立面了。没想到这么快就被打脸了……夏明，我会查出来的。”

“行呀，希望你真能从鸡蛋里找到骨头。”夏明不再多说，快步走出会议室，顺手关上门。心里不得劲儿，有一种坦白的冲动。他在门外站了一会儿，最终还是走了。

苏筱听着他的脚步声远去，心情也慢慢沉降下来。这么多年来，她跟他打过无数交道，每回有什么事，不是在他的坑里，就是在通往他挖的坑的路上。她现在就有一种感觉，自己正往他挖的坑走去。

做假通常有三种途径，第一种是虚假合同降低存款，第二种是财务报表做假，第三种是项目造假。苏筱在天科一待就是三天，把所有的项目都查了好几遍，一无所获。连轴工作让她一脸憔悴眼圈青青，没有查出端倪更是让她心情烦躁。

朱跃深感内疚，有些不自信了：“可能是我搞错了，天科真的亏损了。”

苏筱摇摇头：“一定用了很隐秘的办法，一定是我们没有想到的办法。”

“还有什么办法？”

苏筱拿过盛世担保公司的借款合同，翻开看了一会儿，说：“你继续查，我去这家担保公司看看。”

朱跃诧异地说：“不用亲自跑一趟吧，让审计部发个征询函就可以了。”

“钱切切实实地入账了，借款不是虚假的。”苏筱说，“我就想去看一眼，这家公司为什么这么认可天科，天科这么糟糕的财务情况，它还一而再再而三地借钱。”看看窗外，太阳已经西斜，“朱会计，你早点回去休息，这三天真是辛苦你了。”

苏筱拿起包，抓起借款合同的复印件，推开会议室的门。

说来也巧，杜永波推着坐在轮椅上的黄礼林过来。

猝不及防，狭路相逢。

黄礼林怔了一下，很快浮起笑容，亲切地说：“苏筱，你怎么在这里呀？”

苏筱愣了，上次见面是在两个月前，她去医院找夏明分手，顺便去病房探望了黄礼林。当时他可是拉长脸，眉间眼底全是嫌弃。这么长时间没见，他突然态度大变，跟换了个人似的，真离奇。她不知道，只要她不跟夏明谈朋友，黄礼林就觉得她既聪明又能干，一个姑娘家独自在北京闯荡，不容易。

“苏总是过来做调研的。”杜永波替苏筱解释。

“哦，辛苦了，辛苦了。”黄礼林看到苏筱背着包，“这是要回去了吗？”

苏筱终于回过神来了：“嗯，对，有点事。”

“那你先请。”黄礼林说着，推着轮椅要给她让路。

“不用不用，你先请。”

两人互相推让，反而堵在那里。

杜永波眼尖，看到苏筱手里抓着的借款合同复印件，心里咯噔一声。

“苏总您先过。”杜永波用力，将黄礼林推到旁边。

“谢了，黄总再见。”苏筱也不推让。

等苏筱走远，杜永波赶紧推着黄礼林到夏明办公室。

夏明诧异地站了起来：“舅舅，你怎么来了？”

“我怎么来了？”黄礼林拉长脸，没好气地说，“是不是我没用了，你什么事情都瞒着我。”

“我瞒着你什么了？”夏明一头雾水。

“瑶瑶是不是要出国继续读书？”

夏明表情一僵，嗯了一声。

“还说没瞒我，要不是今天我突然想起来，给她打了一个电话，我都不知道这事。”黄礼林气不打一处来，抓起桌子上的报纸，卷成卷儿，使劲地敲了他几下。

夏明不躲不闪地任他敲打：“她想再深造，这是好事。”

“她一直等你一直等你，等了你快两年，你就是不开窍的榆木疙瘩，还说是好事？”黄礼林气倒，直接将报纸砸在他身上。

夏明弯腰捡起报纸，放回桌子上，说：“我跟她不合适。”

她曾经在他的计划中，如果没有苏筱，也许，不是也许，是肯定会在一起，毕竟无论是家境学识还是外貌，他们都很般配，门当户对，相得益彰。但是不在计划中的苏筱闯进他的世界，棋逢敌手的快乐，灵魂共鸣的酣畅，经历过后，他再也回不到从前了。

“有什么合适不合适？你想想她爸……”黄礼林顿了顿，意兴阑珊地说，“算了算了，这车轱辘话我都说烦了。你爱咋咋的，只一条，好好请人家吃顿饭，好好把人家送走，别把关系搞僵了。毕竟咱们将来独立了，做房地产，还指望贺局长能够关照一二。”

“这我当然明白，放心好了，不会闹僵的。”

“我放心个屁。”黄礼林拿起杯子，咕噜噜地喝了好大一口，气总算消了，“刚才我看到苏筱了，我听杜经理说，她在咱们这里待了三天了。没事吧？”

“没事儿，能有什么事？都在计划之中。”

黄礼林犹不放心：“真没事儿？这几年，咱们的事基本上都坏在她的手里。”

“真没事儿，放心好了，这一回她坏不了。”

黄礼林说：“这是我一生中最后的机会了，要是坏在她手里，我得恨她一辈子。”

夏明摇头失笑：“不会的，相信我，她什么也查不出来。”

“那个，夏总……”一旁的杜永波轻咳一声，“苏总刚才走的时候，手里抓着盛世担保公司跟咱们的借款合同的复印件，你说她会不会跑那里去了？”

“她跑那里去也没事，合同都是真的，有走账记录呢。”黄礼林说完，见夏明微微蹙眉，心里顿时又不踏实了，“怎么了，有问题吗？”

“没有，没有问题。”夏明舒展眉心，微笑着说。

黄礼林放下心，又唠唠叨叨地问了好些问题，夏明知道他在康复医院闷坏了，好不容易出来放风，逮着机会便有些没完没了。他也不介意，耐着性子一一回答。等黄礼林疲倦地打了哈欠，才叫杜永波送他回去。

黄礼林一走，他也立刻抓起车钥匙，一路小跑，到地下停车场上了车，一脚油门，往崔哥那里去。他倒不是担心苏筱会在那里发现什么破绽，那里没有破绽，他担心的是她的安全，崔哥这种道上人士，行事邪性得很。

崔哥正在打麻将，手气不太好，已经输了几十万。

牌搭子叼着一根牙签问："昨天晚上是不是干多了？"

这时，门开了，崔哥的马仔花脖子走了进来，神色不像平时那么凶神恶煞，似乎还带了一点小羞涩，说话声音也不是平时那样大嗓门，声音低低地说了一句："外面来了一个小姑娘。"

麻将声遮住了他的声音，崔哥没听清楚，问："说啥呢，大声点儿，跟个娘们一样。"

"外面来了一个小姑娘。"花脖子稍稍拔高声音，还回头看了一眼，似乎怕惊到外面的人。

"啥小姑娘呀？来这里的有小姑娘吗？"叼着牙签的牌搭子说完噘掉了牙签。担保公司倒是正儿八经的，但是老板是捞偏门出来的，客户大部分也是捞偏门的。

"真有。你们自己看。"花脖子将门推开一条缝。

大家扭头看着，沙发上还真坐着一个白净秀气的小姑娘。

其实苏筱真不小了，只是南方人显小，再加上这群人平时看到的都是浓妆艳抹的姑娘，突然看到一个不施粉黛的，视觉上产生错觉，觉得她小。

"老板，她说找你。"

叼牙签的牌搭子一把揽住崔哥的脖子，说："她借多少钱都借给她，这个我喜欢。"

故意挖陷阱，把良家妇女诱进坑里，再把她变成玩物，这些事情他们没少干。

"滚，老子正儿八经做生意，别脏了我的地盘。"崔哥打掉他的手，"再说，她不是来借钱的。"

来这里借钱的，基本已经走投无路，急需要钱填窟窿，因此人往往焦躁不安，眼神闪烁不定，哪像她那样稳稳地坐在沙发上，腰背笔直，目光朗朗。崔哥对她生出好奇心，推开麻将站了起来，临出门时，还下意识地捋了捋头发，惹来牌搭子们的一阵哄笑。

苏筱站了起来，微笑着伸出手："崔总您好。"

"你好你好。"崔哥握住她的手晃了晃，"请坐请坐。"

假如夏明在，一定不敢相信自己的眼睛，凶神恶煞的崔哥此时脸上的笑容可以用"和煦"来形容。这就是人性，始终向往美好。即使他是混黑道的，在教育孩子时说的话也是，好好学习，将来考个985或211，让你爸也长长脸。

“我叫苏筱，这是我的名片。”苏筱掏出早就准备好的名片送上。

崔哥接过，看了一眼，第一个想法是原来这个字读“xiǎo”，第二个想法是这么年轻就做了副总经济师，不得了。他越发高看她一眼，客客气气地问：“你找我什么事？应该不是借钱吧。你们振华集团是纳税大户，银行里有专用的贷款额度，不需要到我这里来融资。”

“对，我不是来融资的，是有件事情想要咨询您，您跟天科是不是有业务往来？”

“黄胖子呀，有呀，一直有。”

“我们集团正在对天科进行尽调，看到你们的借款合同，金额是8000万……”

提及钱，崔哥一下子警觉了，收了笑容问：“对，出什么问题了？”

“没出什么问题，就是例行调研，原本应该发个征询函，后来想想，决定过来看看。您在一个月内前后两次总共借了天科8000万，实力非常雄厚……”

崔哥回过味了：“你怀疑我们做假？”

苏筱摇摇头说：“没有，银行有进账单做不了假，我就是过来看看。”

崔哥怀疑地看着她：“天科出什么事了，你们为什么要尽调？”

“没出什么事，尽调很正常，集团经常会对子公司审计调研，便于管理。我就是过来确认借款合同，没想到崔总您的公司很有实力，希望以后有机会能合作。”苏筱站了起来，朝他伸出手。

崔哥不动，笑容早收了起来。虽然对她有好感，但他的钱都是拿命搏出来的，容不得半点闪失。对钱的担忧压过了好感，他朝花脖子一使眼色。花脖子很不情愿，在原地磨蹭了一会儿，被崔哥瞪了一眼后，这才无奈地走到冰柜前，取出五个杯子，倒满伏特加。

苏筱看着五杯伏特加，一脸不解。

崔哥说：“照理说，你一个女人，我不该为难你。但我这里有规矩，也不能因为你一个人就废了。你把这五杯酒喝了，我就和你合作，你想知道什么，我都告诉你。”

苏筱蒙了，看看伏特加，看看崔哥。

屋里那三个牌搭子见有热闹可看，嘻嘻哈哈地走了出来，站在崔哥身后，一脸戏谑地看着苏筱，匪气十足。

苏筱看看不怀好意的众人，又看看窗外四合的暮色。

“崔总，我是不是说错什么，冒犯您了。”

“没有，就你一个小丫头，能冒犯我什么？我这里就是这个规矩，没有规矩不成方圆，是不是？你都说了想合作，要合作，先喝酒。”

“我明白，今天是我打扰崔哥了，不好意思，我干一杯，就当是赔罪。”苏筱说着拿起一杯酒。

崔哥按住她的胳膊：“我这里没有喝一杯的道理。要喝就喝五杯，我敬你是一条好汉，知无不言。要不，你叫我一声哥哥，我也知无不言。”

众人又发出一阵猥琐的哄笑。

“对呀，叫哥哥。以后崔哥罩着你。”

苏筱看着崔哥，拼命地转动脑筋，回想刚才自己哪一句说错了，让他突然态度大变。

崔哥也看她，心想这个小姑娘该崩溃了吧，只要她崩溃，应该就能搞明白天科究竟出什么问题了。

这时，脚步声由远及近。

一个声音响起：“放着，我来。”

夏明走了进来，特别沉稳的样子。他夺过苏筱手里的酒杯，一仰头，喝完。又拿起桌子上的酒，一一喝完，动作之快，迅雷不及掩耳。苏筱目瞪口呆地看着他，都来不及阻止。

牌搭子回过神来，鼓掌的鼓掌，吹口哨的吹口哨。

只有崔哥阴沉了脸，看着夏明。

夏明朝崔哥摆摆手，拉起苏筱往外走。

出了门，顾不上说话，直奔洗手间。

如何快速催吐，他已经熟门熟路了。

苏筱站在男洗手间门口，静静地听着里面传来的呕吐声。这种声音搁平时会让她喉咙发痒，心生厌恶。此时听来，只觉得鼻子发酸，眼眶发热。

夏明在里面来回吐了好几轮，吐无可吐才走了出来，看到苏筱倚着墙壁默默地流泪，心里顿时化成一摊水，伸手拭去她的眼泪，说："我没事，真没事。"

苏筱抱住他，脸贴着他的胸，酒精余毒犹在，他的心跳如同鼓点。

夏明温柔地抚摸着她的头发："我以为你只会发个征询函，没想到你会亲自跑过来，你怎么这么虎呢？"

"你的心跳很快，我送你去医院。"

"不用，你陪陪我就好了。"

顿了顿，他说："我很想你。"

动了情，声音低沉暗哑，从胸腔里发出来，也传到苏筱的胸腔里，像一片羽毛轻轻地撩动着她的心脏，那压抑的情感便如滔滔洪水，冲垮了理智，泛滥成灾。她抬起头，想告诉他，她也想他。但是头刚刚抬起，就被他吻住了。先是轻轻地碾磨，而后慢慢地加重，热烈而疯狂。

像伏特加，上头。

这是苏筱第二次来到夏明家里，第一次大部分时间在床上，第二次还是在床上。

刚刚经历过一轮狂风暴雨，她正处于贤者时间，脑袋特别清明。

"刚才你说漏嘴了。"

夏明不解："什么？"

"你说。"苏筱顿了顿，模仿他的语气说，"我以为你只会发个征询函，没想到你会亲自跑过来，你怎么这么虎呢？"

一字不差。

夏明目光闪了闪："这句话有什么问题吗？"

"我去崔哥那里，都在你计划之中，是不是？"

"什么计划？"

"我不知道你什么计划，但我知道我正在一步一步地走向你挖的坑，就和从前一样。"苏筱长长地叹口气，"这样子的你真让人讨厌。"

夏明轻笑一声，搂住她说："你不能这样，吃完抹干净嘴就说讨厌。"

"我是认真的。"

"好吧，你是认真的。"

显然他没当一回事，温柔地蹭了蹭她的脑袋。

“我要报告董事长了，不能再拖了。”

“嗯，做你该做的。”

苏筱不说话了，两人静静相拥着。

良久，久到夏明以为她睡着了，却又听到她轻轻地叹了口气，幽幽地说：“我爱你，但也讨厌你。”

第二十三章

唐秘书每天八点半到公司，花二十分钟时间快速地浏览完当天的报纸，将重要的新闻标记出来，依次排列在赵显坤办公桌的左侧。八点五十分，她会走进董事长办公室的茶水间，花两分钟时间煮水，一分钟时间泡茶，六分钟时间放凉，等到八点五十九分，她将这杯温度适宜的茶水放在赵显坤办公桌的右侧。然后走向大门口，九点整，打开大门，迎接赵显坤。

这一套她做了三年多，驾轻就熟。

但是今天打开大门时，她愣住了。

站在大门外的是苏筱。

脚步声由远及近。

赵显坤从走廊里过来，看到候在门口的苏筱，也怔了怔。

苏筱上前一步，脸色凝重地说："董事长，我有件重要的事情汇报。"

"什么事？"

"天科严重亏损，已经资不抵债了。"

“什么！”赵显坤露出难以置信的眼神。

天字号里天科可是尖子生，尖子生考不及格而且变成倒数第一，这怎么可能？

赵显坤马上叫来了徐知平和高进。

两人也是一脸震惊。

徐知平看着苏筱，将信将疑地说：“会不会你们搞错了？前年底审计的时候，天科的经营状况还是明显好于其他四家。”

苏筱说：“我也怕搞错了，来来回回查了四五遍，确实是资不抵债了。”

徐知平看着高进：“你怎么看？”

高进想了想，说：“天科去年的财务报表我看过，虽然负债有点高，但考虑到群星广场一直是垫资承建，还在合理范围内。这么短的时间，突然就资不抵债，不敢说一定有猫腻，但很不寻常。”

“查。”站在窗前听着大家讨论的赵显坤转过身，神色冷峻地看着高进，“你亲自带队去查，一定要查个水落石出。”

高进从审计部、会计部、法务部抽调人手，一行七人，浩浩荡荡地来到天科所在的办公大楼。乘电梯到天科办公室所在楼层，对面的电梯门也开了，出来一脸凶相的彪形大汉，脖子上爬着一只闪电貂，后面跟着五六个膀大腰圆的小弟，一看就是有违核心价值观的不正经人士。

电梯间小，两队人马十几人，近在咫尺。

高进这边清一色西装革履的精神小伙，崔哥这边清一色花脖子花胳膊的痞子混混，双方你看我，我看你。短暂的新鲜劲过后，雄性本能的竞争意识便开始发作了。西装革履的精神小伙们收回了视线，用目不斜视的眼神表达了对混混们的不认可。混混们故意曲起花胳膊上的肱二头肌，或者夸张地扭动花脖子发出咯噔咯噔的声响，显摆力量，表达对“白切鸡”的鄙夷。白切鸡是混混们给那些文弱男人起的代号。

这一层只有天科一家公司，所以目的地是一样的。

两队人马几乎同时迈开步子。

混混们故意甩手甩脚，看“白切鸡”们被挤到一边，就放肆地笑了起来。

杜永波早就接到集团的电话，守在门口迎接，看到崔哥和高进同时过来，一下子蒙了。

“高总，崔哥，你们怎么一起来了？”

高进看了崔哥一眼，心想，原来这个人就是苏筱说的混社会的。

崔哥口气不善地问：“夏明呢？”

“夏总在他办公室里……”杜永波话还没有说完，崔哥一把推开他，然后带着小弟们耀武扬威地往里闯。

“唉，崔哥……”杜永波想阻拦，被花脖子跟班一把拎住脖子，往旁边一扔。

扔完以后，花脖子还嚣张地扫了“白切鸡”们一眼，然后大摇大摆地跟上崔哥。

杜永波站稳，脸上火烧一般，尴尬地看着高进：“高总，您怎么跟他一起来的？”

高进淡淡地说：“电梯间撞见的。”

杜永波哦了一声，松了口气，说：“办公室已经给您准备好了。”

高进客气地说：“麻烦你了。”

杜永波把高进送到会议室后，赶紧去夏明办公室。

崔哥带来的小弟们除了花脖子外，都守在门口，站成两列，圆睁着眼睛，见谁瞪谁。杜永波冲他们小心翼翼地点点头，敲了敲办公室的门，然后推门而入。还好，屋里气氛有些剑拔弩张，却还没有失控。崔哥大马金刀地坐在单人沙发上，跷着二郎腿，凶神恶煞的眼神带着三分怀疑。花脖子马仔反剪双手，鼻孔朝天地站在他后面。

“我昨天越想越不对劲，那姑娘不可能莫名其妙地跑到我那里。”

夏明坐在他对面，还是平时的从容神色。“怪我，昨天走得太匆忙，没来得及跟你解释。是这样的，集团正对我们进行调研，她是负责调研的组长，然后看到咱们的借款合同，就去实地确认一下，不是什么大事。”

崔哥拖长音调：“不是什么大事？”

夏明肯定地点头：“就是走个流程。”

崔哥眯起眼睛盯着夏明一会儿：“你在说谎。”

“蒙谁我也不能蒙你，是不是，你可是我的大金主。”

“那你告诉我外面那群人是怎么回事？”

“哪群人呀？”

杜永波小声提醒：“是高总他们。他们在电梯间遇上了。”

夏明恍然大悟地哦了一声：“那是我们集团的领导，过来视察。”

崔哥突然重重地一拍桌子，说：“你别再跟我胡扯了，当老子不懂呀，这种级别的调研，不是你有大问题，就是你们公司出了大问题。”

“能有什么大问题呀？崔哥你想多了。”

“还想骗老子，老子干这行十几年，这点直觉都没有吗？你马上还钱，咱们还可以和和气气，你要是再推三阻四，别怪老子不客气。”

“崔哥你冷静点，听我说。”

“老子说了，还钱。”

“钱都投进群星广场了。”

“老子不管你投到哪里，马上给我弄回来。”

“这不可能。”

“你有种再说一句。”

“不可能。”

崔哥霍然起身，居高临下地看着夏明：“你真是不见棺材不落泪，是不是？行，老子马上给你送一口棺材过来。”说罢，一脸怒气地往外走。杜永波紧张极了，想说几句好话，又不敢，眼睁睁地看着崔哥带着小弟们扬长而去。

“夏总，这……”

夏明没有丝毫的慌乱，拿起茶杯，不紧不慢地喝了一口茶，才看着他：“高进已经来了。”

杜永波点点头：“来了，我都安排好了。”

夏明点点头，看杜永波额头都冒出汗了。“你很紧张？”

杜永波讪讪地说：“刚才看到高总和崔哥一块儿进来，确实吓得不轻。”

“这样挺好的，还节省了时间。”夏明拍拍杜永波的肩膀，“快结束了。”

“你要不要去见见高总？”

“不用，等他来找我。”

高进带来的人，加上了解情况的朱跃、吴红玫，调查进行得很快。

为慎重起见，还是查了一遍。

结果和苏筱说的一样。

既然从数据打不开缺口，那就从人那里入手了。

高进让杜永波准备一间空的单人办公室。

夏明已经交代过了，高进要什么给什么，所以杜永波也不问他要做什么，按照要求，把黄礼林的办公室收拾出来，领着高进过来："您看看，这间合适吗？"

"你们一直留着黄总的办公室呀？"高进环顾四周，目光最后落在夏明和黄礼林的合照上。

"对，夏总留的。"

"黄总的身体恢复得怎么样了？"

"挺好的，昨天还自己推着轮椅到公司了。"

时值正午，阳光刺眼，杜永波走进来，将百叶窗放下。

"他一直惦记着公司吧？"

"可不是，夏总怕他操心，不告诉他公司的事情，他就打电话偷偷地问我。"

高进绕过办公桌，在大班椅上坐下："那他知道公司亏损了吗？"

杜永波放百叶窗的动作一顿，回头飞快地看了高进一眼，结果与高进锐利的眼神撞个正着，他心虚，眼神飘了一下，说："这个我不清楚。"转过头，继续放百叶窗。借着调整百叶窗的时间，他也调整了一下情绪。

"过来坐。"高进指着对面的椅子，示意他坐下。

杜永波带着小忐忑坐下。

高进以闲聊的口气问："你觉得他要是知道公司亏损了，会怎么样？"

杜永波讪讪："这个，这个，不好说呀。"

"以我对他的了解，他应该会跳起来。"

杜永波尴尬地笑了笑。

高进目光直直地盯着他："为什么会亏损？"

杜永波含糊地说："这个……经营方面的情况，我不是特别清楚，要不我叫夏总过来，让他跟您说说。"

"你是财务经理，你不清楚为什么亏损？"

杜永波想了想，勉为其难地回答："应该跟桃源村安居工程项目有关，那堵墙倒塌后我们赔了一大笔钱。还没有填完窟窿，又接了群星广场的项目，一直垫资承建，利息支出成倍增加。后来黄总生病了，银行贷款贷不下来，分包商抢着结款，我们的资金链就出了问题……不过等群星广场开始预售，就会好的。"

高进冷冷地说："预售了会好吗？"

杜永波底气不足，弱弱地说："应该会好吧，现在结算方式改成以房产抵押工程款，房价应该还会涨。"

"如果跌了呢？"

"不太可能会跌吧，最近每个月都在涨。"

高进转了话题："你觉得财务工作最难的地方是什么？"

杜永波想了想，说："这个……没觉得有特别难的地方。"

"最难的就是摆正自己的位置。"高进说，"领导想要数据好看，想要额外报销，想要弄个小金库，你不答应吧，要惹领导生气，给你穿小鞋。你要答应了，就违反了财务准则，出了事，你就是共犯。"

杜永波松了口气，深以为然地点点头："是这样的，我同学里就有人因为财务造假进去了，挺冤的。还好，黄总和夏总都特别守法，从来没有要求我做违法的事情。"

高进见他神色不似有伪，微微一怔，眯了眯眼睛。

"你出去吧，请夏总过来一趟。"

杜永波长长地松了口气，冲高进笑了笑："我这就去叫夏总。"

他起身，脚步轻快地走了出去，高进看着他的背影，心里已经确定，财务没有造假，但是亏损可能有些猫腻。杜永波一说到亏损问题，就会小心翼翼地提着劲儿，说起财务方面的话题时明显松了口气。

夏明进来的时候，看到高进拿着他和黄礼林的合照，一脸若有所思。听到脚步声，他头也不抬，自顾自地说："我记得刚认识你舅舅没有多久，他第一次请我们吃饭，说是他外甥在少儿组心算比赛中拿了第一名。"

"那是很久以前的事情了，高总居然还记得。"

"记得，因为印象很深刻。"高进将合照放回原处，交叉着手，看向夏明，"你舅舅刚开始给我的印象是五大三粗，不像是情感细腻的人。后来我发现，他确实不是情感细腻的人，他的细腻只用在你身上。”

夏明收了笑容，默了默：“舅舅确实很疼爱我。”

“都说外甥肖舅……”高进顿了顿，说，“你们俩不像，完全不像。”

夏明不解其意，干脆不说话。

“这几天我把你们近五年的财务报表都看了一遍，发现自从你进入天科之后，天科的风格就不一样了。”

终于要进入正题了，夏明配合地问：“怎么不一样了？”

“以前是精打细算，你来了之后就大手大脚了。”

“还好吧。”

“看起来是你舅舅中风，分包商抢着结款，导致公司流动性出现问题，但根源其实在你身上。”

“高总什么意思，是想说我是一个败家子？”

“不。”高进的目光一下子凌厉起来，就像是开刃的刀片，盯着夏明，“我只是想不明白，上幼儿园就得心算第一名的你，怎么会算不清楚这种大手大脚的后果。”

话题陡转，夏明猝不及防，目光微微闪烁一下。

办公室的气氛也随之紧张起来，图穷匕见的紧张。

夏明发出一声轻笑，身子往后一靠，看着高进说：“我只能说欲加之罪，何患无辞。”

高进正想说话，夏明搁在桌子上的手机震动了。

夏明看了一眼手机，说：“工地的电话，我可以接吗？”

高进抬了抬手。

夏明拿起电话，喂了一声。

电话那头是群星广场的项目经理，他语气慌乱地说：“夏总，不好了，出大事了。”

夏明下意识地坐直：“出什么事了？”

“突然跑来一帮流氓……”项目经理大声说，“喂喂喂，你干吗，你住手。”

通话戛然而止。

“高总不好意思，工地出事了，我得去一趟。”夏明脸色凝重地站了起来，不等高进答应，径直往外走。出了门，他的嘴角不由自主地勾了勾。崔哥没让他失望，混黑道出来的行事就是简单粗暴，一如他的预料。

汪明宇从外面赶回来，顾不得喘口气，直接来到三十层的董事长办公室。一进门，直接嚷嚷着："怎么回事？我听说……"

转过玄关，见赵显坤、苏筱、徐知平、何从容或站或坐，都聚精会神地盯着电脑显示屏，他忙压低声音："有流氓在天科工地闹事呀？"

赵显坤嗯了一声，冲他招招手。

汪明宇在徐知平旁边坐下，看着显示屏。上面正在播放群星广场工地的监控视频，只见崔哥带着十来个手拿铁链、棒球棍或U形锁的彪形大汉，雄赳赳气昂昂地来到工地。保安们上前阻拦，都被他们推倒在地。他们大摇大摆地走在工地里，不时地挥舞着棒球棒和大铁链驱赶工人，把工作人员从吊车里揪出来，踢倒在地，然后用大铁链子锁住吊车。项目经理上前阻拦，被他们一脚踢开，手机也被夺走，狠狠地摔在地上……工人们抱头逃窜，工地一片混乱。

"真是无法无天了。"汪明宇重重一拳击在办公桌上，"报警了没？"

"还没有，这伙人是天科的债权方。"苏筱说，"他们现在占了工地，要求还钱。"

汪明宇诧异："天科怎么有这样的债权方？"

汪明宇还想再问，座机响了。

电话是高进打来的："目前看来，天科和盛世担保公司的借款是真实发生的，也没有发现左手倒右手的痕迹。这家盛世担保公司的法人叫崔捷，绰号崔哥，黄礼林以前提过，董事长你有没有印象？"

赵显坤想了想："没有，我一点印象都没有。"

高进说："黄礼林以前经常找这家担保公司周转，做过桥贷款，十几年的生意往来，一点交情都不讲，这有些不合情理。"

赵显坤问："你的意思是，他们在演戏？"

汪明宇有点搞不清楚情况："为什么要演戏？"

"我也有些糊涂。"高进说，"说演戏好像不像，说不是演戏，又不合情理。"

赵显坤略作思索，看向苏筱说："苏筱，你辛苦一下，跑一趟。"

苏筱点头，转身要走。

"跟这种老流氓打交道，苏筱一个女的不合适，我去一趟吧。"

"他们点名要找她。"

汪明宇诧异。

"我前不久去过这家盛世担保公司，跟那个崔哥打过交道。"苏筱说，"汪总您别担心，工地里很多人，项目经理们都在，还有夏总也已经去了，人身安全不存在危险，我先去探探口风，不行您再出面。"

汪明宇不甘心，说："那让赵鹏跟你一起。"

"不用了。"赵显坤说，"让从容跟她一起去吧。"

汪明宇皱了皱眉，没有再说话。

苏筱和何从容走后，汪明宇和徐知平也一起离开董事长办公室。

走到走廊，汪明宇立刻拉长了脸，满脸不虞地说："老徐你看看这叫什么事，天科还归我管呢，发生这种大事，都不通知我。"

徐知平解释："是夏明通知苏筱的。她现在是改革小组组长，通知她也没有错。"

汪明宇说："夏明通知她是没错，她怎么就不通知我一声，要不是赵鹏给我电话，我还不知道什么时候才能知道。"

徐知平说："当时挺着急的，她可能疏忽了，我会提醒她注意的。"

汪明宇说："老徐，我不是这个意思，我就是觉得，现在这风向不对。我管的天科发生大事，不通知我，行，没问题。我说我去工地，不让我去，行，没问题。我说让赵鹏陪苏筱去，还是不行。改革小组副组长一起去，有什么问题？为什么要让什么都不懂的何助理和苏筱一起去？"

"为什么？"

汪明宇急了，看着徐知平："你别跟我装傻，别人不懂，你还不懂吗？集团里最了解董事长的就是你，他现在就是防着我。"

"明宇你想多了。"

"我没想多。他对我有意见。"汪明宇气愤地说，"我真不明白，我做了什么，哪里对不起他了，他对我有这么大的意见。"

"明宇你先别这么早下结论，上牙还会磕到下牙呢，是不是？咱们这么多年，彼此之间，磕磕碰碰不少，但还不是一起二十年了。"

“他现在跟从前不一样了，从前他倚重咱们，什么事都跟咱们商量。现在呢，他独断专行，喜欢提拔小字辈，为什么，小字辈听他话呀，威风呀。照这么下去，将来他身边全是苏筱一类的，咱们都得被淘汰了。”

“明宇你这话说得严重了。”徐知平嘴里这么说，眼睛里也有一丝忧虑。

“老徐，我就问你，到那天你怎么办？”

“不会有那一天的。”徐知平婉转地给了他一颗定心丸，“振华是大家的振华，不只是你的，不只是我的，也不只是董事长的，是我们大家的。”

得到他的承诺，汪明宇松了口气，说：“我也希望不会有那一天。”

第二十四章

越着急的时候越容易遇到红灯，这几乎成了一个定律。

一旦赶上了一个红灯，那接下去的每一个路口，基本上都会遇到红灯，这是另一个定律。又一个路口遇到红灯后，苏筱忍不住开始出谋划策了：“等一下你慢慢开，错开下一个红灯后，咱们就不会赶上红灯了。”

“我不喜欢慢慢开，我的车也不喜欢。”何从容温柔地摸摸方向盘，“它已经很委屈了。”

“这一会儿一个红灯，咱们什么时候能到工地呀？”

“行呀，这可是你说的哦。”

苏筱还没明白他的意思，红灯转绿灯，他猛踩油门，如离弦的箭矢一般，咻一声闪过十字路口，然后在车流里各种加塞、各种超车，逼停了好几辆车，喇叭狂叫，司机们一个个急红了眼，从车窗里探出头送上国骂。

这一路苏筱连眼睛都不敢睁开，心脏都快要从胸腔里跳出来了。

等到了目的地，车子一个急刹停下，她脸色苍白地坐在副驾上半天也没有缓过来。

何从容扶着方向盘，看着她惨白的脸，优哉游哉地说："看你，给你想要的，你又要不起。"

苏筱白他一眼，恨恨地说："以后我再坐你的车就不是人。"

"行呀，那等一下我自己回去了。"

"明天开始才叫以后。"苏筱补了一句，打开门，下车。

何从容好笑地看着她，看着她下了车后，立刻收起所有的虚弱，昂首挺胸，雄赳赳气昂昂的样子，突然有些后悔，不该这么折腾她，刚才他是故意的，想看她求饶，可她愣是没有求饶。

工地的道路落着沙子砂浆，她穿着高跟鞋，容易打滑不便于行，但她还是努力走出端正的步伐。走到大门口，她似乎意识到何从容没有跟上来，转过身，冲他招了招手。何从容没有动，想看看她会怎么做，会不会如同她口头上表现出来的那般强硬，甩头而去，置之不理。

她没有。

她轻轻地跺跺脚，往回走了几步，又招了招手，大声说："过来呀，快过来呀。"

就像是小时候招呼小伙伴出去玩一样。

一个口是心非的人呀，何从容笑了起来，下车，决定等一下回去好好开车，不吓唬她了。

以后都不吓唬她了。

一路过去，大型机械设备都被上了锁。地上脚印凌乱，有扭打滚爬的痕迹，几顶安全帽无助地散落其中。工人们三三两两地聚在工地办公室的外面，脸有余悸，或蹲或站，小声议论着。看到苏筱和何从容过来，他们停止说话，好奇地盯着他们。

工地办公室更是一片狼藉，地面散落着文件、纸杯、烟头，饮水机里的水都流到地上了。桌子全部被推到一边，中间空出好大一块地，只摆了一张椅子，崔哥大马金刀地坐着，跷着二郎腿，一只手搭着椅背。十来个花脖子花胳膊小弟或坐在桌子上，或拎个大铁链子站着他身后，形成拱卫之势。小弟们的眼睛瞪得比铜铃还大，表情一个比一个凶，对他们来说，这也算是绩效。

苏筱走进办公室，迎接她的就是这十几号流氓的虎视眈眈。

她进去之后，才发现夏明也在，他倚着临门的窗子站着。

苏筱好奇地看他："你怎么站着？"

夏明还没有说话，崔哥先说了："他不配坐。"

夏明冲苏筱笑了笑，还挤了挤眼睛。

崔哥朝花脖子使个眼色。

花脖子拿过一张凳子，搁在崔哥的对面。

崔哥指着椅子，对苏筱说："请坐。"

苏筱坐下："谢谢崔哥。"

"不用客气，我还得谢谢你，要不是你来我公司，我都不知道……"他恨恨地瞪夏明一眼，"这小子一直在骗我……"

"我怎么骗你了？"

崔哥大声说："没让你说话。"

夏明摊摊手。

"老子在道上这么多年，没有人敢这么欺骗老子。"

"我没有欺骗你，说好了项目预售，拿房子抵押。"

"滚，到现在还要骗老子，老子已经打听清楚了，你们天科严重亏损。就算有房子，也填不满你的窟窿。"

"我的窟窿也不用你来填。合同摆在那里，咱们照合同执行。"

"狗屁合同，老子现在就要钱，把钱还给我。"

"崔哥，咱们的合同还没有到期呢。"

"老子做了这么多年，还不懂？债权方发现对方存在履约风险，提前要求偿还，这在法律上都是支持的。老子现在的做法是合法合理的。"

苏筱打断两人的你来我往："崔哥您别着急，我们集团已经知道事情始末，派我来处理。"

看到苏筱，崔哥脸色稍霁："你说。"

苏筱睨了旁边的夏明一眼，说："其实，天科的基本面没有变，只是存在一时的流动性困难。"

崔哥"啧"了一声，招呼小弟们过来："都过来学学，听听大公司的精英是怎么说话的，亏损要说成一时流动性困难。以后你们出去，遇到那种说一时流动性困难的家伙，就绝对不能放贷，明白吗？"

小弟们齐刷刷地应了一声："明白。"

崔哥这才看向苏筱，说："小姑娘，我看你人不错，才叫你来，你就别再跟我来这套虚的了。爽快一点，叫你们集团还我8000万，还有利息，我立马走人。"

"8000万不是小数目。"

"给你们三天时间。"

来之前，赵显坤特别给过指示，首先要搞清楚崔哥的真实意图是什么？其次要搞明白，他和夏明是不是一伙的？第三点，不能同意付钱，用拖字诀，拖到高总调查清楚再说。虽然目前没有证据证明崔哥借给天科的8000万通过虚假分包转回他手里，但是不排除有这种可能。苏筱记得夏明走进崔哥办公室时，说了一句我来，拿起五杯酒，一饮而尽。轻车熟路，分明关系不浅。所以这件事看起来，很大概率就是崔哥和夏明联手，想从集团套走8000万。

自己喜欢的男人，真是一言难尽呀。

苏筱忍不住失望地看了夏明一眼。

崔哥不耐烦地说："行不行，给句话。"

"我们集团，有领导班子、有董事会、有股东大会，所有事情都要走流程的。8000万也不是8000块，这一套流程走下来，至少要半个月，三天，肯定是不行的。"

崔哥说："那就不用再谈了。"

"崔哥，请恕我直言，天科在群星广场垫资太多，才导致流动性出现问题，你们锁了设备，导致停工，只会让事情往更坏的方向发展，也会影响债务的履行，你现在相当于搬起石头砸自己的脚。"

"美女，我知道你很能说，我肯定说不过你，所以我懒得跟你说。"崔哥朝后面伸出手，花脖子从口袋里掏出一张纸递给他。崔哥接过，将纸甩给苏筱。"好好看看，这是我昨天提交的立案手续和法院的受理通知书。外面这批机械设备都是3000万借款的抵押物，我们已经提交了诉前财产保全，七天之后，法院立案，同步生效。"

苏筱展开，脸色一变。

夏明上前一步，从她手里拿过复印件，也是脸色大变。

"崔哥你这样做过分了一点。"

崔哥看着夏明，冷笑着说："老子知道你不见棺材不落泪，现在见着了，可以好好谈谈了吧。"

"这样的话，崔哥，我得请示一下领导。"

苏筱起身走到外面，掏出手机，给赵显坤打了个电话，简单地将情况说了一下。

赵显坤问："你怎么看？"

"我现在也有些混乱。崔哥一旦诉讼保全成功，群星广场得停工，天科也就彻底完了。天科是黄礼林一手做起来的，他应该不会跟崔哥联合起来毁了天科吧。"

"你忘了，集团要合并天科。"电话那头，赵显坤叹了口气，"你永远不知道人性有多贪婪。"

是这样的吗？苏筱扭头看着窗口，正好夏明往外看，两人视线相交，苏筱赶紧转开了。

"先答应他们三天内还钱。"赵显坤说，"我会叫高总三天内结束调查。"

苏筱挂断电话，深吸一口气，走进办公室，说："我们大领导同意三天内还钱。"

"爽快。"崔哥朝花脖子一使眼色，花脖子从一个小弟手里拿过一串钥匙，扔在桌上，"你们爽快，我也爽快，钥匙给你们。但是我把丑话说在前头，三天内，你们要是不还钱，到时候我会让你们更好看。"

苏筱瘫在椅子上，筋疲力尽。

夏明倒了一杯水递给她，说："现在你相信天科亏损了吗？"

苏筱没有吱声，接过水，一饮而尽。

高进又用了两天时间才结束调查，回到集团，先向赵显坤复命。

"没有发现两本账、小金库，也没有发现非法转移资产。从财务数据来看，天科真的亏损了。"

"财务数据？"

"是的，我始终有些怀疑，但是没有证据。黄礼林和夏明都是特别聪明的人，按道理不会搞成这样。"

"你认为黄礼林、夏明和崔哥联手套利的可能性有多大？"

“财务数据来看0%。感觉20%。”

“明白了。”赵显坤又问，“天科亏损的原因是什么？”

“天科的亏损爆发是在黄礼林中风之后，但根子是从夏明进公司埋下的。黄礼林是个精打细算的人，做事一步一个脚印，有一块钱花一块钱。夏明不是，他胆子很大，步子也很大，招了不少人，拿了不少好项目，看起来天科在他手里扩张了，但其实人工支出、利息支出一直在大幅度增加。前两年项目顺利，这个问题就被掩盖了，今年碰到群星广场垫资、黄礼林中风，压不住，就爆雷了。简单地说，步子迈得太大了，把自己绊倒了。”

“扶起来，还能继续走吗？”

高进想了想，说：“基本面还在，扶起来能走，但是集团现在资金紧张，花这么大一笔把它扶起来，值不值得？要是它的债权方通情达理还好说，熬到群星广场预售，也能起来。但那个崔哥，是个非常难缠的人，唯利是图，不讲道理。”

赵显坤叹口气，说：“那个人确实，直接进行诉讼保全，下死手。”

高进说：“这种黑道上出来的人，怎么会管别人死活，官司一打，天科必死。董事长，你要早做决定。”

“你觉得应该怎么做？”

“目前看来，只能尽快剥离。”

赵显坤没有说话，手指按着眉心，看着桌面大合照里的黄礼林。

“再说咱们要IPO，不良资产也得剥离。”

赵显坤站了起来：“走吧，开会去。”

这次的会议除了领导班子成员，苏筱和赵鹏也参加了。

高进又将天科亏损的原因简单地说了一下。

“夏明这个人看着聪明，没想到是自作聪明。”林小明摇摇头，心里很是郁闷。他为了帮夏明做合并后天字号的总经理，联系了好几个股东，给夏明铺好了路，没想到夏明这么不争气，白费了他一番苦心。

“天科搞成这样，是意料之外，但也合乎情理。我搞了这么多年风控，得出一个结论，最大的风险来自人。”徐知平说着，看了苏筱一眼，“特别是优秀的人。平庸的人，往往错误也是平庸的；优秀的人，成绩惊人，往往错误也惊人，有时甚至是毁灭性的。”

苏筱隐隐感觉他在敲打自己，看来自己上回阻止“天和减负”的举动，让他心生反感了。

“老徐说得对，这次就是夏明盲目扩张造成的。”汪明宇看向玛丽亚，“玛丽亚，尽快安排一个培训，让老徐给中高管理层们讲讲风险，让大家都引以为戒。”

玛丽亚点点头：“行呀。”

林小民关切地问：“那天科怎么处理？”

“我认为应该尽快剥离。”高进说，“往小了说，天科的债权方很难缠，最好尽快剥离，免得影响到集团。往大了说，我们要上市，也必须尽快剥离不良资产。”

“不好吧。”苏筱脱口而出。

大家都看着她。

“我觉得天科的基本面还在呀，只要群星广场开始预售，就能缓过来。现在剥离了有些可惜。”

高进说：“问题是它的债权人不进道理，这么搞，它根本不可能缓过来。”

苏筱有些着急地说：“那个，集团不能代付8000万吗？也就几个月时间，群星广场就可以预售，天科一定能缓过来的。”

徐知平轻咳一声说：“不是你一个人觉得可惜，但是咱们做事情，不能感情用事呀。”

“我之所以建议剥离，还有一个原因。”高进说，“从财务数据来看，天科确实亏损严重，资不抵债，但我始终有一丝怀疑，没有证据，就只是怀疑。假如天科和崔哥联手套取集团利益的话，那么剥离可以粉碎他们的阴谋，让他们一无所得。”

除了苏筱，其他人都被说服了，看向赵显坤。

一直垂着眼帘、神色凝重的赵显坤抬起头，扫了一眼众人。

“我同意剥离。”

苏筱回到办公室，随手将手机扔在办公桌上，一屁股坐下，脑袋往后靠，闭上眼睛，转动椅子。手机一直在响，响到她都烦躁了。她伸手摸了摸，在桌上摸到手机，凑近耳边喂了一声。

是崔哥的声音：“美女，明天就是最后一天，该付钱了吧。”

苏筱一下子清醒了，她睁开眼睛，稍稍坐正，说：“崔哥，是这样，我们集团决定剥离天科，您作为债务人，有优先权……”

“我要一家破烂公司干吗！老子要钱，钱，钱，钱！”崔哥的声音跟惊雷一样在苏筱耳边炸开，她吓得一个哆嗦，手机都差点掉地上了，“你们振华集团也是有头有脸的大企业，答应好的事情，说变就变，欺负人是吧。”

“没有，欺负谁也欺负不到您头上，我们集团要IPO，要剥离不良资产。”

“你们都知道这叫不良资产，还问我要不要，我傻呀。”

“其实天科基本面真的不错，崔哥如果你愿意撤销诉讼保全……”

“别跟我说这些废话，你们集团不仁，那就别怪我不义。”

通话戛然而止。

苏筱沮丧地将手机扔回桌子上，重新往后靠，怔怔地看着天花板。

没一会儿手机又响了，她伸手摸过手机，低低地喂了一声。这回电话是夏明打过来的，他说：“刚刚崔哥打电话给我，很激动，把我臭骂一通，说咱们集团欺骗他，要把天科剥离给他，这是怎么回事？”

“是这样的，我正准备跟你联系呢，刚才领导班子开会，讨论了一下天科的事情，决定剥离天科。债权方和管理层都有优先收购权。如果债权方和管理层没有意向，那就通过第三方进行拍卖。”

电话那端沉默良久，问：“8000万就能解决的问题？为什么要剥离？”

“集团要IPO，不能留着不良资产。”

“给天科一段时间，等群星广场预售，就可以缓过来，集团连几个月都等不起吗？还是说集团不愿意掏那8000万？”

苏筱含糊地说：“这事情有些复杂。”

“复杂什么，就是不愿意掏钱。”夏明冷笑一声，说，“需要天科出钱出力的时候，集团就说兄弟单位一视同仁，每当天科有困难求助于集团的时候，集团就视而不见，也不说一家人了，现在更好，直接就把天科踢出集团。苏筱，你看到了吧，这就是集团。”

苏筱无言以对。

夏明也沉默了。

两人隔着电话沉默良久，然后夏明静悄悄地挂断了电话。

一直侧耳聆听的黄礼林紧张地问：“怎么样？”

夏明说：“一如我所料，集团不愿意掏这8000万。”

黄礼林咒骂了一声。

夏明说：“这样正好，咱们也算仁至义尽了。”

“确定要剥离了？”

夏明点点头：“已经过了班子会。”

黄礼林颇为激动，手按着心脏说：“可算是到这一天了。”

“接下去，我会让群星广场的姚总买下天科，然后再转给咱们。”

“你看着办。”黄礼林非常放心，这么复杂的布局，长达几年时间，每个环节，一丝不差地全部按照夏明的设计走了下来。

苏筱在办公室里枯坐着，脑袋里跟走马灯一般，似乎想了很多，又似乎什么都没有想，只觉得疲倦，甚至厌倦。一路走来，她希望能做些有益的事情，但总是力有不逮。天科剥离也意味着夏明的出局，剩下四家即使合并了，规模和项目都差点意思，又缺少运筹帷幄的核心领导层，即使合并了，前途也是灰暗的。天字号的合并，在集团做出剥离天科的决定时，已经失败了一半。也就是说，她将近两个多月时间的奋战，最后收获了一个失败。

这一坐，就坐到深夜。

那些纷纷扰扰的念头暂时休息了，她拿过包，收拾回家的东西时，才发现手机将桌子上摊开的天科季度报表复印件，硒了一个洞。她一直怀疑夏明又挖坑，所以复印了天科的季报放在桌子上，天天看一眼，希望能看出蛛丝马迹，结果一无所获。现在看来是自己想多了，夏明是人不是神，天科是真的亏损了。

她找出透明胶粘好报表，准备收起来，放进资料柜里。

目光无意中落在无形资产栏目，这一栏显示500万。

这个500万，每张报表里都有，她来来回回看到好几次了，之前一直熟视无睹，因为金额不大，每家公司多多少少都有些无形资产。但是这一刻她心里突然生出好奇心，天科的无形资产是什么？

翻出无形资产明细看了看，有三个，一个是曾经注册过的商号值100万，另一个是密云一块土地使用权100万，还有一个是大兴一块土地使用权300万。看到这里，苏筱才想起，这个明细她看过。但是当时的重点是查8000万借款流向哪里，查的是虚假分包和两本账小金库，这三项无形资产价值不高，且一直存在，明显与8000万借款无关，所以就没有细究。

这一刻，不知道为什么，鬼使神差地，苏筱突然对价值300万的大兴土地产生了浓厚的兴趣，300万，在大兴肯定是很小的一块地。她找出地图，对着地图找了找，呵，好大一块地。

电石火光间，她突然明白过来，原来自己一直找错方向了呀。

夏明还是那个夏明。

第二十五章

六月了，即使是清晨，阳光也很好，照着好大一片菜地，井然有序的各种时令蔬菜，一颗颗青翠欲滴。苏筱沿着小路走过来，从地图上看就觉得大，到现场一看更大。走到尽头，立着一栋五六层高的小楼。

门口，有个头发花白的老人正在砌花坛，动作行云流水。

苏筱看了一会儿，说：“老先生以前是瓦工吧。”

老人头也不抬地说：“是呀，做了一辈子的泥水匠。”

“看您这手艺，以前是瓦工班组长。”

老人嘿嘿笑了两声，得意地说：“是呀，最多的时候手下一百多号人呢。”

“您怎么住在这里呢？这块地应该是农业用地呀，这个楼应该是临时建筑物。”

老人直起腰，看苏筱一眼，说：“小姑娘挺懂的呀，也是搞这一行的吧。”

苏筱笑容满面地说："老先生好眼力。"

"哪一家公司的呀？"

"振华。"

"哎哟，巧了巧了。"老人高兴地说，"我以前也是振华的。"

"您怎么住在这里呀？"

老人叹口气说："这不，做了一辈子的泥水匠也没买上房嘛，老家的房子一直没人住，也塌了，小夏就安排我住在这里。"

"小夏？"苏筱心里打了一个突。

"对，小夏，他也是振华的，你认不认识，他叫夏明。"

"我认识。"

有说笑声传来。

苏筱循着声音看过去，楼里出来好几个人，也是年龄很大，扛着锄头，说说笑笑。

老人说："我们以前都是天科的，干不动活了，又因为各种原因回不了老家。小夏就把我们安排在这里了，种种菜，每年也有个固定收入……欸，对了，小姑娘，你来这里做什么？"

苏筱迟疑了一下，说："我是小夏的朋友，经过这里，随便看看。这里是临时建筑，你们不可能一直住这里吧？"

老人笑呵呵地说："小夏说了，这块地以后是要建房子的，到时候给我们都安排个地儿。"

苏筱恍然大悟。

"我有一阵子没看到小夏了，他还好吗？"

苏筱点点头，说："很好，非常好。"

不能再好了，苏筱心想。

又和老人聊了一会儿，将情况都了解清楚，苏筱同他告别，走到无人的地方，她拍了一张菜地的照片发给夏明，然后坐在树荫下面的石墩子上等着他。今儿天好，艳阳高照，菜地里一片苍翠，十分养眼。她的心情复杂，有被欺骗的恼火，也有理解夏明行为的释然，也有不知道接下去怎么办的纠结。

良久，她听到身后传来脚步声，转过身，果然是夏明，他还是老样子，一脸沉稳，看不出内心。苏筱鼓掌："夏总，这一手瞒天过海，真是玩得太漂亮了。”

通过快速扩张，让公司处于亏损边缘，是以黄礼林中风之后资金链断裂，他借机引进崔哥这种不讲道理的债权方；鼓动汪洋借高利贷还给集团，从而激化天字号与集团的矛盾，加速天字号合并的进程，所以他当时很痛快地同意合并；合并需要尽调，亏损的事情自然就暴露出来了，集团发现亏损之后肯定会调查，但是因为最近频繁借款，调查多数会把注意力用在两本账、小金库和虚假借款，以及左手倒右手这类违法违纪行为上，却没有想到他真正要“隐藏”的是一块地；接下去他再利用崔哥这种不讲道理的野蛮作风，向集团施压，集团担忧这是双方联手的套利行为，同时为了IPO一定会快刀斩乱麻，尽快剥离；接下去他只需要安排人买下天科，再把这块农业用地转成商业用地，轻轻松松就可以扭亏为盈……多么复杂的一个局，多么精准的操作。

“一般，这不让你看出来了嘛。”夏明笑了笑，在旁边的石墩子上坐下，“我就知道，如果这件事存在变数的话，这个变数一定来自你。”

“这块地这么大，要转成商业用地或者住宅用地应该价值不菲吧，至少七个亿。”

“农业用地转成商业住宅哪有这么容易。”

苏筱看着不远处的高楼大厦，说：“就算转不了，按照目前的城市扩张速度，最多三年就要开发到这里了。何况你还有贺小姐呢。”

夏明笑了笑，没有告诉她，贺瑶已经走了。

“昨天我在想你也是人不是神，现在才发现还是把你想得太简单了，你给所有人都挖了一个坑。”苏筱语气重重地说，“所有人都被你牵着鼻子走。”

“没错，我处心积虑，我牵着大家鼻子走，我把所有人都玩弄于股掌之间。”夏明长长地叹口气说，“你觉得我想？”

苏筱嘲讽地说：“你肯定是不想，你肯定都是不得已的。”

“你还记不记得，我曾经跟你说过森林的门坏了的笑话。”夏明顿了顿说，“只有先拿到门，我才能制定规则，是双向收费五百年，还是免费一千年。”

“我知道你想利用潜规则来战胜他们，然后再重新制定自己的规定，问题是，你利用潜规则战胜别人，这是潜规则的胜利，不是你的胜利。就像勇士们在杀死恶龙的时候都认为自己会返回村庄，但是坐在那些金银财宝上，他们最终都变成了恶龙。”

夏明看着苏筱的眼睛说：“那你胜利了吗？想想许峰。”

提及许峰，苏筱的底气一下子泄了。

“你再想想，如果集团愿意支付8000万帮天科渡过难关，还有什么事？”

苏筱更加泄气，头都耷拉下来了。

“还有合并之后，我们天科的老员工们怎么办，这些人怎么办？”夏明指指在菜地劳作的退休建筑工人们，“你告诉我，这些人怎么办？”

苏筱抬起头看着烈日下劳作的老人们。他们以为夏明在同他们打招呼，一个个直起腰来挥着手。

“集团有他们的容身之地吗？”

苏筱张张嘴巴，说不出话。她还记得天和老总是如何逼退员工，而自己去找徐知平抗议时，徐知平只是轻描淡写地说了一句，出发点是好的，只是方式有欠妥当。

夏明说：“我也想造价表就是造价表啊。我也想没有那么多利弊，只有简单的对错。可是，你觉得在集团里能实现吗？”

这一刹那，苏筱一直坚定的信念开始摇摆了，脑海里响起诸多声音，嘈杂地交织在一起，吵得她脑袋都疼了。

玛丽亚说：“……哪有合并不裁员的，合并之后裁员20%、30%都是正常的。”

徐知平说：“……我们的责任就是收钱。”

汪明宇说：“……他们天天困难，一年三百六十五天，没有一天不困难的。我和他们认识这么久，太清楚了。”

徐知平说：“……企业不是慈善机构，还是要以盈利为目的，有时候该狠心就狠心，该牺牲就牺牲。”

许峰说：“……我不想再被他们按在地上摩擦了。”

苏筱按住太阳穴。

“苏筱。”

苏筱抬起头看着他。

“你还记得我曾经的邀请吗？我说，欢迎你加入天科，这个邀请没有期限，从前条件不完备，现在条件成熟了。等天科剥离了，它会是一个全新的天科，由我们一起来制定规则。”

不得不说，这是一个让人怦然心动的邀请呀。

苏筱心事重重地回到集团，屁股还没有坐热，就接到黄礼林的电话，特别客气地问她方不方便，要是方便的话来康复医院一趟。苏筱买了花和水果，打车到康复医院。今天的黄礼林和上次走廊里狭路相逢时又有些不同，他看起来暮气沉沉，佝偻着背坐在窗前，看着外面，背影萧瑟。他缓缓地调转轮椅，看着刚刚进门的苏筱，脸上浮起客气的笑容。

对，就是为了客气而笑，笑容很假还带着苦涩味道。

“不好意思，让你跑一趟。”

“您说这话见外了。”苏筱把花和水果放下，在沙发上落座。

黄礼林滑动轮椅，到苏筱几步之外。

“当年我跟汪明宇争副总经理的位置，闹得很不愉快，董事长对我说，礼林，给你一个公司，你自己搞去吧，然后给了5000万物资，搞了天科。我那个时候心里憋着一股劲，你们觉得我不行，我就要让你们看看，我到底行不行。其他的没多想，也没有要股权股份。主要那个时候，我对股权股份不是特别懂。等我懂了，天科已经有声有色，我舍不得放手了。”黄礼林轻叹口气，歉意地看着苏筱，“不好意思，又让你听这些陈年老故事。”

苏筱摇摇头说：“没有没有，这也是集团和天字号的历史，我们要以史为鉴。”

“其实，我有很多次机会出来单干，如果早点出来，不是我吹牛，现在大小也是个人物。就是因为舍不得天科，一拖再拖，拖的时候越久，投入越多，越不肯放手。可天科毕竟是集团的种呀，就算我回报集团的远远超过5000万，它还是集团的种，我就是个带孩子的，把它养得白白胖胖，最后它要认祖归宗了。”

站在黄礼林的角度，确实一生替他人做了嫁衣。站在集团的角度，我给你物资给你支持，你一个管家想着篡权。公说公有理，婆说婆有理，真不好站队，苏筱斟酌言辞说：“我理解黄总您的心情……”

黄礼林摆摆手说：“不不不，我不是要让你理解我，到了这个地步，理解不理解，无所谓了。天科就是我给自己挖的坑，埋了自己还不够，我还把夏明给拉进来了。以他的能力，单干早就风生水起了，是因为我舍不得天科，把他也给绊住了。我对不起他，我太对不起他了。”情难自禁，说到最后，眼睛发红，声音都变了，“我还非要让他跟你分手，我明明知道他喜欢你……”

苏筱看着他，不知道说什么好，曾经如此强悍的人，现在佝偻着背坐在轮椅上，暮色沉沉。

苏筱想了想，婉转地说：“我进入集团时间晚，很多事情不是亲身经历，不好评价，我的能力也不足以决定事情发展的方向。只有一点，我还是清楚的，我没有怪你，夏明更不会怪你了。”

黄礼林抹一把眼睛，说：“那就好，那就好。不好意思，让你听我唠叨了，你回去吧，我知道你很忙。”

苏筱其实想陪他再坐会儿，再说会儿话，看得出来他很孤独。从灯红酒绿的生意场退下来，每天面对医院的黑白两色，对他这种生性活泼的人来说，是一种慢性折磨。但是两人一直不对付，要聊天也找不到话题。他找她，说这么一番话，用心她明白，有故意示弱的成分，试图左右她的决定。不能说他成功，但她确实摇摆了。

“那我走了，有空我再来看您。”

黄礼林点点头，挤出客气的笑容：“好。”

苏筱拉开门走了出去，又不放心地回头看了一眼，黄礼林挺直了背，冲她客气地笑着，挥了挥手。关上门的瞬间，黄礼林缓缓地垂下脑袋，佝偻了背。他确实是示弱想要博取苏筱的同情，左右她的决定，只要她不向集团汇报，正常完成剥离，他心心念念的天科独立就达成了。那是他一辈子的愿望呀。但他确实也弱了，不方便的腿脚把他困在黑白世界里，每天闻着福尔马林的气味，就算意志如钢铁也被磨损了。从前他面对苏筱，耀武扬威，威胁恫吓，什么时候示弱过？示弱是因为真的弱了。他对她甚至都恨不起来了。

苏筱再一次心事重重地回到集团。

出租车刚停下，突然有一辆越野车打横里蹿了过来，滋溜停了下来。越野车后面还跟着两辆面包车。面包车门打开，崔哥的花胳膊花脖子小弟们跳了下来，有十来个人，气势汹汹。

路人纷纷躲闪。

越野车的车窗放下，露出崔哥凶神恶煞的脸，闪电貂在他肩膀上爬起来爬去，吱吱地叫着。

苏筱赶紧付钱下车，快步走到越野车前，笑着问："崔哥，您怎么来了？"

崔哥冷冷地看她一眼，没有吱声，只冲小弟们摆摆手。

小弟们立刻动了起来，从面包车的后备厢里取出白底黑字的条幅，就往门口的树上挂。条幅上面写着"无良振华还我血汗钱""没有公道没有天理振华还钱""赵显坤你妈叫你出来还钱"等。

顿时引来一群路人指指点点。

"崔哥，这不合适吧。有什么事咱们好好商量。"

"跟你们没什么可商量的，一群败类，言而无信。"

被流氓指着鼻子骂败类，可真是新鲜体验。

苏筱想了想，给徐知平打了个电话。

一会儿徐知平下来了，到越野车前说："崔总，您好，小苏刚刚汇报了情况，有些事情都是沟通不到位造成的。这样，您到我们楼上坐会儿，咱们好好谈谈。"

崔哥的目的还是要钱，见更高职位的人出来了，又递上台阶，自然就答应了。他表面上还装出心不甘情不愿的样子，带着花脖子小弟抱着闪电貂，跟着徐知平和苏筱，大摇大摆地到了二十八层的会议室。

坐下之后，还非常嚣张地将脚跷在会议桌上。

"你们这些人，可真是不见棺材不落泪，老子好心好意给你们三天时间，没用，非得要把条幅挂上，才能好好说话。"

徐知平亲自给他斟好茶水，温和地说："崔总喝杯茶，消消气，凡事好商量。"

崔哥大模大样地端起茶喝了一口："商量啥呀，就你们集团这效率，三天还商量不出一个屁。我不管你们啥剥离不剥离，反正我只要钱，拿不到钱，我就一直挂着条幅，你们这么大的企业不能欺负我一个小人物。"

苏筱笑着说："崔哥，您别开玩笑，您可不是什么小人物，您这么一跺脚，我们整栋楼都得晃动了。"

崔哥心里很受用，脸色稍霁，说：“我不怕跟你们说，比你们更大的集团我也遇到过，最后还不都得乖乖还钱。”

徐知平点点头，态度很好地说：“明白，不过我们集团现在确实没钱，只能卖掉天科，您再宽容几天，等我们确认购买方后，一定会解决那8000万。”

“这种废话就不用说了。”崔哥将茶杯重重一放，“老子的时间也是金钱。”

苏筱和徐知平相视一眼，正为难，响起敲门声，跟着门被推开，进来的是闻讯而来的夏明。看到他，崔哥真是气不打一处，拔高声音说：“哟哟哟，看看这谁来了，草包，大草包来了。”

花脖子小弟发出夸张的笑声，跟猪叫一般，特别刺耳。

夏明置若罔闻，和徐知平打了一个招呼：“徐总。”

“坐吧。”徐知平指指身边的位置，“你们两个才是当事人，还得你们来说清楚才行啊。”

崔哥愤愤不平地说：“我跟他没话可说，当时我看他是个聪明人才借钱给他，结果现在发现他就是个傻子、草包。”

夏明也不生气，笑了笑说：“崔哥生我气，我理解，是我辜负了崔哥的信任。这件事情既然由我而起，也该由我来解决……”

崔哥打断他：“你怎么解决，你有钱吗？”

“你那8000万是拿群星广场的房子抵押的，你不相信我，总该相信群星集团吧。他们是大国企，背后有财政支持，不可能倒。虽然现在群星集团的情况不太好，但是烂船也有三斤钉。”夏明顿了顿，接着往下说，“那天你封了工地，姚总知道了，他也很担心，怕项目停工，特意找我询问情况。他听说　　”看看苏筱，又看看徐知平，“咱们集团想要剥离天科，特别感兴趣，想跟集团谈谈。”

崔哥和徐知平心里一动，心想这倒是个好办法。

苏筱也是心里一动，原来他计划由群星集团收购天科，这安排真是无懈可击了。这人的大脑到底是怎么长的，大脑沟回深如马里亚纳海沟了。世人皆成他的棋子，或进或退，各得其所，一步不差。

感慨之余，不由得看了夏明一眼。

夏明察觉到她的目光，也回眸看了她一眼。

崔哥问："群星集团真要收购？不是又骗我吧。"

"这样，明天我带你见一下姚总，你可以当面问他。"

"行，那我就再信你一回。"他冲花脖子小弟摆摆手，"叫楼下的把条幅撤了。"

夏明说："谢谢崔哥。"

崔哥放下跷起的双脚，别有深意地看了夏明一眼，带着花脖子，抱着闪电貂，扬长而去。

等门关上，徐知平看向夏明："群星集团真想收购天科？"

夏明点点头说："其实姚总很早就想收购天科了，去年还跟我提过，我当时回绝了。现在他怕项目停了，他们没有办法按时预售，那他们的损失太惨重，肯定不止8000万。他让我跟集团约时间谈谈，徐总您看什么时候方便？"

"这事情我还得汇报董事长。"

"行，那我等您消息。"

徐知平感慨地说："其实我还想过，要是有可能，让你舅舅收购，毕竟天科是你舅舅花费了无数心血做起来的。"

夏明谨慎地看他一眼，确定他这话不是试探后，说："有您这句话，我舅舅的付出都值得了。"

"我长着眼睛呢，好歹能看不出吗？"徐知平站了起来，"我去请示董事长了。"

他走后，会议室里只剩夏明和苏筱了。

两人你看我，我看你，都有一腔话要说，又都觉得说什么也不合适。

他呢，不想利用感情来左右她。很早以前，他就知道她是他生命中唯一的变数，如果想人生顺意，最好除掉她。他也有无数次的机会除掉她，但是一直没有动手，不是因为心软下不了手，不是因为喜欢她，而是因为她的这份坚持，她说造价表就是造价表的坚持，她要清清白白做人的坚持，她不与这个世界同流合污的坚持。每个人最初都是她，但最终都不得不与社会妥协。如果有一天，她要放弃这份坚持，也要由她自己决定，而不是因为他的左右。

她呢，一想到天和老总逼员工辞职的丑态，一想到流离失所的砌砖老人，也下不了决心去汇报赵显坤。独立后的天科由她和他一起制定规则，那是多么令人向往的事情呀，但是天科的独立毕竟是通过潜规则实现的，虽然在法律层面挑不出任何问题，但终究是潜规则啊。如果她用了潜规则，那她也成了屠龙者。

屠龙者终成恶龙。

苏筱叹了口气，起身走了。

第二十六章

地下停车场，夏明刚走出电梯，一束车灯照过来，他抬起胳膊，挡住眼睛。

越野车开到他面前停下，差一点就碾了他的脚。

车窗放下，崔哥将一只胳膊架在窗子上，冷冷地看着他："你小子可真行呀，把老子当刀使。"

夏明笑了笑："怎么，现在我不是草包了？"

崔哥晃晃大拇指，说："牛。"摆摆头说，"走，去喝一杯。"

"行呀，我去开车。"

开车的花脖子回过头，看着崔哥说："哥，要不要给兄弟们打电话，让他们提前准备好。"

崔哥纳闷地说："准备好干吗呀？"

花脖子说："揍他一顿呀。他不是把你当刀使吗？得揍得他爹娘都认不出来才行。"

崔哥一个大巴掌拍在他的后脑勺："有点脑子行吗。有胆量、有头脑，还有手腕，这样的人，我这辈子就遇到过两个，一个是他，另一个是我以前的老大。我能有今天的成绩，就是因为我跟对了老大。"

花脖子摸摸后脑勺说："哥，啥意思呀，你要认他做老大？"

崔哥生气地朝着他后脑勺又啪的一下："猪脑筋，开你的车。"

花脖子摸摸脑袋，不敢再说话了。

等夏明的轿车过来，两辆车一前一后地开出地下停车场。

夏明和崔哥在喝酒的时候，苏筱也在喝酒。

坐在漆黑一片的天台，一个人，喝着啤酒，脑海里进行着天人大战。一会儿觉得集团乌烟瘴气，天科独立出去也是好事。一会儿又觉得不报告赵显坤，对不起自己长久地坚持，也对不起赵显坤的提拔……

喝到半醉，还是拿不定主意，脑袋也想疼了。

她躺在天台的长椅上，看着天空，想起小时候，最喜欢躺在屋顶上数星星。可在北京这样的大城市，晚上是看不到星星的，霓虹灯的光太过耀眼，遮掩了星星。如果小朋友在大城市里出生长大，他们还会相信天上有星星吗？

苏筱掏出手机拨给父亲："爸。"

"筱筱，吃饭了没？"

"吃过了。"

"有哪里，家里还是公司？"

"在家里，住处的天台上。"

"怎么跑到天台上了？"

"看星星，但是看不到星星。"

"怎么了？出什么事了？"知女莫若父，父亲意识到不对，说话声音都开始紧张了。

"我不知道该怎么办。"苏筱叹了口气，沮丧地说，"我以为我再往上走一点，路就会越来越宽，然而并没有。全是一些乱七八糟的人和事。集团就是一个泥潭，让人看不到希望。我真的不知道我应该怎么做？"

父亲沉默了一会儿，说："筱筱，爸爸一辈子就待在小事业单位，经历的人与事都有限，你走得比爸爸远多了。我没有什么人生大道理可以告诉你，但我知道，如果地上扔着一个垃圾，我们首先要做的就是捡起这个垃圾，然后再贴个告示，“爱护环境，人人有责”，而不是跟着扔垃圾。很多人迷失了，看到地上扔着垃圾，就跟风一起扔。这是不对的，筱筱，你不能这么做。”

苏筱抬起头看向天空。不停闪烁的霓虹灯、楼宇外墙的各种灯光秀等，光怪陆离，如梦似幻。它们太过炫丽，充满腐蚀人心的魔力，遮掩了本属于黑夜的星光。

但是星光一直在。

苏筱的眼神由迷茫变成了坚定。

第二天大早，来到办公室，苏筱关起门，打开电脑，摒除一切杂念，开始写《天字号合并之全员持股建议书》。天字号与集团的问题，根源在于分配不均，没有共同致富。集团把黄礼林等人当成了工具人，而黄礼林他们不甘心成为工具人。集团把普通员工也当成工具人，而普通员工甚至连不甘心都没有，他们逆来顺受，不是被天和老总这样的领导随意驱赶，便是像砌砖老人一样流离失所。

规则没有到达，潜规则就会到达。

写完《天字号合并之全员持股建议书》，苏筱从抽屉里拿出辞职信，塞进口袋里，然后拿着建议书往赵显坤的办公室走去。她干的事情是冒老板之大不韪，没有老板会喜欢的，不成功大概只能成仁了。但是做了，她就可以无怨无悔，对得起头顶那片星光，那片即便看不到的星光。

唐秘书热情地帮苏筱推开门。

绕过玄关，就要见真章了，苏筱有些紧张，下意识地放慢脚步。

赵显坤正在看报纸，听到脚步声，抬起头，诧异地说：“你怎么来了，我记得知平说你们今天要跟群星集团谈判。”

“我没去。徐总带着赵总去了。”

“为什么不去？”

苏筱没有说话，上前一步，递上建议书。

赵显坤接过，看了一眼，皱眉道：“全员持股建议书，什么意思？”

“就是字面意思，我建议，合并后的天字号由全体员工持股。”

赵显坤用难以置信的眼神看着她，微微拔高声音说：“这是你应该做的事情吗？”

被他这么大声一喝，苏筱虚了一下：“我也不知道应该不应该……”

赵显坤将建议书扔还给她，口气严厉地说：“既然不知道应该不应该，那就说明你还没有想明白，等你想明白了再来跟我说。”

苏筱低着头，胸膛起伏，脑海里闹哄哄的，各种声音回响着。

徐知平说：“当你站在更高的位置，你会明白，普通员工就跟浪花一样，一浪过去了，还会有一浪过来。”

吴红玫说：“集团早就有一套成熟的运作模式，很多事情你根本管不了，睁一只眼闭一只眼，不好吗？”

砌砖老人说：“小夏说了，这块地以后是要建房子的，到时候给我们都安排个地儿。”

苏筱抬起头，深吸口气，眼神坚定地看着赵显坤。“应该，这是我应该做的。董事长，合并天字号过程中，我遇到很多事情，发现很多问题，我得出一个结论，明规则没有到达的地方，潜规则就会占据。天字号的根本性问题，就在于它的利益分配机制是不合理的。”

赵显坤拿起建议书晃了晃：“这就是你所谓的合理？你做得太多了。我让你来合并天字号，不是让你来革股东的命。”

苏筱被骂得有些搂不住了，下意识地摸了摸放着辞职信的口袋。

片刻，她放下按着口袋的手：“董事长，我想请您去一个地方。”

赵显坤狐疑地问：“去哪儿？”

“大兴的一块农业用地。”

“去那儿做什么？”

“那里有一幢临时建筑物，住着三十几户人家，年龄最大的已经七十岁。他们退休前都是建筑工人，在这个城市里盖过很多很多的房子，但是没有一套是属于自己的。他们曾经属于同一家公司，这家公司就叫——振华。”

赵显坤眼睛微微眯起，审视着苏筱。

苏筱迎着他的视线，不躲不闪，说：“董事长，我认为振华，不只是董事长的，不只是我的，而是每一个振华员工的，曾经的、现在的，以及未来的，所有人聚在一起，才是振华。这是一个命运共同体。”

赵显坤默了默，说：“走吧。”

两人乘电梯到一楼，走到大门口，正好徐知平和赵鹏说说笑笑地从外面进来。

徐知平停下脚步说：“董事长，我们跟群星集团的谈判非常顺利……”

赵显坤脚步不停，摆摆手：“晚点再说吧。”

徐知平见他神色有异，诧异地看了苏筱一眼。

苏筱顾不上跟他说话，紧跟着赵显坤的步伐走到大门口，轿车已经停在那里了，上了车，飞快地往大兴驶去。偌大的菜地，一幢孤零零的小楼特别显眼，跟不远处的高楼大厦相比，更显得简陋。

门口的花坛已经砌好了，老人正在培土。

听到脚步声，他抬起头，看到苏筱，浮起笑容：“小姑娘，你怎么又来了？”

“牛师傅？”赵显坤惊讶地喊了一声。

老人看着苏筱身后的赵显坤，想认又不敢认，嘴唇嗫嚅半天。

“是我，赵显坤。”

“真是董事长。”老人高兴地冲上前，伸手想握，又想起满手都是泥，赶紧在裤子摩挲两下，这才伸手相握，重重地晃了几下，“好久没见了。”

“是好久了，有十年了吧。”

“十多年了，自从我去了天科，见面就少了。”老人上下打量着赵显坤，“董事长也有白头发了。”

“老了，都快五十了。”

“当年你多帅一小伙。”

赵显坤摇摇头说：“别提当年了。”

老人拍拍赵显坤的手说：“不提不提。”

“就你一个人吗？其他人呢？”

“他们都在地里干活，我这就叫他们。他们要是听说董事长来看他们了，肯定很高兴。”

赵显坤大感惭愧，他并不是来看他们的，一个小时前，他都不知道他们在这里。“别，牛师傅，我就是过来看一眼，不打扰大家了。”

“不打扰，大家经常念叨你呢，都说你是个好人。”

“今天我是临时出来的，时间不多，改天，改天我再来看你们。”

“行，你是大忙人，我不耽误你。”老人依依不舍地松开手。

“牛师傅我改天再来看你们。”

“好。”

赵显坤冲他挥了挥手，转身离开，走出老远，回头一看，老人还站在那里挥手，突然就搂不住了，鼻子发酸，眼睛发涩。当年他考上大学，离开村里的时候，走了很久回过头，老村长还站在村口冲他挥手。

那一幕情景一直烙在他的记忆里。

他也是农村出来的孩子呀，从小苦水里泡大的。考上大学的时候，脚上穿着老村长的皮鞋，口袋里装着全村集资的生活费，包里装着村民们送的鸡蛋，背上背的是邻居大娘连夜缝的新被子。他走出村庄时发过誓，将来要是发达了，一定会报答他们。后来他确实发达了，也确实回村做了很多实事，修路、助学、赡养老人。但渐渐地，他有些忘记了。他站在三十层太久，久到以为一直站在三十层，看不到下面的人了。

回到轿车上，赵显坤闭上眼睛，不让情绪显露出来。他不说话，苏筱自然也不敢说话。沉默中，轿车开过一个一个路口，一段一段长路，等快到集团大厦时，赵显坤睁开眼睛，说话了。

“牛师傅是我们最早的瓦工组长，一开始那些瓦工都是他带出来的。其实他不姓牛，但是技术太牛了，所以我们就叫他牛师傅。”他顿了顿，感慨地说，“我一直以为他回老家安享晚年了。”

苏筱不好接话。

“这块地这些人到底是怎么回事？”

苏筱将情况简单地说了一下，听完之后，他又是良久的沉默。

“这样，你把全员持股建议书细化一下，做成方案。”

苏筱兴奋地说：“是，董事长，谢谢您。”

赵显坤瞪她一眼：“你是我见过的人当中最胆大妄为的一个。”

苏筱嘿嘿地傻笑着。

赵显坤回到办公室没有多久，徐知平过来汇报工作：“跟群星广场都谈好了，他们愿意收购天科，条件是这样的……”

“不剥离了。”赵显坤摆摆手打断他，“我认真想了想，还是觉得天科基本面不错，亏损是因为扩张太快导致的，没到必须剥离的地步。给它一段时间，就能缓过来。它有几个大项目在，缓过来，就海阔天空了。”

“那……”这陡然的转折抽蒙了徐知平，花了几秒钟才想起说什么，“崔哥那里怎么办？”

“跟他好好谈谈，告诉他天字号合并，他那8000万合同不变，合并后天字号继续履行；如果他不愿意，那咱们就把那8000万还给他。”

“董事长，我能问问，为什么突然改变主意吗？”直觉告诉徐知平，赵显坤所以改变主意，跟刚才和苏筱一起出去有关。

“我其实一直在犹豫，毕竟剥离了天科，天字号的合并其实也失去了意义。知平，你说是不是？”

走出赵显坤办公室，徐知平越想越奇怪，没回自己的办公室，敲开了汪明宇的门。汪明宇一听，也愣了：“这班子会议上讨论通过的事情，他怎么说变就变呀？”

“可不是，还不肯告诉我为什么？”

“你觉得为什么？”汪明宇百思不得其解，“费那么大劲保全一个天科有意义吗？”

“我也不知道呀。”顿了顿，徐知平说，“苏筱可能会知道，刚才两个人急匆匆地出去了一趟。”

汪明宇呵了一声说：“现在咱们已经不配知道他的想法了。”

徐知平默了默，没有再替赵显坤辩解，因为他也很不爽。一直以来他都是集团的大管家，所有项目的风险评估都是他经手的，位高权重。从前有关项目的任何事情，赵显坤都会先和他商量，听取他的意见，但自从苏筱来后，先是天字号合并没有和他商量，现在取消天科剥离也没有和他商量。

汪明宇看看腕表，说：“老徐呀，我得走了。”

“去哪儿？”

“去云南看一下项目。”汪明宇拿起靠墙的行李箱说，“集团的事情你要看紧点，最近这个风向很不对。”

“放心好了，我说过，集团不是董事长一个人的。”

汪明宇点点头，拍拍徐知平的胳膊，拉着行李箱走出办公室。

下到地下停车场，出电梯时，遇到夏明从外面过来，两人在电梯间打了一个照面。

汪明宇停下脚步，问：“怎么回事？听说天科不剥离了。”

"听说是这样。"

"为什么？"

"我也不知道为什么，我刚刚才接到通知。"

汪明宇看一眼腕表说："我得赶飞机，有空再聊。"

走出电梯间，到停车场。他有固定车位，紧挨着赵显坤的车位。赵显坤的奔驰车在车位上停着，司机正拿着抹布擦拭带泥的轮胎。汪明宇好奇地问："这是去哪里了？这么多泥？"

"去一块农田了。"

"哪儿的农田呀？"

"大兴的。"

原来苏筱和赵显坤一起去了大兴的农田，去看地了呀。做他们这行，看地看楼都是经常的事情，汪明宇没再细想，坐上车，往机场开去。

赵显坤背着手站在窗前，看着楼下，楼下很繁华，行人如织。但从三十层看下去，行人渺小如同密密麻麻的蝼蚁。脚步声由远及近，没有犹疑，轻重得当，可见来人内心很强大。当然了，不强大，也不可能想出这么一盘计划。

赵显坤转过身，审视着夏明一会儿，然后一步一步地走到他面前，站定，说："能骗到我的，你是第一人。"

在接到取消天科剥离的通知，夏明就知道，苏筱报告赵显坤了。心里多少有些郁闷，临门一脚被拦截了。但他野心极大，并不将这点失败放在眼里，或许趁机与天科做个了断也是一件好事。以他的才智，未来拥有的何止一个天科。

"你觉得我应该怎么处罚你？"

"您随意。"夏明笑了笑，既然已经图穷匕见，没必要伏低做小。

"觉得我拿你没办法，是不是？"

"您确实拿我没办法。"

这口气，赵显坤又爱又恨，爱他才智无双，如果能为自己所用，岂不是如虎添翼？又恨他不将自己放在眼里，一直在挑战自己的权威。既想灭了他，更想收了他。思来想去，还是收了他吧，因为灭不了他，他的厉害就在于每一步都在法律范围内。但凡有一步违法，他都会将夏明送进监狱，杀鸡儆猴。但夏明没有，他合法地利用了所有规则，让别人挑不到错处。这样的人如果放出去，振华有几个人能和他打？

“把那块地收归集团，把临时建筑物拆了，把那三十户人家赶出去，如何？”

夏明笑了笑：“我不相信董事长您是这样心胸狭隘的人。”

“心胸狭隘。”赵显坤呵了一声，“你觉得，我在乎别人怎么看我吗？”

“您当然不在乎。您功成名就，风吹不着雨浇不到，所有人对您毕恭毕敬。那个在工地里扛沙包搬砖头、和农民工们同吃同住的董事长早就是过去式了，怎么还会在乎那些日头下讨生活的人怎么看你。”

“听听，这一副拯救众生的口气。但是，你有资格说这样的话吗？”赵显坤拔高声音，“你把天科做成亏损，天科亏损意味着天字号合并失败了一半，天字号合并失败又直接影响到集团IPO。三十户人家是众生，两万多户人家就不是众生了吗？”

夏明神色微变，说：“这口大锅我可背不起。”

“今天我还就要你来背这口锅。”赵显坤拿起座机，拨通一个电话，“你上来一下。”挂断电话，往后一靠，看着夏明。

夏明不明所以然，有些紧张。

一会儿，穿着制服的保安部经理走了进来，诧异地看看夏明，又看看赵显坤。

“董事长，什么事？”

“你把人集合一下，等一下有件事要交给你处理……”

夏明意识到赵显坤来真的，沉声说：“董事长，您不能这么做。”

赵显坤冷笑：“我为什么不能这么做？你是集团的，那块地也是集团的。”

夏明默了默，恳求地说：“是我做错了，和他们无关，您要怎么处罚我都可以，但请给他们保留这个安身之地。”

“怎么处罚都可以？”

夏明迅速地盘算了一下，觉得他很难对自己造成实质性的伤害，于是点头。

赵显坤冲保安经理摆摆手，示意他回去。

保安经理一头雾水地来，又一头雾水地回去。

“那我们做个交易吧。”

刚刚开门出去的保安经理脚步一顿，有心想再听一下，门在他身后关上了。

第二十七章

汪明宇出差回来，直接回到公司。

电梯停在一楼的时候，门开了，赵显坤进来。

“哟，回来了。”

“回来了。”

“顺利吗？”

汪明宇摇摇头：“西南大区咱们还是扎不进去，我在想，要不干脆放弃得了。”

赵显坤想了想，说：“等天字号合并了，让他们主攻西南市场吧。我听说最近可能会出个西进计划，如果是真的，那西南就是桥头堡，所以这个市场咱们绝对不能放弃。”

“也行。”汪明宇想了想，试探性地问，“天字号总经理该定下来了吧。”

“你觉得夏明如何？”

当然不如何，汪明宇长长地嗯了一声说：“我有点蒙，我记得出差之前好像还在说要剥离天科。”

“现在不剥离了。天科的亏损，是因为扩张太快导致的，没到必须剥离的地步。”

“这样啊。”汪明宇想了想，“我觉得夏明不行，他太冒进了，你看黄礼林管天科的时候年年盈利，到他手里才多久，就成严重亏损。让他当总经理，我担心他把天字号带进沟里。还是汪洋吧，人踏实，做事也讲究。”

“汪洋什么都好，就是书读少了，做事情格局不够。他管个小公司没问题，但合并后的天字号不是小公司，他管不了，做个副手还可以。就让夏明当总经理，他当副总经理吧。”

“董事长，我觉得你还是慎重考虑一下。越是大公司越不能冒进，天科亏损了，也就一个8000万，合并后的天字号要是亏损了，那就得几个亿。”汪明宇说，“夏明有前科，能力不足。”

赵显坤笑了笑：“亏损恰恰是因为他能力出色。”

汪明宇愣了愣：“董事长你开玩笑吧？”

赵显坤认真地说：“没开玩笑，我是这么打算的，天字号往西南走，开拓新市场，将来可以辐射整个东南亚。总承包公司巩固原有的市场，深度拓展PPP业务。各自发展，互不干涉。”

汪明宇默了默，问：“那夏明报告谁呀？”

“直接报告我吧。这样，你就可以腾出时间和精力，专注于PPP业务的拓展。”

回到自己办公室，汪明宇越想越不爽，一掌重重地拍在桌子上，结果拍到一叠文件上。通常秘书只会把很重要的文件放在桌子正中间，他低头看着文件，文件封面写着《天字号全员持股方案》。

“什么玩意儿？”汪明宇嘟囔一声，拿起方案翻了一下，神色顿变，重重地一放，拿起座机拨通徐知平的电话，“老徐，这《天字号全员持股方案》又是怎么回事啊？”

“董事长想在天字号搞一个全新的激励机制……”

“全新的激励机制？什么玩意儿。”汪明宇气急败坏地说，“我这才出差三天，整个天都变了。天科不剥离了，夏明要当天字号总经理了，又出来一个全员持股方案，关键这些事情，都没有人提前跟我商量一下。我现在到底还是不是集团的副总？”

“这些事情我也是被告知的，并不比你知道得早多少。明宇呀，我建议你仔细看看方案吧，我觉得里面很有些问题。”

“什么问题？”汪明宇重新翻开方案。

“你先认真看看，看完咱们再探讨。”

汪明宇挂断电话，一页一页地翻看着，一个字都没有放过，翻到“股权的构成与划分”，他皱起了眉。文件里写着：合并之后，天字号创始人根据历史贡献分享共计15%的实际股权，合并后天字号的总经理将获得不高于5%的实际股权……他拿过计算器算了算，如果夏明成为天科总经理，那他和黄礼林合在一起的股权有10%了。

天字号合并之后有几十亿的资产，10%那是一个很可观的数字。

这很不对劲，一定有猫腻。

猫腻在什么地方呢？他站起来，来回地走动着，将所有的事情捋了一遍。很显然，董事长一开始是准备剥离天科，应该是苏筱带着他去了大兴的农田跑了一趟，然后他改变了主意。这块地就是关键所在。为什么董事长看了这块地以后决定不再剥离天科？这又是一块什么样的地呢？当时去的只有董事长、苏筱和董事长的司机，前两个人肯定不会告诉他，要问只能问司机。但是汪明宇很快放弃了这个想法。那天他是经过，以闲聊的口气问起，司机才告诉他的。倘若正儿八经地找他询问，司机一定不会说的，毕竟跟着赵显坤多年，不泄露董事长行踪，这个觉悟肯定有。而且找司机询问，可能问不出情况，还打草惊蛇。既然这块地直接影响了天科的剥离，那多半也跟天科有直接关系。

汪明宇在建筑业地产圈这么多年，见过很多猪跑，心里隐隐有了一个猜测。他让秘书去拿了一份天科的财务报表，查了查无形资产里的土地使用权，很快就找到了大兴的农业用地。这也勾起了他的记忆。这块地，他是知道的。大概五六年前吧，当时黄礼林做了一个项目，甲方没钱支付工程款，就把一块农业用地抵押给他了。那时候的大兴就是一个大农村，地虽然很大，可价值还不到三百万。黄礼林还跟大家抱怨，这块地算是砸在手里了。但到了今天，房价一天高过一天，大兴也开始加速开发，这块地无论是转成商业用地还是住宅用地，都是价值不菲了。

原来这就是董事长不剥离天科的原因呀。

解开了一个疑问，新的疑问又冒了出来。

董事长不剥离天科的理由很充分，但他为什么不告诉领导班子其他成员，甚至连管风控的徐知平都没有说。还有，这块地黄礼林和夏明都是知道的，他们俩猴精，不可能估量不出这块地的价值，为什么当时决定剥离天科的时候，他们不说?

汪明宇心里打了个突，感觉自己触摸到真相了。

故意把公司做亏损，然后管理层收购。虽然夏明没有明确收购天科的意愿，但群星集团是他的合作伙伴，通过合作伙伴收购之后再转给他，也是业内的常见操作。

显然，董事长已经知道夏明的意图，知道大兴这块地，但他没有告诉领导班子，这又是为什么？汪明宇思来想去，突然一拍大腿，明白了。他快步走回办公桌边，拿起天字号全员持股方案，夏明当总经理获得大概5%的股权，黄礼林作为贡献最多的创始人也可能获得5%，加起来就是10%呀。董事长在发现夏明的阴谋诡计之后，非但没有告诉领导班子，反而决定让夏明来当总经理，还给了这么多的股权，太不合理，只有一个理由能解释。

董事长找夏明代持股份。

“原来是这么一回事。”汪明宇喃喃地说，十分震惊。

用了几分钟，他才缓过来，拿起座机，拨打第四大股东刘董的手机：“是我。有没有时间一起吃个饭啊？”

“没有什么大事，就是集团现在进行中的一些决策，我认为你们这些董事，有必要关心一下了。”

“行，那老地方见。”

汪明宇拿起公文包，将《天字号全员持股方案》塞了进去，然后走出办公室。

到约定的西餐厅，刘董已经等在那里。他将事情简单地说了一下，又给他看了《天字号全员持股方案》，刘董勃然变色，说：“他现在不止独断专行，还要中饱私囊，咱们可不能由着他。”

两人商量半天，定下了一个计划。

第一步，找两个小股东去报案，以非法侵占公司财产的名义将赵显坤送去“喝茶”。刘董出面，找好关系，就选在快下班的时候。人心思归，那个时候将赵显坤带走，大家基本下班了，不好找人摸清情况。只要过了一夜，就成既定事实。

第二步，在报纸上散布小道消息，用类似“据传某知名建筑集团老总被调查疑为监守自盗……”方式爆料，稍稍夸大其词，突出事件的严重性，让关系人害怕被牵连而拒绝帮忙。

第三步，对夏明进行突击调查，在赵显坤进去“喝茶”的七十二小时内，打开突破口。

第四步，让小股东向董事会提交罢免赵显坤董事长职位的议案。

第五步，股东大会罢免赵显坤。

那是苏筱终生难忘的一天呀。

当时她正跟赵显坤汇报工作，突然听到门口的唐秘书颤声说：“你们干吗？”紧接着，她惊慌地喊了一声，“董事长。”

做了多年的董事长秘书，见多了状况，能让她惊慌失措的一定是非常事件。

赵显坤扬声问：“怎么了，小唐？”

唐秘书脸色发白地从玄关后面走过来，后面跟着两个警察。

警察出示了证件，说：“赵显坤先生，有人举报你非法侵占公司财产，请你跟我们走一趟，配合调查。”

苏筱震惊，脱口而出：“怎么可能？”

警察看她一眼，但没有搭理她。

赵显坤十分镇定地问：“我能打个电话吗？”

“你可以给家里人打个电话。”

“那算了。”他的老婆一直身体不好，现在在美国用靶向药治疗。儿子还没有成年，在国外读书，打给他们，除了让他们操心外，于事无补。

“给律师打个电话可以吗？”

律师的电话打通了，但没有人接。

赵显坤无奈地挂断电话，又问：“我交代一下工作可以吗？”

“可以。”

赵显坤转身看着一脸紧张的苏筱，温和地笑了笑，说：“没事，例行调查而已，你的工作不能停，《天宇号全员持股方案》已经交到股东大会，你要做好准备，到时候由你来讲。”

苏筱硬着头皮点点头，看了两个警察一眼，问赵显坤：“我还需要做点什么？”

“安心工作。”

赵显坤说完这句话，就跟着警察走了。

他们一走，唐秘书彻底乱了，抓着苏筱的胳膊拼命地问：“怎么办？怎么办？”

“别急别急，你继续联系律师，不要停，联系上为止。我去找汪总他们。”

“好好好。”

苏筱下到二十九层，先敲汪明宇办公室的门，无人应答。又去敲徐知平办公室的门。高进拎着包从走廊过来，看到她一脸着急地敲门，说：“徐总下班了。”

“高总太好了你还在。”苏筱喘了口气，“董事长出事了。”

“出什么事？”

“刚刚来了两个警察把他带走了，说是有人告他非法侵占公司财产。”

“开玩笑吧，这怎么可能？”

苏筱拉着袖子，将他扯到窗前，往下看。

两个警察一左一右地押着赵显坤走上警车。此时正是下班高峰期，好多员工正拎着包准备回家，看到此时此景都愣在原地。

高进脸色一白，颤声问：“这到底是怎么回事？”

苏筱将经过描述了一遍，但因为自己都蒙，自然也说不清楚。

高进掏出手机，先拨给汪明宇：“明宇，你在哪里呀？”

“路上，晚上有个饭局，怎么了？”

“快回来，董事长被警察带走了。”

“什么，这怎么可能，你开玩笑吧。”

“没开玩笑，你快回来。”

“真的？为什么？”

“不清楚，现在搞不清楚状况，所以你得赶紧回来。”

“我这饭局跟甲方老总约的，没法取消，人家都快到了。我这要取消，以后就别想拿他们的项目了。这样吧，我先去应付一下，你赶紧把其他人叫回来，搞清楚是怎么回事？我应付完马上回来。”

高进又给徐知平、林小民、胡昌海和玛丽亚四人打电话。

徐知平一开始也是不相信，好说歹说相信了，说马上调头回来。林小民在出差武汉的高铁上，中途下了车往回赶。胡昌海在青海工地，地处偏远，只能明天乘飞机回来。玛丽亚在附近的健身房健身，一接到电话，立刻就赶了回来。

等徐知平赶回来，三个人便关起门来嘀咕。苏筱级别不够，无法参与，只能干着急。到了11点左右，林小民和一身酒气的汪明宇也过来了，但是依然没有探出明确消息，因为找不到大佬，也有可能大佬故意避开了。五个人无计可施，决定先回家休息，明天再说。

苏筱回到住处，一夜没睡好，尽做噩梦。第二天大清早就醒了，头重脚轻地赶到公司。吴红玫居然已经在了，她手里拿着一张报纸，脸色苍白。

“这不是真的吧？”她扬扬报纸。

苏筱接过报纸一看，一个豆腐块，但在挺显眼的位置，上面写着：据知情人爆料，昨天下午某著名集团的董事长被警方带走，该集团是建筑企业，北京市纳税大户……虽然没有点明，但是明里暗里直指振华集团，直指赵显坤。

这则新闻让整个集团大厦陷入慌乱之中，大家都无心工作，互相打探消息。

山雨欲来风满楼，黑云压城城欲摧。

汪明宁非常满意，第一步和第二步都走得一丝不差。真正有上层关系的就是赵显坤，但他进去了。刘董提前打好关系，断绝了他与外界的联系。这七十二个小时他是出不来的。接下去就是第三步了，撬开夏明的嘴巴，找到代持证据。

到五楼的保卫部，保卫部经理已经站在门口等他，毕恭毕敬地领着他到一间审讯室。审讯室门口站着两个保安，昂首挺胸跟门神一样。汪明宇整整西服，推开门，走了进去，椅子上坐着的夏明斜睨着他，笑了起来。

“汪总，你这是什么意思，不是要找我谈事？”夏明扫一眼四周，“什么事要在这里谈？”

昨天深夜，他接到汪明宇电话，让他一早来集团谈点事。没想到他刚到地下停车场下了车，保安部经理就带着两个保安堵住他，然后将他押到五楼的审讯室。真是一个审讯室，虽然没有脚镣手铐等物，但布局设施跟派出所一模一样，角落里还立着一个三脚架，上面架着一台DV。

汪明宇打开DV，然后在桌子后面的大皮椅上坐下，说：“我受董事会的委托，对天字号全员持股一事进行调查。董事会怀疑你跟董事长之间存在非法交易，今天叫你来是为了了解情况。首先申明，这是一次内部调查，自愿原则，你可以配合，也可以拒绝。如果你觉得没有问题，我建议你还是配合。”

“果然是你。”昨天晚上得知赵显坤被请去“喝茶”，他就怀疑跟汪明宇有关了。

“请回答，你是否愿意配合调查？”

夏明轻笑一声，说：“想要把董事长取而代之吧，我觉得你有点想多了。”

“你要是主动交代，这还是咱们内部的事情。内部的事情内部解决，交代清楚就可以既往不咎。”

“你知道你跟董事长之间差着什么吗？差着这个。”夏明指指脑袋，“思想。董事长是不会像你这样赤膊上阵的。”

汪明宇看着夏明，长长地叹了口气。然后站起来，关掉DV，绕过桌子，走到夏明正对面，倚着桌子，看着他。

“我知道你擅长搞小动作，但没想到你这么擅长。”

“彼此彼此，汪总不要忘记你低息借给我的3000万。”

3000万就是一根刺，想到被他当猴耍，汪明宇脸色顿时变得难看了。

汪明宇咬牙切齿，身子前倾凑近夏明说：“大兴。”

夏明眼神微变。

汪明宇得意：“你知道是谁告诉我的吗？”

夏明不说话，冷眼看着他。

“董事长。”汪明宇故意停顿了一会儿，见他神色未变，颇觉无趣，“你真是愚蠢，他早就将你卖了。故意把天科做亏损，故意隐瞒大兴土地，想要侵占天科，你胆子大得很。”

夏明哈哈地笑了起来：“汪总这想象力，要是去写网文，指定是大神级别的。凡事都要讲证据的，说我故意把天科做亏损，证据在哪里？说我隐藏大兴土地，我怎么隐藏了，它不是一直在资产负债表里吗？说我侵占天科，天科现在在我手里吗？”

汪明宇恨得牙痒痒，不就是没有证据嘛？

但凡有一点证据，他还会再跟他废话嘛，直接把他送进派出所了。

汪明宇冷笑一声，说：“你还是太年轻了，有没有证据重要吗？先送你进去，查个一年半载，保证你出来时不成人样，更不用说什么前途。”

两人不说话，你看我，我看你，无声地较着劲。

屋内的气氛就像拉紧的弹簧，处于崩断的边缘。

就在这时，响起敲门声。

可以说，两人同时在心里松了口气。

这么绷下去，话赶着话，人顶着人，是要搞出事的。

“谁呀？”汪明宇装作不耐烦地喝了一声，“不是叫你们不要打扰我吗？”

“是我。”是徐知平的声音。

汪明宇打开门。

徐知平站在门外，脸色难看，冲他招招手：“你出来一下。”

汪明宇走出审讯室，对门口站着的两个保安使个眼色，示意他们看紧夏明，然后跟着徐知平走到无人的角落。

徐知平转过身，看着他，沉着脸说：“你在搞什么？”

“董事会委托我调查天字号全员持股的真相，我让夏明来接受调查。”

“调查还需要保安押着？”

“他这个人心理素质很强，不给他点压力，他不会开口的。”

徐知平痛心疾首地说：“集团现在正处于敏感时期，经不起任何风吹草动，你这么搞，不是火上浇油嘛。”

“我问清楚，也是为了帮助董事长，澄清事实。”

徐知平盯着他，怀疑地说：“帮助董事长？”

“我知道有人说是我把董事长弄进去的。”汪明宇摇摇头说，“别人这么想就算了，老徐，你不会也相信那些无稽之谈吧。”

徐知平不言语，只是怀疑地看着他。

“我觉得多半是刘董他们干的，之前他们就在我面前抱怨过董事长独断专行。”

徐知平想了想，试探地问：“那你准备怎么办？”

“事情太突然，我还没有想清楚，老徐你怎么想？”

“我的想法从来没有变过，就是希望集团稳定。天字号搞全员持股，我不赞同，制度改革都会带来动荡。别人要搞董事长，我也不赞同，这是人事斗争，同样会带来动荡。”徐知平加重语气，带着警告说，“我不管是谁，不管他要干什么，都不能把集团搞乱了。谁要是把集团搞乱了，谁就是我的敌人。”

汪明宇目光闪了闪。

“走吧。”

汪明宇警惕地问：“去哪里？”

“班子会议。”

会议室里，林小民、高进、胡昌海、玛丽亚已经在了，一脸凝重。

看到汪明宇进来，林小民霍然起身，问：“汪明宇，这到底是怎么回事？”

汪明宇大模大样地坐下：“怎么回事，我怎么知道？”

林小民冷笑一声说：“你要是不知道就没有人知道了，稍微有脑子的人都会明白，董事长下台你是最大的受益人，所以你就别装了。”

汪明宇呵了一声：“林小民你这是电视剧看多了吧，还最大受益人，我怎么受益了？”

徐知平摆摆手说：“你们两个先别吵，先说正事。”

林小民悻悻然地坐下。

“玛丽亚你说吧。”

玛丽亚从文件夹里抽出议案：“刚才收到三个小股东联名的临时议案，要求罢免赵显坤的董事长职务。他们认为董事长在天字号推行全员持股的目的不纯，名义上是激励下属，实际上是让下属代持股份，非法占有集团财产。”

胡昌海皱眉："这有点扯了吧。"

半晌，无人响应。他怔了怔，看看高进和林小民，又看看徐知平和汪明宇。他们都垂着眼帘，一脸莫测高深。

胡昌海诧异："你们不会相信这是真的吧？"

还是无人说话。

胡昌海暴脾气上来了，拔高声音："明宇，说话。"

汪明宇这才以一种被迫无奈的口气说："胡工，你有没有认真看《天字号全员持股方案》？"

"没仔细看，有问题？"

"那你先仔细看看。"

"我现在哪里看得进去呀？"胡昌海不耐烦地说，"到底什么问题，你们就不能敞开来说嘛，非得跟我打哑谜呀。"

"行，那我说说。"汪明宇拿出《天字号全员持股方案》，翻到"股权的构成及划分"，指着上面一行字，"那个，股权构成与划分的第一条——合并之后天字号创始人根据历史贡献分享共计15%的实际股权……我按照天科历年上交集团的利润算了算，黄礼林大概能得到5%。紧接着下一条——合并之后天字号的总经理将获得不高于5%的实际股权……董事长要提拔夏明当总经理，那天字号合并之后，黄胖子和他外甥，合计能够得到将近10%的股权。"

胡昌海吃惊："10%，这么多。"

"多什么呀，不算多。"林小民说，"夏明和黄礼林是舅甥，但是说到底还是两个人，一个是创始人，一个是未来的总经理，分开来看，一个5%，真不算多。"

汪明宇合上方案："问题在于夏明把天科搞亏损了。天科在黄礼林手里一直发展良好，到夏明手里才多久就亏损了。董事长非但没有惩罚他，还提拔他，给他5%的股权，你真的觉得没问题？"

林小民反问："那你说有问题？"

汪明宇拿出手机，拨打保安经理电话："你上来一下，二十八层的会议室。"

很快，保安经理来了，他露出恭谨的笑容，朝着各位领导鞠躬。

"你把那天的情况说一说。"

保安经理嗯了一声说："是这样的。有一天，董事长突然给我打了一个电话，叫我上他的办公室。我就上去了，发现夏明也在。然后董事长和夏明你一句我一句地说了一大段话，我也没听明白，所以没记住。然后董事长就打发我走。我走的时候，听到董事长跟夏明说了一句——那我们做个交易吧……"

林小民吃惊，稍稍坐直："什么交易？"

"不知道。"保安经理摇摇头说，"因为门关上了，后面的话我没听到。"

林小民松了口气，嗤笑一声，说："就这么一句话能说明什么呀？"

汪明宇摆摆手打发了保安经理，说："那你们知不知道，他们俩在大兴藏了一块地？"

玛丽亚、高进、胡昌海、徐知平异口同声地问："什么地？"

林小民神色大变。

汪明宇看着高进说："真没想到，董事长连你都瞒着，看来他现在只相信苏筱了。"

明知道他在挑拨离间，但是高进确实也微微不爽："到底什么地，说清楚些。"

汪明宇正想说话，林小民已经抢先说了："一块农田，很大，有几十亩。"

汪明宇诧异："你怎么知道？"

林小民说："去年我找过黄礼林他们，想跟他们合作，把这块地变更土地属性，开发成地产项目。黄礼林挺积极的，但是夏明推三阻四，明明有贺瑶这层关系，也不肯用起来。我当时还挺纳闷的，现在大概明白了。他是想留着自己用。"

"没错，夏明故意把天科做成亏损，利用债权方给集团施压，成功剥离之后就可以把大兴那块地据为己有。董事长知道后，却没有告诉我们任何人，反而要提拔他当天字号总经理，这正常吗？要说两人之间没有私下协议，你们相信吗？"汪明宇扫一眼全场，"我是不信的。"

没有人说话，大家都被说动了。

第二十八章

苏筱知道领导班子在开会，心里着急，便挑了一个需要徐知平签字的文件，在外面走廊里等候着。等待的时间总是特别难熬。其实也没有多久，但在苏筱的感觉里，时间好像停滞了一样，每一分每一秒都像在火上烤着。

终于，门开了，徐知平首先走出来，脸色不太好看。

苏筱赶紧迎上去，将文件递过去。

徐知平也没心思细看，草草扫了一眼，拿起笔签字。

苏筱低声询问：“徐总，董事长……”

徐知平打断她：“安心工作，不要胡思乱想。董事长不会有事的。”

将笔和文件还给她，再不停留，往电梯间走去。苏筱让到一边，留心班子成员的脸色，林小民、高进、胡昌海和玛丽亚都脸色凝重脚步沉重，唯独落在最后的汪明宇脚步轻快，有一种意气风发的感觉。

汪明宇经过苏筱面前，停下脚步，亲切地说：“苏筱，走，去我办公室坐坐。”

苏筱正好也想从他嘴里打探些消息，当即微笑着点点头。

到汪明宇办公室，在沙发上落了座。

汪明宇亲切地说："我之前就跟你说过，以前不怎么看好女人当管理，你算是让我刮目相看的一个。现在越来越觉得你真不错，能力突出，很有想法，很有干劲。虽然为人处事有些不成熟，但瑕不掩瑜，只当一个副总经济师，有点可惜了。"

苏筱笑着接下话茬："那汪总觉得我当什么不可惜？"

"老徐年龄大了，身体也不太好，我真怕他哪一天不干了，没人接他的班。"

"不是有赵总吗？"

汪明宇摇摇头说："我对赵鹏的定位不是总经济师。"稍稍一顿，加重语气，"对你才是。"

苏筱笑容微妙："谢谢您这么看得起我。"

"总经济师通常都会进入董事会，如果你的目标是总经济师，我建议你现在开始就要跟股东们建立关系。"

苏筱继续摆出好学生的态度："怎么建立？"

"现在股东们最关心的是，董事长让你做《天字号全员持股方案》的真正目的，如果你能帮股东们解决疑惑，一定会给他们留下深刻的印象。"

苏筱恍然大悟，心里已经肯定，董事长的事一定与他有关。

"全员持股方案不是董事长让我做的，是我自己想做的。给他的时候，他还骂了我一顿，说我要革他的命。我花了很大力气才说服他，目的就是在天字号建立公平公正的激励机制。"

汪明宇摇摇头："这不是股东们想要的答案。"

"但这就是答案。"

汪明宇盯着苏筱的双眼："我觉得应该有另外一个答案。"

苏筱笑了笑："我这里，就只有这么一个答案。"

汪明宇盯着她半天，她不闪不避，不肯退让。

他轻叹口气，说："女人终究当不了管理者，格局太小。"

"自然不能跟汪总比格局。"

"你想过没有，皮之不存，毛将焉附。"

"不知道，因为我不是毛。"

苏筱冲汪明宇微微颔首，起身，往门口走。

“苏筱，你要搞明白，我是在给你将功补过的机会。你帮着董事长和夏明隐瞒大兴的土地，现在已经事发，你是共犯。”汪明宇气她不将自己放在眼里，不快地拔高声音，用威胁的口气说。

他连大兴的土地都知道了！

苏筱心里一沉，但面上神色不动，打开门出去了。

一走出汪明宇办公室，她脸上的镇定消失了。显然董事长被请喝茶，与大兴的土地有关，但是这块地一直只有她、夏明、董事长三个人知道，是谁告诉汪明宇的？她掏出手机，拨打夏明的电话，电话很快打通了，但是对面传来的是滋滋滋的声音，像是被什么干扰了。

连打几次，都是如此，苏筱只得放弃。

夏明接到苏筱的电话，但无法正常通话，知道房间里装了干扰器。汪明宇大张旗鼓，看来已经做了万全准备，出去之后也没有回来，看样子是准备晾着他。事情完全超出他的预料，他必须要更改计划了。

汪明宇晾了他一个小时才过来，还给他带了一杯咖啡。

他将咖啡放在夏明面前的小桌子上，说：“来，先喝一杯咖啡。”

“谢谢汪总。”夏明客气地道了谢，端着咖啡慢慢地喝着。

汪明宇看他不急不缓，明明坐在审讯室，却喝出星巴克的惬意感。心想，这人心理素质真好。转念一想，他这么大胆妄为，心思缜密，将众人玩弄于股掌之间，心理素质能不好吗？恐吓威胁，目前看来对他不起作用，反而会适得其反，激起他的逆反心理。

看来只能以利动之了。

“其实我挺替你可惜的。”汪明宇感慨地说，“这么周密的布局，长达几年的谋划，就在最后的临门一脚，失败了。”

“什么临门一脚，我听不太明白。我能想象你心里一定在滴血。”

“我不是套你的话。”汪明宇指指DV，“机器都关着呢。我只是感慨，你这么年轻，手段这么惊人，真太少见了。”

“汪总说的我真不太明白。”

汪明宇哈哈大笑两声，身子前倾，凑近夏明说：“我可以让它再次成功。”

果然他要用利诱了，夏明在心里笑了，面上却装出疑惑不解，看着汪明宇问："什么成功？"

汪明宇说："我可以让天科继续剥离。"

"汪总真会开玩笑。"

汪明宇认真地说："我没有开玩笑。"

夏明笑着说："那汪总当我是三岁小孩。"

"天科资不抵债，大兴的土地是农业用地，将来能不能转土地属性还是未知数呢。剥离天科，程序上合法合理。当然，前提条件是我能做这个主。"

夏明嘲讽地说："你不是已经把董事长送去'喝茶'了吗？想来现在已经控制了董事会，当家做主指日可待。"

汪明宇摇摇头说："你没必要跟我夹枪带棍，人生在世，不就是要放手一搏？你干的和我干的有什么区别？你煞费苦心，经营几年，不就是想要天科？而我确实也想到三十层去坐坐，我在二十九层坐了十几年，有些腻味了。以我对集团的贡献，不要说三十层，三十一层也能坐。"

夏明默了默，说："你说得没错，人生在世，放手一搏。"

"看来我们有共识了，这就好。你迈一步，我迈一步，事情就可以成了。"

"我要迈哪一步？"

"跟董事会坦白你跟董事长的交易。"

"明白了，是要我先帮你当上董事长。"

汪明宇笃定地说："这是一个双赢的选择，不是吗？"

夏明略作思索，颇为心动却又顾虑重重。"我帮你当了董事长，你将来不剥离天科，我能拿你怎么办？"

"那你想怎么办？"

"除非，你跟我在一条船上。"

汪明宇审视他一眼，谨慎地说："什么意思？"

夏明勾勾手指，汪明宇犹豫了一下，身子前倾，两人脑袋几乎贴在一起。

"剥离后的天科，51%的股权归我，49%归你，我来帮你代持。"

汪明宇慢慢地直起腰，直勾勾地看着夏明，目光阴晴不定。

夏明也慢慢地坐直，迎着他的视线。

“成交。”

汪明宇扭头拿过纸和笔，递给夏明。

夏明不带犹豫地接过纸与笔，开始书写他与赵显坤的交易。

汪明宇看着他的脑门，闪过得意而狡黠的笑容。

尊敬的各位领导：

你们好！

我怀着十二分的愧疚与懊悔写下这份检讨书。为了大兴农田临时建筑楼里生存的三十来户人家，我不得不答应董事长的代持要求。汪明宇老总一直苦口婆心地教育我，不要误入迷途。明明白白地做事，敞敞亮亮地做人，也是我的家训。于公于私，于情于理，我都不能再替董事长隐瞒下去。代持没有书面协议，只是一个口头承诺。持有的天字号股份，我的（不包括我舅舅的），归董事长所有。

此致

敬礼！

天科总经理 夏明

拿到检讨书，汪明宇立刻召集班子成员开会，众人哗然。本来对赵显坤和夏明联手隐藏大兴土地再通过天字号全员持股计划进行代持，大家心存疑问。但事实胜于雄辩。董事长确实向他们所有人隐瞒了大兴的土地，董事长也确实积极推动天字号全员持股方案……

连高进都信了八成，更不用说其他人了。

原本大家上午还在积极想把赵显坤捞出来，看到检讨书，心思顿时都淡了。

汪明宇把众人的神情收入眼底，心里美得冒泡，前四步已经成功，就剩下第五步了，在股东大会上罢免赵显坤。有夏明的指认，想来也不是问题，他可以入主三十层了。从前总有人说他不如赵显坤，王侯将相都无种，何况一个董事长。

这个短会在汪明宇独自得意众人失意中结束了。

玛丽亚回到自己的办公室，躺在椅子上，发了半天愣。

直到李大维打来越洋电话，她才缓过来，打起精神，把夏明的检讨书内容大概说了一下。

“David，你怎么看？”

李大维说：“刚才我通过卫星确定了大兴土地的情况。这是一块很大的农田，按照北京市城市中心的扩张速度，最快三年，最迟五年，应该会被重新规划。一旦变成住宅用地，光土地价值至少七个亿，更不用说在上面造房子的价值了。天字号合并之后，这块土地顺理成章地归入天字号。赵董事长把它隐藏起来，又通过天字号全员持股方案，让夏明代持股份，从而在未来实现超值的收益，从逻辑上是成立的。我认为，小股东们对赵董事长的指控并不是空穴来风，有一定的理论依据。”

“那我们接下去怎么办？”

“静观其变，现在还没有到押宝的时候。”

玛丽亚郁闷地点点头，挂断电话。

李大维结束通话后，又给何从容打了一个电话。

何从容正在助理办公室里打游戏，接到电话，颇有些不耐烦：“什么事，快说。”

“先生让我问你怎么回事？”

“什么怎么回事？”

“赵董事长的事情。”

“玛丽亚没跟你们说吗？”

“先生问的是，你作为赵董事长的助理，为什么这些事情都没有提前知道？”

“这不废话嘛，他不想让我知道，我能知道吗？我还把他脑袋撬开呀。”

“Mark，先生在质疑你的能力。”

“我有能力吗？”何从容哈哈大笑起来，“我都不知道我有能力。”

李大维默了默，说：“先生最近准备更改遗嘱了，如果你再这么自我放纵下去，以后每个月大概就只能从家族基金里拿个几万美元过日子了。”

这话多多少少影响了何从容的心情，手指稍顿，游戏里的人物被敌方一枪击中。

他把电脑一推：“说吧，要我做什么？”

“还记得我在香港跟你说的话吗？”

“哪一句，一片蓝海，还是好好观察？”

“资本制定规则。”李大维说，“振华的规则必须要能让我们的利益最大化，赵显坤一直卡着我们，不肯让我们进太多钱，怕我们左右公司的经营。现在汪明宇想将他取而代之，必然会来寻求我们的支持，这是我们的机会。”

何从容想了想说：“可是我感觉，汪明宇的能力不如董事长，长久下去，会影响振华的发展。”

李大维轻笑一声：“Mark，让我给你上最重要的一课。投资不是谈恋爱，无须天长地久。我们追求是短时间的暴利。现在中国开发房地产有政策支持，我们要做的就是大力投资振华，让它到处拿地，然后拿到银行抵押，再拿地，再抵押……然后等它上市，这么一轮下来，大概可以翻几十倍，也有可能是一百倍，我们就可以撤退了。”至于留给企业的几十倍杠杆借贷，那和他们没有关系了。

何从容微微出神，这一课，他小时候就已经上过了。

那是母亲跟父亲离婚前的最后一个宴会，非常盛大，非常奢华。据说是为了庆祝父亲做成一笔很成功的生意。到底有多成功呢？那个时候他还小，没有什么概念，只知道父亲和他的团队非常兴奋。来宾们纷纷给父亲敬酒，目光充满敬佩，称赞他完成了“最伟大的一笔投资”。但是母亲一直怏怏不乐。宴会结束后，他听到父亲和母亲在争吵，说什么“公司破产了”“创始人自杀了”“员工们养不了家”……

吵得很凶，最后母亲指着父亲的鼻子说：“冷血的资本家。”

然后父亲冷笑一声说：“怎么，你是不是还想跟我说，资本来到世界上，每个毛孔都滴着血和肮脏的东西。”

吵架怎么结束的他不记得了，只记得当天晚上，父亲离开了家，然后就再也没有回来。没多久，父亲和母亲就离婚了。他一直跟着母亲生活，母亲过世后，去了寄宿学校，偶尔也会被叫到父亲的家里过节。有一年圣诞节，父亲提起了母亲：“她非常可爱非常迷人，只可惜，从小被洗脑了。”

结束和李大维的通话，何从容没有心情再重开游戏，他走出办公室，看到唐秘书抹着眼泪和苏筱说话。虽然他在振华没太用心，但朝夕相对，多少也有些感情。“小唐，你怎么了，谁欺负你了？”

“Mark，你说怎么办？刚才律师说，徐总他们突然就不积极了。”

何从容“哦”了一声，已经明白原因，正想着怎么安慰唐秘书。

苏筱从他神色里看出端倪，问：“你是不是知道什么？”

“对，我知道，但是我不会告诉你们，反正你们俩看开些，我估计董事长还得待几天。”见苏筱要追问的样子，抬手阻止，“别问我，问我也不能告诉你，还是那句话，我希望你赢，但你赢不了。”

苏筱没再说什么，看他一眼，走开了。

赵显坤在里面一共待了将近六天。七十二小时结束后，又被请去继续喝茶，无缝衔接，到门口转了一圈又回去。而汪明宇利用这六天见了大部分股东，动之以情，晓之以理，诱之以利。一直以来，赵显坤太过注重企业的社会责任，有时候宁肯牺牲部分利益，有很多眼窝浅的股东一直对他有意见，说他花股东的钱给自己买名声。这次汪明宇找上他们，自然一拍即合。还有些股东，只要给足利益，无不答应。剩下一部分股东是赵显坤的铁杆，但在看到《天字号全员持股方案》和夏明的检讨书后也动摇了。

一圈跑下来，汪明宇感觉董事长这个位置已经在向自己招手了。

心里得意，脚下打飘，这天到集团地下停车场，直接将车辆停在董事长专用车位上。乘电梯到二十九层办公室时，一路遇到员工跟自己打招呼，都能感觉到他们看着自己的眼神特别恭谨充满仰慕。

心情美得冒泡，他飘飘然地走到自己的办公室门口，推开门，动作一顿。

赵显坤背着手站在窗前。

心里那个美美的泡泡顿时就像被针扎了一下，碎了。

汪明宇愣了片刻，神色自若地走了进来，关上门。

明知故问：“什么时候出来的？”

赵显坤转过身，看着他。

“刚刚。”

“刚才没看到你的车呀，打车过来的。”

“是呀。手机没电了，没法叫司机过来。”

汪明宇极有耐心地说些没有营养价值的话：“过火盆没有？这种事得去去晦气。”

赵显坤也极有耐心：“你提醒我了，等一下我叫小唐给我准备一个，也给你准备一个。”

“我就不用了吧，我现在好得很。”

“和股东们都谈好了。”

“还行，他们其实对你早有意见，觉得你这些年越来越独断专行了。”

“我听说，你也是用这个理由游说了知平他们。”

汪明宇摇摇头说：“这还需要我来游说？大家有目共睹，夏明狼子野心，故意把天科做亏损，你不告诉大家；大兴这么大一块地，你也不告诉大家。你一个人把所有决定都做了，我们这些班子成员都成吃干饭的了。”

“凡事不能只看表面，夏明为什么这么做，跟我们当年分家时候的承诺有关，我必须得承认，我们没有给黄礼林他们应有的奖励。这件事跟过去有着千丝万缕的关系，现在已经没法说清楚了。”赵显坤说，“大兴那块地，我是不该瞒着你们。主要是担心说了，你们对夏明有看法，他是个人才，擅长运筹帷幄决胜千里，这种人我不想放出去，放到外面，他会成为一个很厉害的竞争对手，我们集团没有一个人能跟他相比。再说了，那里住着一群人，都是我们曾经的老工人，我还没有想好如何安置他们，所以想先拖着。这是我不对。”

汪明宇切了一声：“现在说对与不对，有什么意思。”

赵显坤说：“意思是没有了，但我得给你一个说法。”

这句话一下子点燃了汪明宇的怒火，瞪着他说：“算了吧，你欠我的何止是一个说法呀。从水泥事件之后，你就一直对我有意见。有意见你就发出来呗，你又引而不发，一步一步地，钝刀子割肉。先削了物资采购权，然后天字号合并，最后夏明都要跟我平级……”

“你说我对你有意见，你怎么就不说你背后搞的那些小动作？天字号搞成这样，集团跟天字号的关系这么紧张，不是你的责任吗？从你利用物资采购权盘剥天字号开始，我就一直在敲打你，你不但没有觉悟，反而变本加厉，越走越远。你还要我怎么办？”

“行了，废话不多说，咱们股东大会上见。”

汪明宇说完，打开门，做了一个请的手势。

赵显坤深深地看了他一眼，走了出去。

第二十九章

赵显坤回到自己的办公室。

闻讯而来的徐知平、胡昌海、高进、玛丽亚、林小民、苏筱、何从容已经等在办公室里，听到脚步声，纷纷站了起来，转过身，看着他。

赵显坤摊摊手，笑了笑："我没事。"

其他人还在组织语言，想着怎么婉转安慰一下，然后再怎么转入正题，胡昌海已经直愣愣地问出一串："董事长这到底是怎么回事？大兴的地，你为什么要瞒着大家？还有你跟夏明是不是真的有私下交易？"

赵显坤脸色微变，进去六天，出来就被质问，即使他涵养好，即使他知道胡工耿直没有坏心思，感觉也不好受。

徐知平察言观色，推了胡昌海一把："胡工，你急什么，让董事长先休息一下。"

"不用，不用休息，就是喝了几杯茶而已。"赵显坤恢复平常神色，"胡工的问题，大家应该都很关心，那我就简单说一下吧……"把刚才同汪明宇说的那番话复述了一遍，“……夏明是个不可多得的人才，我怕说出去，你们对他有看法，所以想暂时瞒着你们。”

胡昌海很不赞同地说：“用人先用德，就他这样狼子野心的，算哪门子的人才。”

“我就是担心大家都跟胡工一样的想法。”

胡昌海瞅了苏筱一眼，说：“董事长，请恕我直言，最近这两年，你的眼力见儿真不行了。”

“胡工呀，用人不能拘于一格，咱们既要有冲锋陷阵的战士，也要有运筹帷幄的统帅。夏明只是一时跑偏。”

胡昌海没有再说，但明显不信。

再看其他人，除了苏筱，也都是一脸将信将疑。

赵显坤便明白了，大家都没听进去。也不能怪他们，毕竟是他隐瞒在先。信任这个东西很脆弱，也很纯粹，要么就是100%，要么就是0。

见气氛冷了下来，徐知平打圆场：“董事长刚回来，还是先好好休息，有什么事咱们晚点再说。”

其他人纷纷点头，虽然心里都有一肚子的话，但现在说什么都不太合适。临时股东大会召开在即，目前看来形势对赵显坤不利，但谁知道风波会不会陡转，现在过早表态，将来可能被反复打脸，还是等大会结束之后再说吧。

苏筱是真有话说，磨磨蹭蹭地落在最后，赵显坤似乎看出她的意图，她经过身侧时，低声说：“安心工作，别胡思乱想。”

他的镇定非常有感染力，苏筱忐忑不安的心瞬间被按平了，心想，是啊，赵显坤毕竟做了十几年董事长，手里又握着振华37%的股权，经历过多少大风大浪多少权力斗争，不可能一点反制手段都没有。

等所有人走后，赵显坤露出疲态，拖着沉重的脚步，走到沙发前坐下，吩咐唐秘书：“把门关了，我谁都不见。”

唐秘书答应一声，却不走，眼睛红红地看着他。

赵显坤用哄小孩子的口气说：“是不是我不在这段时间，有人欺负你了，没关系，过段时间我给你讨回来。”

唐秘书破涕为笑，转身走开。

赵显坤解开衬衣扣子，躺在沙发上，闭上眼睛。

很累，不是身体有多累，而是心里很累。来自身边人的攻击让人防不胜防，如毒蛇的噬咬，又狠又准。汪明宇知道他所有的关系网，知道上面那些人的忌讳，有针对性地安排了措施，以至于他在里面待了将近六天，这真是前所未有的奇耻大辱。现在他先机已失，威信也被严重损害，失了势头。

失了势头，这是一件很麻烦的事。

一般人都有慕强心理。一直以来，他的强大，他的无所不能，给了小股东们很大的信心，他们无条件地相信他，支持他，甚至崇拜他。而他们的支持又让他能够继续强大下去，在股东大会上无往不利。现在，汪明宇灭了他的威风长了自己的势头，不用说，肯定有一批小股东倒向他了。这回的临时股东大会对他来说，十分凶险，胜算寥寥。

果然等他睡了一觉起来，给几个股东打电话约吃饭，不是在出差，就是行程已经有安排，或者干脆电话打不通。赵显坤想了想，给李大维打了一个越洋电话。

李大维很快接通了电话："Hi，赵董。"

赵显坤笑着说："何先生又去哪里玩了，电话一直打不通。"

"先生前段时间狩猎时受了一点伤，一直在静养。"李大维真诚地说着假话，"有事的话，您跟我说就好。"

"关于两天后的股东大会，想跟他交流一下看法。"

"这件事，先生跟我提起过。"李大维顿了顿说，"他当然相信您的清白，并且会一如既往地支持您。但他也认为，股东们联合起来保护自己的利益不受侵犯是他们的合法权益。"

一句漂亮的废话。

赵显坤笑了笑："明白了。请转告何先生，祝他早日康复。"

"谢谢。也祝您一切顺利。"

李大维挂断电话，立刻给何从容打了一个电话。

"收到授权书没？"

"什么授权书？"

"先生授权你在临时股东大会上投票，前两天寄出的，今天应该到了，寄到你的公寓。"

"他要投谁？"

"目前看来，汪明宇赢面很大，他也跟我们谈好了条件，原则上我们也投他。先生的意思，我们这票留到最后，如果汪明宇赢，又或者我们这票是决定性的一票，那么都投汪明宇；如果赵显坤翻盘，那就投他。”

何从容皱眉，说：“我感觉我要扮演一个不光彩的工具人。”

李大维笑了笑，说：“Mark，你要明白，我们之所以一直无往不利，是因为我们一直跟赢家站在一边。”

挂断电话，何从容心里很不舒服，他起身，将通往董事长办公室的门推开一缝。他也不知道自己想做什么，就是一股冲动，想跟赵显坤说几句话，或许你一定能赢之类的废话，或许是暗示他不要相信自己的父亲。

房间里空空的，无声无息，没有人在。

他愣了愣，赶紧去门口的秘书台：“小唐，董事长呢？”

“他回去了。”

“回去了呀？”何从容有些怅然，但又松了一口气。

赵显坤这一走，居然两天没来上班，电话也打不通，谁都找不到他，这可把徐知平他们急坏了。汪明宇心里很是得意，觉得赵显坤是主动放弃了，毕竟他证据在握，大部分股东都已经倒向他了。

他踌躇满志，走路生风。集团里的员工们可能也意识到风向要变，对他也额外恭敬。他享受到从前赵显坤享受的敬佩目光，毕恭毕敬的态度，这种万人之上的感觉真的非常美妙。

赵显坤是股东大会当天出现的。

向来都是前呼后拥的他，这次是一个人走进会场。走进会场之后，也只有寥寥几个股东同他打招呼，握手问好。与他的落魄相比，汪明宇不仅是前呼后拥走进会场，而且一走进会场，就被中小股东们团团围住，握手问好。

赵显坤神色平静地在主席位坐下。

其他人也纷纷落座。

玛丽亚宣布振华集团临时股东大会正式开始，第一个议案罢免赵显坤。

因为主要证据是夏明的检讨书，他自然也被叫来作为证人。

夏明从会议室外面走进来，朝大家微微颔首。

早就蓄势待发的第四大股东刘董扬了扬书面材料：“这是你写的？”

“是。”

刘董递给他：“你念一下。”

夏明接过，大声地念了出来："我怀着十二分的愧疚与懊悔写下这份检讨书。为了大兴农田临时建筑楼里生存的三十来户人家，我不得不答应董事长的代持要求。汪明宇老总一直苦口婆心地教育我，不要误入迷途。明明白白地做事，敞敞亮亮地做人，也是我的家训。于公于私，于情于理，我都不能再替董事长隐瞒下去。代持没有书面协议，只是一个口头承诺。持有的天字号股份，我的（不包括我舅舅的），归董事长所有。"

股东们其实早就知道，但是听过之后，还是再次吃惊，议论纷纷，会议室里一片嗡嗡说话声。

有一个跟赵显坤关系不错的股东高声说："既然是口头协议，那怎么知道不是你编的？"

有几个小股东也轻声附和："就是，谁知道是不是编的。"

汪明宇一使眼色，有个小股东会意地站了起来，高声道："这种见不得光的协议，怎么可能会留下书面证据。"

"没有书面证据那能叫证据吗？那不是张嘴就来。"

"你不会动脑筋吗？他们舅甥两个加起来10%，合理吗？"

"合理，怎么就不合理了，这不就是看本事吗？"

"好了，各位请安静一下。"汪明宇摆摆手，拔高声音说，"虽然没有书面协议，但我们有证人。集团保安部经理亲耳听到董事长和夏明的交易，他现在在楼下待命，我马上叫他上来。"

"确实有个证人。"夏明配合地说，"当时我跟董事长说话的时候，董事长叫了保安部经理过来，这个人亲耳听到董事长说——要和我做个交易，于是他报告了汪总。汪总这才发现了大兴的土地，然后他将大兴的土地和全员持股计划结合在一起，得出了董事长找我代持的结论……"

汪明宇不明白他的意思，疑惑地看着他。

夏明冲他笑了笑说："逻辑上非常合理，如果我不是当事人，我也会相信。"

猝不及防的反水，汪明宇下意识地脸色一沉，霍然起身："你什么意思！"

"说实话，我之前不怎么看好你，觉得你不太聪明。但是这回你确实让我刮目相看，又稳又狠，把毫无防备的董事长送去喝茶，利用他喝茶期间无法活动，控制住舆论，让集团领导班子和董事会都和你站在一起。如果你就停在这一步，今天的股东大会真有可能会罢免董事长。毕竟对于股东们来说，代持这种损害集团利益的事情，他们是宁肯信其有不可信其无……”夏明一边说话一边绕过桌子走到他面前，摇摇头，“可是你太贪婪了，打倒董事长还不够，你还想要大兴那块地。你打着董事会的名义来审问我，说是调查我跟董事长代持一事，其实想要让我帮你当上董事长，然后再一起瓜分天科，51%股份归我，49%归你由我代持，你想得真美……”

股东们再次震惊，议论声起，一片嗡嗡。

“什么意思呀？”

“到底谁要代持呀？”

刘董厉声问：“汪总，这到底怎么回事？”

汪明宇毕竟是老江湖，刚才夏明突然反水，确实让他猝不及防有些失态，但他很快镇定下来，不屑地说：“大家别相信他，他这是诬陷。你们想想，董事长故意隐瞒大兴的土地，再搞出一个天字号全员持股计划将股权转给他和他舅舅，这都是实实在在的证据，不是我编造出来的。要不是我及时发现，这件事情都成了。”

夏明说：“当时天科已经启动剥离程序，大兴的土地只有我、苏筱和董事长三个人知道。如果董事长想通过代持获取利益，为什么不直接剥离天科，由我代持？49%和5%，这个选择题，正常人都会做吧。”

有小股东附和：“对对对，是这个理。”

“要我，肯定选49%，有好几个亿吧。”

汪明宇重重地鼓掌：“说得好。既然正常人都会做，你难道不是正常人？你刚才说我答应将来剥离天科，51%的股份归你，你为什么不选？51%和0之间，这个选择题，正常人也会做吧。”

大家又糊涂了。

“也有道理呀。”

“天哪，到底谁说的是真话呀？”

夏明摆摆手说：“大家不要着急，我有证据，证明汪总找我代持。”

汪明宇明显不信，哈哈大笑两声，说：“有证据你赶紧拿上来，还磨叽什么？”

夏明说：“看来汪总忘记了，那天晚上，房间里除了我和你，还有一部DV。”

汪明宇眼神微变。但他很快想起自己关了DV，当时跟夏明说代持那番话的时候他还回头看了一眼DV，确实指示灯熄灭了。他顿时放下心，用那种“我看你玩什么把戏”的戏谑眼神看着夏明。

“你一定在想，你已经关掉DV了。但你忘记了，你中间离开了审讯室一段时间，我又把它重新打开了，为了避免让你发现……”夏明不紧不慢地从口袋里掏出一片口香糖，“我用口香糖黏住了指示灯。”

汪明宇脸色大变。

夏明笃定地笑：“现在我们只要看看DV指示灯上是不是黏着口香糖……”

当着所有人的面，夏明打开免提，拨通了手机上登记为“保安部”的电话：“麻烦你们看看DV指示灯上是不是黏着口香糖？”

电话那端传来翻找东西的声响，一会儿，响起一个惊讶的男声：“是有口香糖，什么时候黏上的呀？”

“麻烦你们把DV送上来。”

夏明挂断电话，看着脸色苍白的汪明宇，说：“汪总，等保安部把DV送上来，看看你有没有承诺，等你当了董事长就剥离天科……”

“那是骗你的。”汪明宇气急败坏，“我怎么可能真的会……”

突然意识到不对，戛然而止。

满屋子的人都震惊地看着他。刘董怒其不争地摇头叹气。

汪明宇心如死灰，看到面前的夏明嘴角勾了勾，闪过一丝笑意，突然就明白过来了。

夏明在诈他！

夏明凑近汪明宇耳边，用只有两个人才能听到的声音说：“我打的是天科保安部的电话。”

汪明宇大感羞辱，又气又急，一把揪住夏明的衣领。他旁边坐着的两人反应及时，将两人分开，将汪明宇按在位置上。汪明宇喘着粗气，只觉得这辈子都没有这么丢人过。

赵显坤看着他如此狼狈，心里也不是滋味，叹口气说：“明宇啊，你知道你的问题在哪里吗？你看到了大兴那块地，但没有看到地上那些人；你看到了全员持股计划的‘持股’两个字，但没有看到‘全员’两个字。你的眼睛已经看不到人了，只看得到利益。”

汪明宇瞪着他说：“别说风凉话了。”

夏明整整衣衫，走回原来的位置，朗声说：“各位股东，真真假假，我想大家已经心里有数了。我和赵显坤董事长没有任何代持协议。至于天字号全员持股计划，还是由苏筱来跟你们解释吧。”

夏明打开门，朝外面候着的苏筱扬了扬头。

苏筱冲他晃了晃大拇指，然后走了进来。

“各位股东，我叫苏筱，是集团的副总经济师，天字号改革小组组长，全员持股方案是我提出来的。为什么会提出一个这样的方案呢？”苏筱顿了顿，“因为不久之前，我遇到一个行业前辈，他是一个瓦工。他出生于新中国成立那一年，生在农村长在农村。20世纪80年代到北京打工，因为手艺好，加入一家公司，成为他们的瓦工组长。那是他最风光的时候，手下带着一百多号人。”

刚刚经历过一场不断反转的闹剧，股东们还处于茫然状态，但是苏筱长相清秀，说话清脆，天然带着一股镇定人心的力量，能让人心思澄清。原本闹哄哄的会议室，渐渐变得鸦雀无声。

“……后来，他老了，干不动活了，老家房子塌了，他也回不去了。儿子生病死了，儿媳妇改嫁了，他一贫如洗，带着年幼的孙子在城市里漂泊。没有人愿意用他，他太老了。他以前的公司知道他的情况后，安排他住进一幢临时建筑物。这幢临时建筑物就在大兴，里面总共三十多户人家，退休前都是建筑工人。他们在这个城市里，建起了很多很多的房子，但是没有一套属于自己的。”

苏筱打开幻灯机，一张张照片在投影仪上闪过，最后定格于砌砖老人的照片。

苏筱说：“我不知道他们的名字，但我知道，他们曾经属于同一家公司——振华。”

“各位股东，也许我的想法天真了一些，但我认为……”苏筱诚恳地说，“振华，不只是董事长，不只是领导班子，不只是我，是每一个振华员工，曾经的、现在的，以及未来的，所有人聚在一起，才是振华。任何一个人掉链子了，都不叫振华。”

会议室里很安静，有些人深深动容，有些人不以为然。

苏筱朝大家深深地鞠躬，然后退出了会议室。

门阖上瞬间，会议室里立刻炸了。

走廊里，夏明倚着墙，看着苏筱走了过来。

苏筱伸出手，他会意与她击掌。

“我听说你给了汪总一封检讨书，我就知道他完了。”苏筱站在他旁边，也倚着墙，“那几天，他不是挺得意嘛，每天笑得跟朵菊花一样，我就超级想告诉他——大兄弟，你已经掉坑里了。”

夏明哈哈大笑。

苏筱赶紧捂住他的嘴巴，转头看看会议室方向，还好，屋里吵翻天了。

整整吵了一个下午。

会议结束时，早就按捺不住的何从容第一个冲出会议室，玛丽亚追着他进了电梯，等电梯门合拢，问：“你怎么不投汪总？”

何从容看着她：“你想投他？”

其实玛丽亚也不情愿，眼神闪了闪：“可是……咱们怎么跟他们交待？”

“David不是说了嘛，我们之所以一直无往不利，是因为一直跟赢家站在一边。现在董事长就是赢家，我和他站在一起，完全没有问题。”

“你觉得他们不会询问最后投票阶段的经过？”

何从容无所谓地耸耸肩：“问了又怎么样，放心好了，他们不会为打翻的牛奶生气。”

“但是下次他们不会把牛奶放在你手里。”

“那我就去抢过来。”何从容嚣张地笑着，露出雪白的牙齿，“我现在觉得从前真是太幼稚了，用不务正业气他，用醉生梦死对抗他，他才不在乎呢。他最在乎的就是钱，我得把钱抢过来。”

玛丽亚有些吃惊，但也不算特别吃惊。

掠食者的儿子自然流淌着掠食者的鲜血。

“玛丽亚，这个时候，你难道不应该跟我说一声加油吗？”

“加油。”

罢免赵显坤的议案自然是没有通过，《天字号全员持股方案》也没有通过。

苏筱、夏明和唐秘书等在秘书台，看到安然无恙的赵显坤，同时松了